THE BASEMENT 地下室

Benjamin

本杰明 作品

湖南人民出版社

多么希望发生一次战争，彻底洗涤我们这代人的无聊空虚，让那些自私自利的人生在火焰中湮灭，让我们所有人都死在一件比物质追求更加有意义的事情上。

刚到北京时天气还不冷，
刚下车的我对大城市的繁华和破旧并存震惊不已，
天使般的女孩满脸忧郁，瞬间消失在人群中。

The
Basement

+

越往深处走越压抑，心就越沮丧，直到听见了欢笑声，叮叮咚咚的熟悉的吉他声。这里就是怀揣梦想跑到北京来的艺术青年们的第一站。

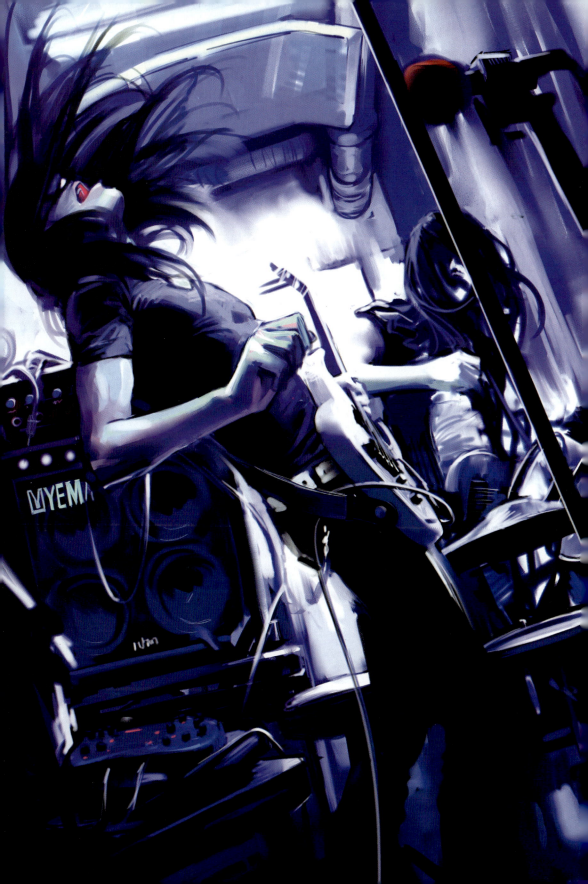

你喜欢我么？那样你该有多难过，所以你还是走吧。
张开巨大的白翅，离开丑恶的我，飞走吧。
See you fly, you are flying in the sky

看到你的眼睛，忘记了的岁月，瞬间哗啦啦地回想起来。
那些燃烧的东西，一点也没有减弱。

你说："我的人生就是为了一个漂亮的死法！"我羞愧而颤抖。

多么希望发生一次战争，
彻底洗涤我们这代人的无聊空虚，
让那些自私自利的人生在火焰中湮灭，
让我们所有人都死在一件比物质追求更加有意义的事情上。

CONTENT

Give me a whisper
And give me a sigh
Give me a kiss before you tell me goodbye
Don't you take it so hard now
And please don't take it so bad
I'll still be thinking of you
And the times we had baby

And don't you cry tonight
Don't you cry tonight
Don't you cry tonight
There's a heaven above you baby
And don't you cry tonight

CHAPTER
01

当夜晚降临
繁星漫天
As evening draws on

在我耳边轻轻细语
在我耳边轻轻叹息
给个吻在分手之前
不要难过
别去遗憾
我仍然会想起你
想起共度时光，宝贝

今夜不要哭
今夜不要哭
今夜不要哭
宝贝，天堂在你头上
今夜不要哭

—— 《Don't cry》Guns N' Roses（枪花乐队）

我梦到了过去的那个所谓残酷的青春，在一片恐怖的黑暗中独自行走，心酸而彷徨。好黑。不是白天的上班族打扮，我再次成为一个长发的青年。凄凉的少女依稀站在朦胧的雾里，白色裙摆上斑斑血迹。她就是我的青春，脸庞苍白，以锐利的眼神看着我。梦境倏地展开！炫目的镁灯；很多模糊的人声和走动；翅膀拍打的声音。我被隔绝在外好像外人一样，只能看着融化的人影却不能进入，我拍击着玻璃大声地喊：是我啊！是我啊！是小航啊……

　　他们统统听不见，自顾自地忙乱着。

　　我忽然陷进了白色的人群。曾经那么熟悉的人们柔软地聚拢来抚摸我的额头，托着我的脸颊凑近我的耳朵低声说，小航你不能走，小航你不要走你不能走，你要和我们一起继续努力；我却恐慌自己即将醒来，我突然想起他们早已经改变，就像我一样，曾经的理想统统放弃。我想告诉他们这一点，我想告诉他们就算我留下来也是徒然，你们都已成为过去，我们的乐队早已完蛋！

　　可是我张口结舌，乐手特有指尖上锋利的茧刮疼了我的脸。这双手肯定是亚飞的。

　　黑暗的列车发出冰冷的钢铁撞击的声音开动了，我动弹不得，远远地望着那片光芒越来越远，越来越远……埋进无边的黑暗。

　　当我和亚飞再次相遇的时候已是三年之后，不再是那种火一般的年纪。

　　一丝不苟的西装革履，卑鄙的三七小分头，我站在摇滚的人群中好像白胸脯的企鹅一样显眼。行走在嘈杂的演出现场，看着走廊中喝醉的少年，看到丑陋的女人在陌生男人怀中大声哭泣，我无限伤感地看着新成长起来的一批时髦乐迷们。然后，我就突然看到了亚飞燃烧的眼睛。

　　我们在改建后的天堂酒吧里对视，中间隔着乌烟瘴气的少年人群，眼神像所有青春逝去的人那样地黯淡。事实上，我在心胸洞开的激动中犹豫不决着。一瞬间，头脑哗哗转动着许多念头：冲上去把啤酒瓶在他脑袋上拍碎？揪住他的头发踹得他满脸是血，和他滚成一团？还是去摸摸那个穿着依然熟悉的皮夹克的肩膀，看着彼此那些陌生的皱纹来惨淡地笑笑，闻闻彼此的身上是否还有着我们常吸的烟味？

　　而这些冲动，好像亚飞都没有，既不惊讶，也不激动。他就那么定定地看着我，好像早就料定如此相遇一样。

　　就在犹豫着的一刹那，记忆拉着时光的手，箭一般地奔跑起来了。

那一年的北京刚刚入冬，天气已经很冷。我们去看演出却不认路，最终只好拦了辆出租车。

后排座一口气挤上三个寒酸的长发青年：亚飞，鬼子六和大灰狼；除了洋鬼子般光鲜的大灰狼，大家全是鸡毛飞舞的劣质羽绒服，肮脏的头发和落魄的神情。我的朋友们好像刚刚进城的民工，傻愣愣地看着司机。

"您别去住那儿啊！那个地儿多不划算啊！"中年肥胖的出租车司机听了我们的目的地，满脸堆笑地说，"咱拉您去个特棒的酒店，比这可便宜多了！可跟您说好，单程五十啊！"他的衣领蹭得乌黑，满嘴黄牙。

副驾驶座上的我操着浓重的东北口音，脏牛仔裤在瘦腿架子上堆得没款没型，忐忑地问："不是打表么？"

"打什么表啊？我告您打表可比这贵多了！给您便宜占您还不要！要不您就下了找别人的车去！"司机满嘴的"您"，却轻蔑地看着我，小眼睛上下打量。分明把我们当成了刚进北京的外地人。

"特意绕开北京站才打的车，怎么还是碰上你这种货？！"

司机的笑脸像被劈了一菜刀。亚飞姿势怪异地挤在鬼子六和大灰狼之间的黑影里，这样说。

"呦！你们要去的地儿人家那可是五星级的大酒店呵……您丫住得起么您？"司机顿时拉长了脸，看得出来，这种操蛋的话好像"您"等礼貌用语一样说惯了。

我们都没反应过来，亚飞已经前倾了身体捏住司机的下巴。他手掌背面的关节和肌肉形成一个个有力而修长的凹凸。

"啪！"好像运动会上鼓掌一样掌心中空的耳光！

那天天气很好，太阳很足，街面上白晃晃大片楼顶的反光。我们的出租车开得又平稳又快。司机重新酝酿了一下情绪，好像他清楚亚飞是在开玩笑一样，腆着脸笑："瞧您说的……咱哪能呢？咱们要不要走三环？"

他脸上的掌印先白后红，开始烈过他的脸色。

"走你丫的三环！"亚飞咬牙切齿地骂道。司机立刻把脸趴到方向盘上。身边的鬼子六和大灰狼全都笑了，亚飞也松开脸笑了，他根本就是吓唬人。他们开始打趣人家，一个说走桥上快，一个说走桥下省钱，在后座上小孩子一样撕扯起来。

"走桥下走桥下！你丫聋啊？"

"听我的！走桥上！"

"拐！拐！桥上！"

"桥下！"

"你再这么没大没小的等会儿这位可怒了，找辆警车撞了！跟咱哥几个同归于尽！"鬼子六说。于是全体大笑。

我们的出租车在胡乱指挥之下一会儿左拐一会儿右拐，前后左右响起一片气愤的喇叭声，惹来一阵阵京腔的痛骂。

"算了算了。让人家好好开车吧……"我回头说。话没说完，一只矿泉水瓶子摔在我们的车屁股上，"砰"的一声，水泼花了半壁后车窗，有个老男人下了吉普车冲着我们车屁股怒骂着。于是鬼子六和亚飞他们又是一阵爽得不得了的快乐大笑！

"你看咱们小航多善良，多好的人。"大家纷纷说。我顿时感到头皮发紧脸腾地红了。是的，亚飞这等巷战老手当然会控制局面，用不着我来多事。但我就是看不了有人被欺负。

"你没事吧？给你添麻烦了！"我同情地对司机小声说。司机装作没听见眼珠乱转非常紧张。

亚飞的黑色皮夹克一半隐在车窗的光明中。他哼着歌，在车里吸起劣质烟，无视禁止吸烟的即时贴。太阳很好，车速很快，于是光明和黑暗在他刀砍斧削般的脸上一条条掠过。

下车的地方是一个五星级大酒店，边上就是我们要去的酒吧了。

鬼子六他们没给钱下车就走，跟我说别理他，就这么牛逼的服务，不拖出来踹他个性无能已经是慈悲为怀了。我正弯着腰，努力克制着晕车的呕吐感，远远看见司机气愤地拍了一下方向盘，就忍着难受跑回去递进窗户五十块钱诚恳地说："师傅你别生气，以后跟乘客说话还是收敛点吧。"

结果那司机从鼻孔里"哼"了一声，接过钱，下一秒钟连人带车就都不在了。我还天真地站在路边等着找钱呢，目瞪口呆眼睁睁地看着那辆破破烂烂的红色夏利钻进了桥底……

这司机确实够精，反应之快让人联想起IT精英的身手，丫干出租车真是受委屈了。

"小航你咋啥也不懂呢？《农夫和蛇》的寓言听说过么？就是讲你这种人！""这是什么地方？这是六朝古都，自古以来盛产奴才的地方，拿他当人看还不是等着挨刀子么！？""你对他好，他就把你当傻瓜！"大家一边骂我一边抖擞起精神摇头晃脑钻进酒吧。

二

我头顶在酒吧厕所隔板上大大地张开嘴，狼狈地等着黑而空洞的呕吐袭来。然而什么也没有，只是极不爽快地打了个嗝！好像替代一样，有人在隔壁大声呕吐了，吐得比我惨多了。哗哗的冲水声。

洗手时水从青瓷一样半透明的指缝中间一股股漏下去，却没有冷热知觉；我两只手好像传说中的吸血鬼，白到发青，我摊开它们惊讶地看着，仍不明白自己怎么了。刚才一路乱拐晃得我晕了车。我家乡那个小城，步行半小时就逛遍了，以至于直到现在也不习惯汽车。

真倒霉！

我肚子里翻江倒海地出了卫生间隔断，尿池边有个胖子一手扶墙，闭着眼痛苦呻吟着撒尿。他发型很怪，四周剃秃，只在头顶有几绺抹了油粘成茅草叶子状的长毛，看样子是得了肾功能下降"中老年男性常见病"。这也是男性文艺工作者例如导演啊演员啊……的常见病。这胖子又黑又丑也能得上这么潇洒的病，也算是摇滚的回报吧。

这是个典型的地下摇滚场子，标准摇滚酒吧，到处是朋克的铁钉和彩色头发。人们拎着啤酒站在过道里，或者坐在音箱上吸烟，在门口一堆一堆地聚集聊天。钉满铁钉的上衣和腿上的链子令他们闪闪发亮，自我膨胀。那些两侧剃秃的脑袋，那些头发在发胶的力量下好像一大片五颜六色的剑麻田。

走过他们身边，能听到剑麻们的对白大体如下："你看××乐队带来的女的多靓！真被丫赚到了！""就这水平啊，太滥了！""丫新泡的阿姨巨有钱！"

那天是个双休日，我才刚到北京没有几天，所有的想法飘浮在这烟雾缭绕的空气中，破壳小鸡的好奇让我傻傻地张着嘴。张着嘴往左看，往右看。那么多漂亮的脸蛋、名牌外套紧裹着牛仔裤苗条的腿，那么多银耳钉、银唇钉，那么多枪林剑林的黄发、红发、绿发，那么多肥口袋板裤、手腕脖子上银亮银亮的链子，那么多弯腰大声的笑，那么多口沫横飞、比比画画、夹着烟的手。

原来这就是摇滚的世界么？

我乱七八糟的头发盖住耳朵和肩膀，脖子上还扎了个六块钱的英国米字旗图案的头巾。敞开的羽绒服露着细瘦的锁骨，露出黄色大T恤衫辗转反侧的皱褶。又刚刚受骗的一脸晦气和因为晕车而青得发绿，用马路边上算卦的话说就是"印堂发黑，急需一卦"！

只有我和亚飞他们的黑色金属长发在这里格格不入。珠宝店里那种五彩缤纷的热带鱼缸你见过吧？我们就好像不该出现的碍眼黑泥鳅。

羡慕地看着酒吧里神采飞扬的军官们，我突然感觉自己萎缩成了形容枯槁的犹太人。

下一个乐队要开始演出了，乐手们匆匆熄了烟跑去台上接线。一边调音一边跟正在收场的乐队相互开玩笑，对着麦直呼王哥（调音师）某某话筒声没开等等。

基本上一试音，台下都知道他们是什么风格了，哇哇的吉他声一起，就有人说："我操，还是英伦！"

三

我惊奇地看到一张传说中的面孔。我用纸巾捂着嘴巴，在不舒服的欲呕感中双唇发麻，目光却被那黑暗角落中的面孔胶着了。

"他"仍然留着"甩墩布"直长发，没戴墨镜的眼睛笼罩在眼眶投下的黑暗里，搂着个姑娘坐在暗处隔间。他们隔绝在演出沸腾的场所之外，对着一苗摇曳的小蜡烛。他的手里玩弄着一个廉价的打火机，同姑娘似有或无地一句半句地交谈。

我不由得非常激动，那是老泡！十年前国内最了不起的乐队的主唱，直到今天，他仍然是我心目中的英雄偶像。

我轻轻把面巾纸放下了，来自乡下的我，傻傻地看着心目中的偶像。

我企图穿过舞池中POGO的人群挤到偶像的身边去，这是个非常错误的决定。当发现自己控制不住要吐的时候，我已经身陷疯狂地跳跃和撞击的POGO人群当中。我手脚发软拼命返身往回走，要去卫生间呕吐。但是我被人潮撞倒，身子一歪靠坐在舞池的木头栏杆上花哨的朋克男女们腿上。我抓住那些人穿着战靴的脚，然后就挨了一脚，咕咚一声跪在地上。

翻箱倒柜的，方便面从鼻孔里从嘴里喷涌而出，变成了一堆奇形怪状的呕吐物。我到底还是吐了！而且是当众吐在小舞池地板上，甚至还丢脸地当着所有人的面咕咚一声跪在地上，晕车的后果到底没有逃掉。

他们非但不扶我，还用悬在空中的皮靴踩我的头。敢这么做，只因为这里是"朋克场子"，而他们是人数众多、频繁出没的地头蛇。

于是有人大笑："怎么这么笨啊？METAL。"那是个红色箭猪头的朋克，刚才舞舞扎扎谈论女人的也有他。

"傻瓜！快滚！""真他妈土。我他妈最受不了METAL。"

这些人的辱骂，我全看见，全听见，却说不出话来。我张大着嘴，唾水丝般一股股滴到地面上，手脚和嘴唇全麻痹了。

我甚至吐在一个人的鞋上。那是一双白色耐克！它的主人刚刚从栏杆上跳下来，蹲下来扶起我。"怎么了你？没事吧？"是个妖精般的女朋克，眼睛在黑眼影里四下转动，睫毛上好多闪闪的颗粒，迅速地打量我的全身。露背紧身衣和脸颊之间一缕缕灿烂的黄发。最让人吃惊的是她的一只胳膊从上到下戴满了各种运动手表，怕有十几块吧，五颜六色好像个纽约地铁里偷表的流浪汉。

她回头说："叫你们别闹，他生病了。这么大的个子怎么这么不顶事啊？不就是踢了你一脚么？"

人群哄地散开，悬在半空中的战靴和运动鞋砰砰啪啪跳落地面，气势汹汹围过来。

那只红色箭猪头被一只有力的大手卡住喉咙，亚飞的长腿挡在眼前。亚飞的眼神好像刀锋在石头上划过时迸出唬人的火星。他刚从厕所回来，看都没看围拢过来的朋克们挑衅的眼睛，很不屑地掐着红发朋克的脖子往前推："你很有魅力是吧？你丫装逼是吧！操你大爷的终于落在我手！"对方鼓着眼睛，挣扎那么无力，几乎要仰面朝天跌下栏杆了。

"别介别介，他自个吐的可能是生病了……让我带他去洗洗吧。"女孩赶紧拉起我对亚飞说。但是亚飞看都没看她一眼。

我关节苍白到青的手抓住亚飞的袖子，对方人这么多我怕亚飞吃亏，赶紧点点头："我没事，是晕车！"我白得可怕的脸色和失血的嘴唇令亚飞相信了。

他松开那只箭猪。"都他妈给我闪开！"亚飞低声喝道，最前边几个愣头青老大不乐意地悻悻闪开一条路。

"回去以后你得好好休息啊，这种体格怎么在外边混啊？现在你是在北京了，你得坚强，无论何时不能向任何人示弱。就你这种体格，这种意志，在北京根本活不下去！"亚飞说。

"嗯！你放心吧！"我羞愧地在水龙头前洗得哗啦哗啦响。心想决不会再给乐队丢脸了！今天实在是自己太弱，现了眼！

女孩突然闪出来挡住我们的去路，她一定是早就等在卫生间门口。胸口几乎贴着亚飞笑嘻嘻地说："没事了么？我的鞋可怎么办？搞这么脏！"亚飞眼珠转转，在想办法。没等他说话女孩笑了："玩笑玩笑，你是叫亚飞吧？"

"我赔你我赔你……还要谢谢你照顾呢！"不知为什么，一见到她我就衰竭了。

"真让赔你还不定赔不赔得起呢。"一换成跟我说话，她表情立马就冷了，换上一副冷傲的刁妇模样。

四

女孩径直给了鬼子六一脚："鬼子六鬼子六你怎么不回我的短信！太过分了太过分了！告你百代唱片的制作人一直叫我介绍新人呢！"

她满脸覆着POGO后的乱发，乱发丝下的眼睛笑成一条好看的缝隙。我又一次吃惊了。这么开心的表情让我把之前对她的判断全部推翻掉。我似乎永远看不明白女性。每当认识一个新女孩，我以为她是这样的，最后却总是那样的。我是笨拙和愚蠢的！看不懂她们瞬息万变的表情的含义。

她已经警察一样飞快地把鬼子六搜了一遍身，柴枝一样的手长快有力，拔掉鬼子六腰上的铝制便携烟灰缸挂到自己腰带上也就零点几秒。呵呵傻笑的鬼子六还没反应过来，小甜甜已经转头砰砰有声地拍着大灰狼的胸骂："大灰狼你丫怎么爽约啊？我和加拿大朋友在希尔顿饭店等了你一个小时！一个小时啊！人家可是大腕，时间宝贵，灭了你信不信？"虚伪和混不吝的声音。

大灰狼委屈地说："哪有哪有，你光把我指使来指使去却放我鸽子……"

她却根本没听解释打断大灰狼的话继续说："我最近在办一件大事呢！英伦文化节听说过么？"

换了一本正经的表情左右看看我们，直到大家的眼神足够惊诧。

"英国大使馆请我的公司来策划'英伦文化节'。公司计划好好地推广你们的乐队！咱们大资本投入地炒作整个原创摇滚乐！做成中英交流盛会！你知道，中国的问题就是做事不大气……"

她轮番地戳戳我们几个的胸口，戳到我身上时令我一激灵不由自主往后退。她抬头看看我笑了："呦！是你！"

大灰狼赶紧插进来介绍："我们新来的鼓手。小航！"

"这是小甜甜。也玩乐队的。"大灰狼对我说。

小甜甜突然换了一副外交家式的假笑，盯着我的眼睛却是冷的，穿过我的身体盯着我的身后，突然说了一句不着边际的话："哎？你这衣服哪买的？"伸过夹着烟的手在我胳膊上捏了一下，还左右扯扯。我吓了一跳，心惊肉跳地感到她绝对是成心地捏了一大把我的肉。但是她的眼神似乎是真诚的和研究性的，没有丝毫暧昧。

后来我知道这个小圈套叫"绷着劲给点糖"，对你装冷酷的同时再来点勾勾搭搭的甜蜜暗示。不管怎么样都是个钓凯子的高招。她立刻占了主动权。

我往后躲了一下，可耻地脸红了。

不等我在触电般的难堪中抬起头来，小甜甜已经跑开了。"不行，我得去物色物色合适的乐队。"她笑着扔下一句话。

远远地，我看见小甜甜跟刚才踩我头的那些鹦鹉说了些什么，他们一起大笑。小甜甜往这边看看，遇到我的眼神，突然就不笑了。她满脸严肃跃上栏杆，和他们肩并肩地，继续看演出了。

你温柔如水的双眼 是我整晚沉醉的世界

女孩又是叫又是跳，探着脖子满场飞，典型半吊子乐迷的兴奋，而且一定要在人挤人的小舞台前边吸烟。我听到有人叫了一声，她烫到了坐在音箱上的女孩们。我的头巾已经被抢走，戴在她披头散发的黄色脑袋上了。

我和朋友都抱着手看演出，"谁呀那是？"亚飞问。用下巴指指小甜甜。

"给一个说唱金属乐队配和声的女的，都叫她小甜甜。"我们的吉他手鬼子六对圈子里的女人比较熟悉。他那对法国女星式秀气的眼睛左右看看，一边说一边敏捷地把桌子上酒吧的烟灰缸揣到裤兜里。他有顺手摸东西的嗜好，专门收集烟灰缸。

"啊呸！瞧她那副操行！丫就装吧！不行，这种水平的演出我看着烦，得出去吸根烟！"亚飞无比轻蔑地说。

小甜甜相当高，一米七五左右，双颊如削。她在台下小舞池里跳得很High，礼花般绽开的高中生式的长发在频闪灯光的苍白中一帧帧定格，银黄色的丝丝缕缕，长的发，弯的梢，扯开飘浮在空中，我甚至看清了柔嫩的耳根上闪亮的十字钉。

我惊奇地发现蹦跳着的她是不开心的，她现在表情比连倒两次霉的我还郁闷。一脸蔑视四周的迷醉，闭着眼睛，多毛的两眉之间是一个痛苦的褶皱。和刚才的嚣张判若两人。

五

最躁的乐队登场的时候身边有人悄悄说："没劲，咱们出去玩吧！"我吓了一跳，左右看看，大家都不在了。居然又是小甜甜不知道什么时候贴在身后，越过我的肩膀在我耳边说话，一脸正经！

我后背和她接触的地方火一样地烧起来，她的鼻息擦着我的脸颊。那种熟悉的闪电再次骤然经过我的身体。确实这么拥挤么？

她皱皱鼻子再次揪揪我的袖子不耐烦地说："走吧，走吧，出去转转。鬼子六他们人都没了！就你一个了！"

我看看周围，小朋友们撞得人仰马翻。这个乐队其实很做作技术又拙。亚飞和鬼子六他们大概觉着无聊吸烟去了。我什么也没多想地说："好吧！"

她就这么把我"处理"掉了。很多年以后，我才明白她的高超技术。

黑暗的公园，走在湖边寂寞的柏油路上，不见脸的一群山地赛车沙沙骑过我们身边时响起一片高中生式的口哨。小甜甜上身厚厚的毛冬装好像北极熊，中间一截没遮没拦的光腿。她的露腿装适合出现在演出现场，在公园里却未免惊世骇俗了一点。而且一定很冷。

"小航你来了北京多久了？"

"一个月。之前的鼓手被亚飞打跑了。"

"哈！亚飞这个人怎么总那样劲劲的？"

她开始吹嘘起来：她说了很多令我吃惊的业绩，评论了整个的北京乐队！所有的大腕她全认识，而所有的名人全是她哥哥或者姐姐。我想起了亚飞说的：最讨厌女人谈音乐。小甜甜说起这些好像比我还渊博，还要内行。她嘴里那些已经很著名的乐队却是刚从小地方出来的我从没有听到过的，所以她说了些什么，她暗示她有多么伟大，当时的我其实都没有体会到。我只是心跳如鼓，声声震耳。我怯懦地企图跟她谈谈理想之类的，却被她厌烦地打断了，就变得更加张口结舌不知所措。她整个就透出很不屑我，我不知道为什么她要把我找出来。

我看到刚被我的呕吐洗礼过的鞋。气柱是镂空的，有很多穿透的洞。"卡特二……"难得我还能记得杂志上的名字。

小甜甜咧开嘴笑了："是卡特三银色限量版了！全明星球鞋！耶！"

"能洗干净么？我赔你吧！"

"这不是洗干净了么，说你赔不起吧你还偏不信！走，咱们去玩滑梯！"她又开始露出那种刁钻的厌倦表情，搞得我不敢追问下去。

封闭滑梯里边一点也不好玩。我说："你先上吧，万一掉下来我还可以接住你。"

小甜甜爬上去时我看见她短裙里面颜色不明的内裤，确确实实的卫生巾的凸起，我第一次见到卫生巾，第一次看见斑斑血迹。突然非常同情小甜甜，做女孩可真惨。

"这是什么？"她摸着我的衣袖问，那是一行用细细的签字笔斜着书写在布料上的奇怪的文字，"应该是德文吧？什么意思？"

"不知道。"

"我帮你查查吧。"

"不要！我不想知道。"

"是个女孩写的对么？"她笑着说。我没回答她。

"你没事么？要不要送你回家。"我怯懦地说。

小甜甜没回答，我们一起站在高高的滑梯顶端，凑得很近，她眯着眼睛轻蔑地看着我，表情越来越像挑衅。我拿开烟深吸一口气认真地跟她对视，努力地想让自己的眼睛不躲向一边。

我听见她怦怦的心跳声。奇怪，我的心跳声应该比她还大才对，但是今天回想起来，却只记住了她的心跳声，她的呼吸声，她的一切；而我自己，似乎根本不存在一样。

滑梯顶端的空间只有豆腐块大，下面便是一大片游乐设施。什么旋转椅秋千之类，黑暗中一团团的古怪形状好像潜伏的野兽。冬天夜晚寒冷的风里逆行的发丝抚着我的脸，那是第一眼看见她时令我目不转睛的头发，散发着温暖的女性的香味。

那湿润的刁蛮的眼睛就在阴影里古怪地亮亮看着我。似乎有点刁钻，有点怪罪。后来，当我更有经历的时候，发现在那关键的一刻，女孩们总是有这种古怪的眼神一闪而过……

那永远是我不明白的眼神。

鬼使神差一般，我突然侧头躲向一边。

我一定是故意的，所以她猝不及防的嘴唇只在我的脸颊划了一下，虽然这一下，已经够我颤抖和晕眩。

六

她招招手，毫不客气地坐进滑行过来的夏利车里侧，却不关车门，空着外侧的座位，仍然瞥都不瞥我一眼。在这种沉默的命令下我只好钻进车里，老老实实坐在她的身边。

一路上出租车开得风驰电掣，车窗外的寒风呜呜地叫唤！小甜甜一言不发，我双手夹在大腿里，噤若寒蝉。我不知道该怎么办，我们都不说话。我不敢看她，搜心刮肺地寻找着把这内情糊弄过去的办法。当时我以为她是尴尬和可怜的，很多年以后我才明白自己错了，她只是一种单纯的要面子的气愤。

在她家楼下我们草草地分手。小甜甜居然还冷冷客气了一句"谢谢送我，早点回去吧！"没等我回答就钻进那栋老式塔楼。

我看着她消失在楼口的黑暗中，摸一摸口袋。

没钱了！

刚才的出租车费，差不多凑掉我剩下来的所有的零钱整钱。我在车里到处找钱凑的时候，她肯定知道我没钱却不理我。但是我总不能管人家女孩要钱吧？

在漆黑的马路上我把上下口袋全翻了个遍，甚至把羽绒服脱掉抖了抖，大把的废的公交车票下雪一样洒了满地，只翻出两张破抹布一样的一元钞。这么晚了，肯定没有公交车坐了。我想了想，其实想也不用想，只有步行回家的下场。今天真是衰到家了，先是坐出租被骗，然后大庭广众丢尽了脸，现在又是这样被女孩整治，大写的惨字啊。

我走了有多久？也许两个小时吧，也许三个小时。我不说话只顾走。地铁站全都早早地关了门，卷帘门一张张铁面无私地拉下来。这个城市一到夜里就像是死了。风沙大作，空旷的马路寂寞而宽敞。只有哐啷啷巨响的运建筑材料的大型工程卡车风驰电掣，每过一辆路面都地震般颤栗。我浑身燥热，口渴得要死，好不容易远远看见自动售卖机的方方的背影，跑过去却发现该机器已经被抢劫过了，玻璃丑陋地洞开着，内部挤满了碎鸡蛋。

巨大的楼群，顶端的小红灯，寒冷而宽敞的街道。远处迪士高糜烂的红色标志一闪一闪。夜幕下的北京又大又荒凉，所谓的地下的北京。

一路上想了些什么？没有像样的思想……我一定是误会了，因为我很笨，总是把周围的男女关系弄得很微妙，她只不过偶然碰了我一下，我却多心了，我的多心令她生气也是应该的。一定是这样！我在黑暗的街上，在一阵阵看不见的沙尘中咬着牙，思绪万千。

七

房间里黑漆漆，已经半夜三点多。我进了地下室，在门口沉默了一会，听见自己懦弱的喘息，现在的我一定很落魄。头发很痒，狗一样扑棱掉头发里的沙子，看不见的颗粒沙沙作响地撒落卜去。

黑暗中传来我们养的鸽子"小鸡炖蘑菇"半睡半醒的咕咕叫声。我手软脚软悄悄摸回自己床边，正脱下运动鞋。"咔嚓"——顶灯雪亮。我的床，我的手，我的脸全都一清二楚地惨白，我呆住了。

一屋子人都瞪着眼睛。鬼子六，大灰狼，还有笑嘻嘻的亚飞，恶狼般的一双双布满血丝的眼睛灼灼地看着我。

我们养的鸽子"小鸡炖蘑菇"也醒了，啪啦啦从通风管上飞到我的肩膀上站定。

我懵懂地说："都怎么了？这么晚都不睡！？"我的嘴肯定又张得特别大。加上肩膀上咕咕地亲热磨嘴的鸽子，看起来一定傻透了。

鬼子六严肃地说："我们全都看见了，你们去哪了！？"

我已经累坏了，不想跟他们浪费精力："小甜甜么？她说太闷出去走了走。"

众人深知内情地"噢"了一声，彼此点着头交换了眼神。

"别瞎猜，真的是一起散了会儿步，人家可是……"

鬼子六笑道："搞到半夜两点还说别瞎猜！你们是去了玉渊潭公园对吧？"

我脱口而出："哎？你怎么知道？"心想原来那个公园叫玉渊潭！

大灰狼补充："玉渊潭公园的儿童游乐场！"

"而且你们就去了儿童游乐场的封闭滑梯里！"

我大吃一惊地说："你们怎么什么都知道？！你们跟踪我？"

鬼子六说："她从很陡的台阶上爬下来叫你去台阶底下接着她对不对？可是她下来的时候，你一抬头，看见了她的短裙下的内裤对不对？"

"然后你们轻轻地轻轻地凑近，凑近……"鬼子六搂着胖子大灰狼，用力抓他T恤衫下女人一样圆滚滚的胸，一边说："小甜甜在往后缩。往后缩。好像很羞涩，你听见她越来越剧烈的心跳声。"

大灰狼说："呦！你轻点……然后呢？"

"然后你发现她的嘴唇是湿润的软软的，她的牙齿很细，她似乎犹豫着。她不像小说中那样主动，也不像小说中那样引舌缠绵。你用舌头撬开她的牙关，于是碰到了那个退缩着的颤抖着的舌尖。真正的美味。你几乎怀疑她不曾接吻过！她一直轻微地推拒着，但她无力……"

我大惊失色地站起来，"小鸡炖蘑菇"一炸毛飞回了通风管道上。

"胡说什么呢！"鬼子六的话不尽然对，可也八九不离十，让我无比惊诧。

鬼子六大笑道："还不明白么！？你真傻还是真纯洁！因为大家都跟她去过嘛！一模一样的程序！今天是你，明天是我，每人一次，放心，大家都会轮到。哈哈哈哈！"

八

鬼子六猝不及防地被我按在床上！

"你丫没亲眼看见他妈信口乱呲！你真跟她去过么？"我盯着他的眼睛恶狠狠地说。这是我第一次在话里加入了北京的"丫"字。那么自然。

看到我居然怒了，大伙都闭了嘴。

鬼子六说："唉……呦！闹着玩呢，你别使劲，其实是隔壁老三说的。那个小甜甜很有名，总带乐手去滑梯那儿搞浪漫！"

我愣住了，不知道为什么突然想起家乡的松涛声，眼前都是林立的树干，野猪拱出的一道道长沟。阳光，清风，浩大的松涛阵阵……

原来小甜甜又号称"三十人斩"，和很多乐队的人都腻腻歪歪地有过一段，一旦得手便会甩了对方。她甩了三十个男人，却从未被男人甩过。在她周围就是一个危险的战区。不断有男孩加入战团，又不断有人被踢出局！

例如第一次见面捏我那一下，实际上她见到任何陌生男孩都会绷着劲来这一套！小甜甜就是那种喜欢约人在五星酒店大堂见面的女人。豪华璀璨里配合上一点严肃，一点戏语，一点呼来喝去。令穷乐手们以为碰上个桀骜不驯的大家闺秀！实际上就是一个花里胡哨的女流氓！

小甜甜的故事就从他们的嘴里源源不断地讲出来。

从此以后大家都以为我和小甜甜有一腿，以为我在滑梯里占足了便宜，没人相信我的清白。大灰狼甚至羡慕地问我，和小甜甜做爱是什么滋味？

自始至终，我都没有勇气问到底：那些男人上过小甜甜么？

其实，这能算是一个需要回答的问题么？

九

睁开眼睛，满眼都是宁静的黑暗，地下室里永远是这样，即便外面是明日高照的正午，地下室里永远没有太阳。听不见鼾声，便知道地下室里的人都不在。我穿上衣服，在走廊里管灯嗡嗡的响声中拐了无数弯，开始爬楼梯。出口处也是一片黑暗。这里的灯有奇怪的毛病，亮一天不亮一天，今天运气不好它不亮，所以这里也是一片黑暗。

黑暗里拉开潜水艇般的大铁门，灿烂阳光的丛林，迎面空调纠葛复杂的大楼背面，一角蓝得发紫的天空，轻轻摇弋的白杨树。果然，外面正是一天中最晴朗最灿烂的时间。

我心乱如麻，求救般给漫漫打了电话。

一种前所未有的紧张，好像背叛了情人一样，又好像一个被人非礼过的姑娘没有脸去见爱人一样。食指神经质地敲打着公用电话亭的有机玻璃，等待那冷静的声音。说实话，我混乱了。

电话被接起了，却是她妈妈。令我大失所望，又有些心里石头落地。

她妈妈说漫漫不在，说现在漫漫放学了直接会去老师家里补课，很晚才回来。我郁郁寡欢，木讷地说谢谢阿姨就挂了。

　　随便挤上一辆公车的我总是让周围的人们侧目，所有人都冷漠和奇怪地看着我。刚来北京时我以为是因为自己束起的长发，后来才知道是因为我难看的鞋和农村气息的衣衫。在这个城市里只有贫穷才会令人鄙视。我把额头贴在冰凉的车窗上，听乘务员嚼热茄子似的圆滑京腔报站吵架骂人，每次看到那些以"中国"和"人民"等字样开头的牌匾，一个个小时候经常在报纸里、新闻里听到的伟大的地方，我就涌起一阵兴奋、一阵激动！带着自豪感从车窗里仰头去瞻仰那些冰冷庞大的砖墙和飞檐。阳光在城垛间时亮时熄。在我的心里，这些地方是属于我的，是属于全体中国人的。但是在某些当地人心中，这些地方只是属于他们"北京人"的，而不是外地人的，尤其不是我这种穷人的。我穷，我对首都的爱便是卑贱的。

　　公车行过钟鼓楼，行过二环路，行过从小在课本里和电视上看到的熟悉又陌生的一切。天安门上"中华人民共和国万岁，世界人民大团结万岁"的字样终于像是电影的片名一样赫然地出现了。天安门上的天空真的特别蓝，特别好看。墙就像照片中一样通红，壮观的人流，天安门广场像在鱼眼镜头里一样大得畸形。到北京的第一天，衣冠不整的我在广场上幸福地飞奔，站在人民英雄纪念碑前一阵阵头晕目眩，替自己那个当了一世军人现在变得难以沟通的老父亲敬了一个军礼。不远处就是一个笔挺整洁的礼仪士兵。

　　我想，当时那个兵，他笑了么？

　　几个民工大包小包挤上了车，穿得破破烂烂。

　　"喂！你们几个！行李全都打票！"乘务员喊道。她随即把每个行李卷都按一人份硬性地收了票，尽管那些行李也许不值这么多的票。

　　我看到民工拿着很多行李的样子，心里便很同情。我站起来，把座位空出来示意最老的那个坐下。

　　"喂！不许坐！那么脏坐什么呀你！？"乘务员嚷道，于是那老民工连坐都不敢坐，怯生生地蹲在空着的座位旁边。

　　听着京腔肆无忌惮的咒骂，我转眼去看窗外。车窗上倒映出不清不楚的我，瘦削的脸颊，细长可怜的双手平伏腿上，车窗外忽明忽暗的光染蓝了紧身衣袖口，那里有一行德文。

　　漫漫纤细的文字越洗越模糊了，有的字符开始缺胳膊少腿，我真怕它消失。

　　漫漫啊……

　　漫漫有一个冷静的方脑门。

　　漫漫是我小学时的同桌，从小学起，我就在干净洁白的漫漫面前不敢抬头。她帮我讲作业题，我们头顶着头，我看着她的铅笔在自己的练习本上写写画画。那种紧张和巨大的满足的感觉终身难忘。

初中我们分别进了两所学校。我开始结交流氓朋友，学习一塌糊涂；而漫漫进了重点中学开始学美术，简直是天堂和地狱的落差。等到中专我们却又在一起了，你要相信缘分这两个字。我们居然就读同一所师范中专，她学美术教育而我学音乐教育。其实这也没什么好神奇的，我们那个地区只有这么一所包含艺术科的学校。

中专时的漫漫和小学时代的漫漫有天壤之别，不仅因为她出落成大姑娘，而且因为她变得很阴沉。学音乐的女生都是很活泼漂亮的；学美术的女孩多数奇丑，性格也内向，据说，只有丑陋的人才会疯狂地追求美。而漫漫在画画的女孩里难能可贵的端正，但是她比最丑的女生还要阴郁，我几乎是她唯一肯说话的男生，遇到除我以外的男生她都是一低头匆匆走过。不知道我们不接触的那三年到底发生了什么，让她变得这样的阴暗？

我只知道自己又喜欢了她五年。中专的五年里，她经常跑来琴房练习钢琴，每间琴房都是几个音乐生公用的，美术生没权利使用，于是我把自己的练琴时间让给她。我坐在墙角吸烟，看着洁白的漫漫练琴，看她严肃的脸，窗帘飘浮，温暖的光影让她的白衬衣白炽灯一样刺伤了我的眼。

漫漫喜欢钢琴和德语。德国是她特殊的爱好。她喜欢他们的精神，他们的画作，他们伟大的贝多芬和德意志战车乐队。

她在我的生活中留下了很多的德语。她写在送给我的画上，写在借给我的CD上，甚至写在我的袖口上。但是只有一句德语是我确切地知道的。

"Nein"这句德语的意思是"不！"

总之，这个城市很让人失望。那又怎样？我对北京没有任何要求。

我不是为了音乐来的，我是为了漫漫来的。

天已经完全黑了，她应该回家了吧？我找到了公用电话机，再次去拨自己心仪的那个号码。长音长音长音，一声熟悉的"喂——"之后电话终于接通。

"还在复习么？我是小航。"

"小航，怎么了？有什么事么？"

"没有什么事……我已经到北京了！"

"北京！？"她诧异了一下，"毕业证不要了么？"

"没……没什么，那个毕业证就还给学校吧。"虽然远隔千里，我仍然觉得自己的脸全都红了。

这样多好！等你到了北京我就可以去接你了。

"哈哈，我是为了摇滚，我参加了一个乐队！想在北京做音乐！"我勉强笑笑又说，"是不是打搅你读书了？电话太晚了吧？"

"当然不会！不过妈妈在问了……她不愿意男的总打电话来。"

"那……"

"那么……还有别的事么？"漫漫用冰冷的声音问。

我看看袖子上的一串德文，嗫嚅着说："不……没有了，你要加油！"

> 那一年你正年轻
> 总觉得明天肯定会很美
> 那理想世界就像一道光芒
> 在你心里闪耀着
> 怎能就让这不停燃烧的心
> 就这样耗尽消失在平庸里
> 你决定上路就离开这城市
> 离开你深爱多年的姑娘
> ——《那一年》许巍

我看着袖子上那细细的油性签字笔所写的奇形怪状的一段话。我曾无数次猜测这句话的意思。我可以去德语字典里查但是我不敢。我宁愿在彷徨的时刻看着这么一行话，直到我有了充足的自信的时候令她当面告诉我。

漫漫一直说她要考北京××美院。后来，毕业在即，我已经混得掉了底，和爸爸不断吵架。老爸已经受够了我的不上劲，受够了我的鼓声和长头发，受够了我的那些乱七八糟的朋友。

那时候我已经不太上课了，上午跑出去学鼓练鼓，下午跑回学校见见同学朋友们扯扯蛋，然后耗在琴房里等着漫漫来练琴，争取能混到晚上送漫漫回家。

一天我们坐在家乡的公交车上，夏天的夜晚我照常送漫漫回家。看到她的眼神那么悲凉，我说让我来帮你解决那个巨大的难题吧，谁得罪了你我帮你扁他，我扁不过还可以找很多人帮我扁！

"Nein！"

她看着我，外面闪过的车灯让她的瞳孔的底部瞬间像黄色缎子一样漂亮。瞳孔缩成针尖刺着我的脸。她好像突然就决定了什么，抽出签字笔在我的袖子上写了这样的一段德语，然后抱住我的胳膊靠在我的肩膀上。

我胆怯地问："写的是什么？"

"别问！"

我们都看着窗外，其实窗外漆黑，看不清什么。漫漫的手把我的胳膊抱得紧紧，肩膀上感觉到她头的重量。我又气馁了什么也不敢说了，就只能体会着一阵一阵的惊恐和幸福的冲击。其实，我也猜到那句话应该是什么意思了。

漫漫去哪里我就去哪里，不离开！

令她收回衣袖上这句话，当时我这么想……

索性毕业考试也没考，就跑来北京了。我可以在北京等着漫漫考来北京的学校，因为漫漫说要做什么，就一定做得到！

我要等着她来，我可以陪着她再度过大学四年。

回来时地下室里没有人。地下室的墙上贴着一些海报和标语，还有几张铅笔画。其中一张画了四个大个子长发男人坐在一堆包装箱上，中间的那个戴着墨镜，破烂的牛仔裤，他越过了岁月和亚飞狂乱的铅笔线条柔地看着画外。这就是我曾经为了接近他而被人撞倒的摇滚偶像老泡。没错，老泡的传奇是如此风光，尽管是明日黄花了，那名字仍然令所有的金属迷陶醉，包括幼稚的我，包括暴躁的亚飞。

我低头从烟盒里衔了一支烟，烦躁地找不到火。小鸡炖蘑菇又落在我的肩膀上，伸出小黄嘴啄我还没点燃的烟。我知道它一定饿了。这只鸽子某次误入了排练室半地下的窗户，被亚飞他们抓回来。还是一只半大鸽子呢，不怕人，叫它小鸡炖蘑菇是鼓励它努力成长，肥成一道菜。夜晚买不到方便面的时候亚飞他们经常把小鸡炖蘑菇放在桌子上，围着它孤寂瘦小的身影，吞着唾沫测量它干枯的身高体重，听着它无助的叫声……商量将来怎么吃它。自从我来了以后小鸡炖蘑菇就对我最亲，大概因为我老爸曾经养了一百多只鸽子，弄得我也蹭了一身鸽子的气味吧。小鸡炖蘑菇平常总飞到我肩膀上站着，甚至敢啄我嘴里衔的零食吃。

我一边给小鸡炖蘑菇换水，给它的小碗里加小米；一边想到漫漫的白色身影。她就像这只灰白斑点的鸽子一样，有一对看不见的翅膀，她早晚会飞向我越来越不了解的远方。而我只是个普通人，没有翅膀，只能先行去了那个远方等着她。小鸡炖蘑菇，你也有一对翅膀，你明白她的心思吧？告诉我，她一定会履行诺言吧？一定会来北京的吧？

CHAPTER
02

我的心
它正在飘向窗外
My heart
is floating out of the window

我在起起落落中
寻找方向
我在走走停停中
无边幻想
不能写也无法唱
不能写也无法唱
一秒钟坠落这漂浮的海洋

——《不经意间》达达乐队

我心乱如麻。大喊了一声。

又一对男女落荒而逃，我们乐队的声场五分钟内就把他们轰出了"迪奥"酒吧。

原本人家是甜蜜地黏着进来，兴趣盎然地发现了小舞台上演出的我们。在吧台上坐下来的时候，男人还不知死活地跟女的解释"这叫音乐酒吧"，伸手揽住女孩腰背企图像在其他酒吧一样就着音乐缠绵。那时候正好是第二首歌用电吉他模仿马头琴的前奏，轻柔，忧伤。

"啊！"随后大个子亚飞一蹦三尺高，大吼起来，让他们知道了摇滚的厉害：地板颤抖，杯子里的啤酒震得荡漾，声浪彻底炸毁了浪漫。这对男女张大着嘴错愕地看着我们，男人的手还难以置信地遗忘在女孩的大腿上。

男人逃跑的时候还企图风度翩翩地闪开桌子慢行。但女的一捂耳朵冲出门外，他也只好狼狈地追出去。

他们不是第一对被我们的噪音轰出"迪奥"的男女，而是无数倒霉顾客中的一员。

前任鼓手用没上缴的钥匙打开了排练室的门，偷走了整套鼓。亚飞为了堵上买新鼓造成的财政窟窿什么活都接，却因祸得福地接了个画画的活——为新装修的"迪奥"画壁画，而且居然套牢了同老板的关系。我们在"迪奥"获得了最初的演出经验。

"迪奥"的老板是个热血青年，牛声大嗓刷子板才。不知为什么对亚飞有着不可思议的个人崇拜，崇拜到牺牲了顾客让我们演出。后来我们再也没遇到过如此义气的老板。但"迪奥"毕竟只是个正儿八经的小资浪漫酒吧。狭窄，温柔。根本不是摇滚演出的场子。我们的音乐极重，而且不成熟，对来酒吧找情调的男女来说是噩梦。对"迪奥"来说就是生意上的致命伤。

我们悻悻下了台。"臭流氓"亚飞摇摇晃晃走向两张拼起来的大桌子，上面摆满了大肚子扎啤杯。环桌而坐的几个男女表情尴尬，报以寂寥的掌声。那都是我们带来的朋友。尽管特意挑八点左右酒吧生意最红火的时段，演出仍然轰跑了大半酒客。还没跑的差不多全是我们带来的亲朋故友，亚飞的哥们，鬼子六的姐们。他们基本上都不听摇滚，一直挤出假假的笑容哆嗦着下巴狂喝啤酒。他们没跑掉的原因有两个：一方面爽于老板免费款待的啤酒舍不得跑，一方面慑于亚飞的淫威不敢跑。

一

环桌而坐的朋友们中有几个女孩和乐队的关系有点微妙，其中个子最高的女孩叫阿冰，鬼子六虽然瘦得像猴子一样弱不禁风，女朋友阿冰却是运动员一般飒爽的健壮女孩，堪与亚飞一配。

阿冰啪地拍了一下桌子，喊起来："别以为我信你的那番话！你们当中有红发么！？亚飞的头发什么时候做过直板烫了？"鬼子六马上往后一缩，一脸畏惧。

这是一个老问题！昨天阿冰在鬼子六的床上缴获几种不同颜色的长头发，大吵大闹。当时鬼子六跟她说那都是我们几个的长头发，黄的烫过的是大灰狼的，长的直的是亚飞的！但是阿冰仍然觉得破绽百出。

"唉！算了，别委屈鬼子六。"亚飞说，"红色那根是我带回来的女人的。"

我知道最近亚飞根本没带过红色头发的女孩回来。

鬼子六和亚飞不一样，所有和鬼子六有一腿的女孩，清一色的漂亮。而鬼子六对待女孩也是真好。他好像有收集漂亮女孩的嗜好一样，无论当时的女朋友多漂亮，再见到不同类型的漂亮女孩，他仍然忍不住要贴上去搭讪。

鬼子六瘦成猴子，他一上出租车，司机都惋惜地进行戒毒宣传：小伙子你还年轻，戒了吧！看你瘦的！这是个如女人般的美少年，肢体细长，凹胸削肩，一绺绺的海妖头，细长手指上的银花戒指，短牛仔夹克衫上自己缝的五颜六色的标志。和他一起逛街的时候，店里的女服务员见到他就特别热情，说他酷似巴西队小罗纳尔多，但比小罗"文静多了"！

她们都被鬼子六的外表给骗了！这厮看着很弱，实际上好像《篮球飞人》中的樱木花道一样"嘚了呵"的，这句东北话的意思比较接近北京话里的"傻瓜"，只不过"嘚了呵"还有一点"纯洁"的意思。

鬼子六在地下摇滚乐手里还是有一定名气的。他的吉他技术是我见过的吉他手中最好的一个，可惜一直没有像样的演出来展现。他的名气，完全是因为一些生活琐事。比如有一次他喝了点酒光着屁股骑自行车沿着长安街飞驰，一直骑到东单才算是被警察擒获。警察叔叔下班回家，鬼子六光着屁股被铐在办公室暖气上蹲了一夜。第二天亚飞去接他的时候，看到"小罗纳尔多"鬼子六套着一条破裤子，拎着一桶水，黑黑的他披头散发好像一个刚被糟蹋过的菲律宾女佣，拿着根拖把正在擦洗警察局楼道里的台阶。

没过一个星期，鬼子六在酒吧和哥们喝酒玩牌，输了要脱一件衣服，十几局玩下来他和对手都脱光了衣服。两个人玩红了眼居然叫自己的女朋友继续脱衣服继续玩，最绝的是这两个女孩居然也真肯脱。服务生也不敢来劝，直接报了警。

所以亚飞去接的时候，发现这回多了三个人陪着鬼子六一起擦台阶……

所以经常不穿衣服的鬼子六经常感冒……

所以漂亮的鬼子六经常被漂亮的女人甩，而他总舍不得去甩女孩。

所以看着那个分明爱鬼子六爱得十足的漂亮阿冰被大伙蒙骗，我心里就不舒服。

实际上，最早追求阿冰的是大灰狼。大灰狼是世界上最浪漫的人，一见到好看点的女孩，他那比姚明还豆腐的大方脸，可以挤成万般柔肠；吝啬的厚唇小口，可以撅成西施娘娘；而原本高山号子一样的声线，会发出世界上最淫贱的浪笑！很可惜，每次泡妞都以大灰狼的炮火进攻开始，最终却以鲜花旁落在鬼子六身上作为结束。通常圈子里热爱摇滚的姑娘们，无论美丑，都险些跌进大灰狼的满地弹坑，最终却是大灰狼的一腔热泪和鬼子六的得来全不费工夫。大灰狼要给姑娘吟诗作对，弹琴谈理想谈人生谈艺术，而鬼子六只要顺其自然地钻进那些女人的圈套就成了。

当女孩和鬼子六在房间里胡搞的时候大灰狼只能酷着脸窝沙发里等着他们办完事，等女孩走了好蹭鬼子六一起去网吧CS。

现在大灰狼照惯例盯上了阿冰身边的女孩，眼睛总在人家飞机场上打转，讪笑着硬要叫人家老婆，弄得女孩不好意思和他说话。她是阿冰的死党，叫高怡，在狗日的国家留学读高中，只有假期回来北京。高怡还没有发育完全，胸小小的，个子小小的，眼睛也是小小的四处乱飞，在靓丽高大的阿冰身边显得更加不起眼。高怡最初还有点羞涩，还有点灰姑娘式的内向，估计是在日本高中生发达的第二性征面前习惯了自惭形秽。在那个对脑垂体以拳击冠军一秒钟几十发敲打梨球般凶猛刺激的国家，十六岁的女孩身体已经发育得跟生过两胎的卖肉婶不相上下了。

坐在我身边的女孩最漂亮，她一直低头看着桌子，不抬眼睛。半长的头发在颈后轻轻散开，露出少女雪白的肩颈。那竹林笛声一样清丽的面容，弥漫身边的虚怀若谷的安静，让我想起漫漫。她叫尹依，据说是大家的"妹妹"。

开始照惯例喝酒狂欢了。演出如此糟糕，令亚飞拉长着一张老大不开心的脸，大嗓门的胖子"迪奥"老板一把揽住他的肩膀使劲抱了抱，喊道："好听！太好听了！喝吧喝吧！只要是亚飞带来的朋友，啤酒全部免费！"

我只经历过暗恋的直觉告诉我，尹依和丝毫不在意她的亚飞之间，有一种奇妙的空气。

二

早上我刷牙的时候，一个女孩走到我的身边洗脸。她的套头衫下摆刚好长过了屁股，露着大腿。

"哪一个是鬼子六的毛巾？"她拢着红色的散发，伸着许多绒毛的颈项，把叼着的发夹重新夹好。一脸的水珠，盯着镜子中惊讶的我这么说。

我惊了！因为这是高怡，因为高怡穿着鬼子六的鲜红外套！我明白了那个惊心动魄的事实，高怡昨晚和鬼子六睡了觉，妈的鬼子六怎么连女友的朋友都搞上了？

我满嘴含着泡沫，口齿不清地说你好你好，然后把鬼子六的毛巾递给她。

"他的牙刷呢？"

洗手间的灯光是昏黄的，满地的水也荡漾着黄色的光亮。她算是端正的五官就像玻璃器皿的外轮廓，圆润好看。

她只是稍稍扫了我一眼，就好像在我赤裸的上身摸了一把，令我无限地后悔自己的赤膊！

大家都轻敌了，老鼠似的高怡瞬间剿灭了我们这个乐队。当我们废物一样！

阿冰再也没有出现过，让鬼子六难受了好些日子。这种泡妞竞赛中，按惯例自然首先是鬼子六牺牲。这叫欲攘外先安内，高怡要证明自己较女性同类更为出色，必然要先抢到好友阿冰的男朋友。打赢心理战！这女的挺贼的，她搞了鬼子六，却又刻意和他保持距离。搞得鬼子六晾在那儿没有名分，搞得大家投鼠忌器。

其实阿冰比高怡好看多了，也没高怡那么多心眼。

当大灰狼第一次看见高怡贴在鬼子六身上的时候，就退出房间关了门，爬上排练室，木然拿起已经落了一层灰的贝斯：插电，调音。

然后就抱着琴半晌没出一个音。

我递给他一根中南海。

大灰狼说，有酒么？我又从音箱后面扒拉出几瓶燕京。

　　大灰狼叹口气，给我进行了一次刻骨铭心的爱的讲座。大灰狼经常给我讲他的浪漫史。坦白讲没有几桩，而且也都是地下室常来往的那几只扮相够酷的恐龙货色。但是经过大灰狼添油加醋，却发挥成一个个大灰狼版的《花样年华》。故事内容饱含感情和泪水，间插精彩打斗和床戏，极富感染力。大灰狼绝对是个语言的巨人，比他的身材还要高大许多！第一次听的时候，我心潮澎湃热泪盈眶。故事讲到伤心处我也想和他一起哭，故事讲到高兴处我也拍桌子替他高兴！只是往往谜底揭晓时发现故事的女主角原来便是每天见面的那几只龇牙露齿的扮酷乌鸦，两只恐龙相互咬吃的恐怖画面就是刚才的那番倾城之恋，碰得牙齿哗啦啦响的狗啃便是那拥吻的万种温柔，狂吐。听的遍数多了更是耳孔流脓头大如斗，我要是女的早就月经不调血崩死了！真想用臭袜子塞住他的嘴！

　　我的朋友们是一群什么样的货色啊？

　　我大部分时间都泡在排练室。从宿舍出来沿台阶向上，在地下室迷宫走廊最黑暗处，有半人高的小铁门。弯着腰钻进去，豁然开朗，居然是有着半地下的窗户的，好像一口漏下微光的井，满地废墟惯例地乱。亚飞用区区两百元暂时包下来。说好了，如果有人要付三百以上的租金就让出去。

　　女孩们一来地下室，排练室就没了人。他们在宿舍泡妞的时候我便在排练室里疯狂地整理和打扫。

　　排练室已经很久没有整理，害怕乐器被宿舍的潮气损坏，全部堆在了排练室。他们如果改行去干行为艺术一定很有前途，琴架在音箱上，音箱架在啤酒箱上，啤酒箱架在破轮胎上。装满了旧杂志的大铁桶，把摇摇欲坠的一切顶住。几百张CD乱堆在地上，小山般高，淹没了磁带CD两用机。如果要走到排练室最里边架子鼓那里，一路上必得飞坑越沟。实际上，排练室的这种杂乱无章好像积了水的地下室一样，大家甚至觉得很舒服很凑手，只除了初来乍到的我。

　　首先把架子鼓整个拆开了擦一遍，然后接电灯，修音箱，贴隔音板，扫地，扔东西……光贴隔音板就用了一整天，撕了几十米的两面胶撕到手酸；地上扫出的浮土有好几脸盆。

　　贝斯鼓的后面，我扫出了一块奇怪的洁白的纺织品。

　　把它拎起在眼前仔细地看：好像变形了的口罩。我想起那个郁闷的夜晚，月黑风高的公园，一个女孩不惧寒冷爬上铁滑梯，内裤上浅浅的血迹……

　　哦！这就是当时看到的学名叫做"卫生巾"的专业设备啊！

　　我拎着那块卫生巾感叹了半天，歪着脑袋左看看右看看，然后怀着一种说不出的寂寞把它打上肥皂，细细地洗干净了，晾挂在镜子前面。这东西为什么会出现在不相干的排练室呢？我完全没有去想，那种事是我视野之外的奇景。

镜子前面晃荡的卫生巾滴着水，表面网沙的皱褶是一种阴影般的青色。

<h2 style="text-align:center">三</h2>

为了把宝贵的器材排列整齐，我特地去琉璃厂买了几个琴架。抱着粗粗一捆七支八翘的琴架，我在路口的公用电话亭给漫漫打了个电话。

忐忑地听着长音："嘟——嘟——嘟——"看到那块卫生巾之后，我心里猛然多了一个空洞急需填充。漫漫，你过得好不好？

电话通了，她的声音仍然是温柔的，可是漫漫说正要出门，然后就是粗暴地挂断的声音。我在轰隆隆的车流的噪音中站了足有好一会儿，才木呆呆地、神情恍惚地飘向地铁站。红色晚霞不能让我冰冷的手指有一丝温暖；天空残余的惨蓝；遮阳棚倒影半透明的暗黄；少年们鞋带刚开始流行的鸡绿；姑娘们新冬装的荧光桃红；所有的颜色瞬间褪去，世界化作沮丧的黑白。

撕完票进了站我才想起来没有拔IC卡。当我赶回电话亭的时候，卡已经不翼而飞。那张卡用掉了我一百块，我很少有钱可以浪费，这都是我那愤怒的老父亲的施舍。

只有鼓槌快速打击能带来一种疯狂的温暖，昏暗的排练室里，我独自排山倒海般地练鼓。汗如雨下！鼓锤断了，衬衣湿透了，我爽到了！这天下午我打出了更激烈更干净的鼓，第一次做到了保持双踩速度一百五十过通加花三分钟以上，沉迷于英雄式的技术。我一跃飞上了天空，悲壮的，像成为百万富翁一般兴奋。这静静的排练室就是天堂，是我的圣殿，我要努力，我得努力！

在每一次冲动背后
总有几分凄凉
我只要不停地歌唱
停止我的思想
有一种力量 有一种力量
依然在我心中流淌
我不停地弹着不停地唱着

直到所有的弦都断了
我不停地弹着不停地唱着
直到所有的力量尽了

喧闹中脱离了现实，进入一个跌宕起伏的世界。忘记漫漫的电话吧，忘记地下室镜子前那个滴着水的卫生巾！

四

我这个人愣头愣脑的，大大咧咧惯了。象征性敲一下门立刻推门而进，这是在读书时代窜男生宿舍养成的习惯，一时间还难以改过来。这天回宿舍找曲谱，推门就进。一个雪白的肩膀，尴尬的瞳孔放大的黑眼睛；四条穿着仔裤绞缠在一起屈伸有致的腿。亚飞翻身看到是我，眯起双眼把乱发撩到额头后面去，笑了。

我愣住！

细长的眼睛，撅着嘴，高怡满脸的不快！和亚飞正在床上揉来揉去的赫然就是高怡，我倒抽一口冷气，赶紧退出去掩上门！摇摇晃晃走回排练室的路上，感觉血液全都沉到腰部以下，我的脸完全麻木了，好像一块冻豆腐。

暗红瘦小的点，我第一次目睹了女孩刚刚发育的赤裸胸部。

在种种聚会和演出中，女孩子们目光灼灼地盯着热气腾腾的亚飞，好像周围其他的男人都不是人一样。

亚飞对女孩的杀伤力使每个见过的人都渴望成为亚飞。我分不清他的女孩们，因为太多了，也太相似了。我永远分不清她们是亚飞的大学生系列还是女流氓系列或者是大款姐姐系列，是上一次一起刷过牙的旧情人还是第一次见面的新姑娘。

但是怎会和高怡有一腿呢？高怡不是跟了鬼子六么？

鬼子六在排练室左走走右看看，这摸摸那看看，惊讶地看着改造一新的房间，抬头发现我和大灰狼都盯着他看，就蔫懂地说："操怎么这么干净了？我都找不着塞在墙缝里的十块钱存款了。"

我们跳起来把他按住打了一顿，用他的贝斯打他的屁股！还把他的贝斯弦调乱！还把他往楼下推！让他继续搞女人永远别回来！

鬼子六求饶说："算了吧，女人是衣服，爱跟谁跟谁吧！"

　　然后我们跑出去在大太阳地里吸烟，我突然心里一阵惆怅，对鬼子六说："阿冰那么好，人又漂亮，又这么在乎你。你为什么惹她伤心？！"

　　鬼子六认真地看着我，小声回答："小航，咱们这种人，一定不能因为某个女孩对我们的好，就停止了追求的脚步。"

　　那天晚上亚飞睡足了爬起来准备画画，昏暗的光线中拿了条毛巾擦脸。擦到一半，他仔细地盯着镜子中的自己，觉着有什么地方不对，然后他看看那条毛巾，差点吐了。赫然是一块夜用型的加厚的卫生巾。

　　我的圣殿——排练室已经变成了垃圾场。现在这帮家伙跑上来糟蹋，先说一句："呦，你真辛苦，收拾得真干净。找你入队真是太合适了！"然后就满地乱扔烟蒂。他们在排练室吸烟聊天看漫画听CD，随便乱弹些曲子，有时候还带了女孩上来搞，把原本美好的排练场地变成了泡妞沙龙！而我，莫名其妙地变成了这种堕落聚会的核心。少了亚飞我们也没法排练，所以这群变态挤在排练室完全是来干扰我练鼓！

　　现在群众们攻陷了我最后的阵地——排练室，对我的身心健康表达了极大的关切，对之前忽视了我的精神教育表示抱歉，纷纷为我补性知识这课。

　　主要的方式采取嘲笑。为什么二十几岁的男孩子遇到半两以上酒精之后就一定会谈起女人呢？这个问题有待考证。这帮家伙个个有说那种事的瘾。由于我是仅剩的处男，逮着机会就要拿我当对象宣泄！

　　鬼子六上过十几个女孩，亚飞大概几十，就连大灰狼也有三个。我家乡的女孩子们还没这么前卫供我无偿糟蹋。饱听了众人同女孩上床的种种细节，现在的我已经非常了解他们跟女朋友上床的细节。例如高怡，我便知道她的乳房发育尚不完整，形状好像两枚逗号。穿的内裤颜色，叫声大小。诸如此类其详细程度令我感觉已经亲自上过了一样，心灵备受摧残。

　　我说："行了行了别说了！你们除了女人没话说了么？"

　　有时候他们说得实在太不堪了，我只好生气地抗议道："你们到底要干吗！？希望你们别在我面前说那些细节好不好。我会对你们的女友联想的。"

　　他们回答："就是让你想，想得欲火焚身！"于是所有人都开始哄笑，就连亚飞也是。

　　一天，连高怡也出现在我们的排练室，看到里面如此热闹，先是吓了一跳："呦！你们怎么全在这啊！？"

　　看到亚飞不在，高怡脸拉得老长："亚飞呢？"

　　我们一点也不意外，大灰狼痛惜地看着高怡，鬼子六笑嘻嘻地看着高怡，只有我很平静地翻着琴谱。

　　我可能是地下室里高怡唯一没有兴趣的男人吧，这个小女孩每次看见我都特别客气，特别见外的那种温柔，完全不似和别人厮打挑逗的那般态度。我看着她年少幼稚的脸，嘴唇上的茸毛未褪，还没有十足的女性特征，甚至像个少年。不能想象这就是他们嘴里那个××特大，乳房好像逗号，呻吟的声音好像放风筝的淫荡女郎。

　　"今天他没上来排练室，可能还在下边房间里吧？"

　　高怡说："下面没有！打手机也不接！"

　　"在走廊里喊喊看，可能在小三或者谁的房间里吧？"

　　高怡拉长着脸就消失了。

　　亚飞事先早就交代过："这两天那个高怡要打电话来！就都说我不在！"

　　大灰狼和鬼子六一边稀溜稀溜地吃着亚飞做的面条，一边唔唔点头。

　　只有我停止吃面，吃惊地看着亚飞，犹犹豫豫地问："亚飞，你和高怡……吵架了？"

　　此言一出，他们几个都笑。就连最近一直板着张脸的亚飞也笑了。

　　亚飞经常换女孩。我顺利地明白所有这些都不能叫做他的女朋友。这只是他随便从大街上或者什么乱七八糟的场合捡回来的"日常用品"。用一次就扔，无论美丑他全不放在心上。你知道，无论什么地方，漂亮的女孩都是少数；对狼来说，绵羊的长相无所谓，是肉就成，而最重要的是数量。所以大量的女孩们在我们地下室里进进出出，也不管她是否长得豁牙漏齿肥瘦不一有碍观瞻。

　　刚到北京没几天，这些人的行径就令我对男女之间的关系产生了免疫力。虽然从来没有恋爱过，但是恋爱已经被我看扁了。每一代男孩子们都必然会经历的女友争夺战就这么上演着。只有我置身事外，无数次地开门看见鬼子六或者亚飞正在搞谁谁谁的女朋友。我径直拿该拿的东西，或者办该办的事。临走一声对不起，去排练室看书玩我的鼓！

五

　　我们全被一个模特般的女郎给震毙了。我们在1路公交车上目瞪口呆地看着车厢门口，细眉冷目的女人手扶栏杆站立。这个麻杆女怕有一米八几吧，小挎包细带高跟一身上下都很值钱的样子。这种货色往往都搭配了大胖子CEO钻宝马名车的，怎么会暴殄天物到公共汽车上呢？无考，总之我的视线一路上越过了无数色狼的眼睛。

亚飞几个交换了一下眼色，笑了，直盯大腿和胸部的眼神令人汗颜的赤裸裸，他们像那次乘出租车司机一样肆无忌惮地争吵起来："看人家这裙子的料子！你看看那内裤的印儿！夏奈尔吧？""没错没错，你看看人家那胸，一看就是B罩杯的！""净他妈胡说你！没文化了吧。现在的小模特根本不带胸罩！我可知道！"

声音大得全车都能听见，有人噗哧笑了。我坐在他们身边面红耳赤恨不能站起来跑下车，却没脸出声阻止他们，生怕别人看出来我们是一伙的。

那个女人一脸的刁酸，拿白眼翻我们。亚飞一拍大腿说："好！表情好！就这表情好！精彩！"于是全体大笑。

洗澡的时候鬼子六凑过来摸我的白胸。我说你干吗？

"小航你跟今天看见的那个高个女人似的……"鬼子六说。

"呸！你才像女人呢！"

"不行，我太黑太瘦，哪有你那种女性的质感？哈哈。估计她的身体就像你这么白，这么圆润……"鬼子六伸手又想摸，被我一巴掌打开，我们两个一黑一白两个躯体就在蒸腾的瓷砖墙上乒乒乓乓架在一起。

鬼子六转身冲澡去了，说："算了，你可比不了人家……那才是真正的美人！"大灰狼就接一句："没错，那才是女人。"两个人一边哗哗啦啦地冲洗头发，一边肆无忌惮地发出大串猥琐语言，讨论这种女人怎么样才能到手。

鬼子六说："冲上去当众给她一个嘴巴打傻她，同时要骂，臭婆娘又跑出来浪了，快跟我回家！一边骂一边把她拉下车，拉回家里办了！"

大灰狼的办法是："赶快发财，然后买好车，开大公司，再把公司上市，再开更大的公司……"

"那关女人屁事啊！"

大灰狼说："你有钱有势了！她就自己跑来把你办了！"

我一言不发，已经洗好了在擦身体。我的头发最短，洗得快。

大家问："小航你觉得呢？"

"我没兴趣！"

"小航你丫就知道装。全是假的，你心里边还不知道怎么想得呢！"

他们嘲笑我没有魅力："你丫真是太他妈神奇了，你是有毛病吧？小航你不会那方面有毛病吧？"

我有毛病？我从没想过自己对待女性的态度居然是不正常的，而他们这么肆无忌惮地玩弄女孩却变成了正常的。我想不明白哪里出了问题！是我天真？还是他们太邪恶了？好像真的没什么词比这个更准确。

我穿好衣服，头上顶着绞干的毛巾回头说："我不是变态，也保证不是阳痿早泄没能力！虽然没有真刀真枪试验过！我……"我越说越气，我想说我是能够勃起的，却说不出口，转身走了。

"那就是缺乏基本的男性魅力钓不到女人！这样不行啊！咱们乐队的好成绩都被你一个人给拉下来了！"远远传来大家的笑声。

我指着他们的脸大吼说："这些女的我还真看不上，跟她们搞了我觉着吃亏！等我交了个女朋友啊，让你们全体都看着！让你们全体都特别吃惊！"

我气乎乎下来到地下室，听见一声大吼："你丫滚蛋！"

亚飞指着楼梯大声骂："这么不要脸呢你！你来一次我骂你一次！明白了么！"

高怡嘴唇惨白，厚厚浅粉色唇膏抚不平干裂的鳞片。今天她终于堵到了亚飞。今天的高怡特意打扮成日本可爱型的那种。齐眉刘海毛线贝雷帽，就差带上两个兔子耳朵。大概原想惹起亚飞的怜惜吧。

现在那张"卡瓦伊"的脸正恶狠狠地瞪着亚飞："说谁不要脸啊！那种丑女人你也上！你要脸！"

亚飞破口大骂："你好看点又怎么了，你就是一不花钱的鸡！我对逼一律平等！听明白了？快滚！"

高怡凶恶地扫了我一眼。楼梯很窄，她厌恶地挤开我走了上去，浑身战抖着，步子碎而乱。我回头担心地看着她，生怕她在缺失的台阶处一脚踏空滚下来。

经过我身边的时候，我闻到女孩身上太阳的味道，一种无数微尘爆裂的味道，潮湿阴冷瞬间蒸发。我知道她可怜的心脏缩紧成黑色核桃，大滴的泪珠纷纷跌落在我们看不到的黑暗中，溅起一片尘埃。

地面上的阳光一定很好。我有点想念蓝天。直到今天，我仍然不能适应地下室的生活。

如此阴冷黑暗的地下室！

CHAPTER

03

你站在水的中央
让我充满幻想
You stand in the
middle of the water

爱情像鲜花它总不开放
欲望像野草疯狂地生长
他们像苍蝇总是飞来飞去
在我身边
侵蚀我身体
在每一个夜里
我从梦里惊醒
看到我的心
它正在飘向窗外

——《在别处》许巍

亚飞黑夹克右肩下雨一样洒满了血点。他没事人一样推开门，灯光下抬起头，松开按住头侧的手。鲜红的血哗哗流下来，一下子半边脖子和脸颊就全都湿了。吓得我骂了声"操！"踉跄着后退一步绊坐在椅子上。我们都吓坏了，开始满屋疯狂地找东西给亚飞止血。按在亚飞脑袋上的纸巾很快浸透了，而满屋的衣服和手巾都是又脏又臭的。我突然想起来那块卫生巾，开始在镜子前焦急地到处找："前天我晾在镜子前的卫生巾呢？"

"别找了！你提醒了我！"鬼子六冲进里间从亚飞枕头下拿出半包夜用型的卫生巾，霍地撕开，洁白的卫生巾片纷纷落在床上！

"来！这个是干净的！"

我拿起一片卫生巾，和我洗过的不一样，正面附了层塑料膜。这可怎么止血？我懵了。鬼子六抢过来："这层膜要撕开……"于是慌慌张张的我和鬼子"霍霍霍"撕出来一堆卫生巾。

"唉呦！太浪费了，这一片好几块钱呢！"大灰狼的脸心疼地拧成一团。

"你们干吗！？我不要用这个……"亚飞越来越不安地看着我们。

不顾亚飞的拼命阻挡，我们扭住他的胳膊，七手八脚把一堆卫生巾按在他脑袋上。

亚飞是接到了个电话说是某某唱片公司找他才出去的，刚出地下室的大铁门就被人从后边黑了一棍。打得比较专业，他一声没吭立刻倒地。然后几个男人围上来一顿踢。也就几秒钟的工夫，他只来得及看到三个背影，不紧不慢地有说有笑地消失在楼角。

我们追出去，楼角空无一人，冷酷的大厦君临在这片的弃地之上。大片的垃圾和废弃钢材映着大厦奢华的蓝色。昏黄的半空中，轻轨列车以一种险恶的节拍隆隆驰过。

一

　　亚飞倒是对伤势完全不介意，简单包扎了一下居然就准备继续画画。他的轻描淡写令我们全体都惊了，怒不可遏地硬是把他架去医院。去医院的路上亚飞还捂着鲜血淋漓的卫生巾开玩笑说："小航今儿我要是翘掉了，你不但做鼓手还得兼主音吉他了！"

　　"还这么贫！看看人家的全套服务，跟你上床，找人扁你，留下的卫生巾还救了你一命！"鬼子六说。

　　"女的干吗要用那么多卫生巾啊？"我黯然地问，"她们不会每天都跟打破了头似的吧？月经有那么惨么？"

　　没有人回答……大家突然都好像很关心道路状况一样齐刷刷转头看着车外边，假模假式地咳嗽。只有亚飞笑得差点伤口崩裂。

　　亚飞的头被缝了三针，还好及时来了医院，不然就不只是缝针这么简单。

　　我们垂头丧气地候在治疗室，等待着亚飞的处置完毕。

　　护士用镊子夹起吸饱了血的卫生巾把它丢进垃圾篓之前好奇地凑近想要看清那到底是什么东西。看不清口罩下面她的表情，只听见护士"啧"了一声往后一闪。于是，我们全体没脸见人似的低下了头！鬼子六没憋住轻笑了一声。小护士就红了脸，气急败坏地指着门口说："你们都出去！你们都进来哪儿还有地方让人工作了？"

　　我们只好沮丧地出来，在走廊绿色的塑料椅上坐下来等。

　　大灰狼笑嘻嘻地说："刚才那个女的不错吧？"

　　"谁？"

　　"就是给亚飞包扎的那个小护士。是个美女肯定错不了，你看她那对大眼睛。但是丫绝对不是处女！你看她两条腿的缝开得多大呀，都被人干得劈了胯了！是吧，鬼子六？"

　　"处女？我还是处女呢，你信么？"鬼子六笑着说。

我无可奈何地笑了："你们实在专业。真有闲心。我可没注意到！"

大灰狼说："刚才我就注意到了。等会儿你仔细看看！你想不想要她的电话？"

我难以置信："要电话？从没想过要女孩电话！"

"嗨！你真是'纯洁'啊！等会儿你就看着我！其实患者要医生电话最简单了！"

大灰狼又补充道："要是我也被打破头就好了，她一定会问我多大了，伤怎么这么重之类的问题！那还不是感情自然发展，温度急剧上升，酝酿成灾？"

看到他如此兴致盎然，我很不可思议地问大灰狼："听说亚飞抢过你的女朋友？真的么？"

"过去的事了，也不能算他抢，女人都他妈贱！像咱们这种比较受欢迎的爷们，有女人就该轮着玩玩么！公平！公平！"大灰狼立刻乱了阵脚，刚才的潇洒一扫而空了。

于是我们几个别扭地专注地看着铝合金窗户上的灰发起呆来。

护士把一张单子交给我："你先去交款，再取药。去西药房！"她把亚飞推了出来仔细地叮嘱他："回去千万不能沾水。"转身进了治疗室。

"疼么？"

"不疼！"

我敲敲他的额头。"啊！"亚飞这回大叫一声。

"你其实知道是谁打的吧？要不要去找她讨个说法？"我说。凶手根本不是秘密，我们全都知道。

亚飞不理会我，伸手问大灰狼："我手机在你那吧？给我记个电话号码。"

"谁啊？"

"那个护士。"亚飞随口说，"李晓敏。"

我无言了，这一棍还真是轻了。

大灰狼酸溜溜地说："人家护士小姐带着口罩你也敢往上搭话？搞不好摘了口罩丑成什么样呢！是我就绝对不冒这个险！"

"姑娘丑又怎么了？漂亮又算个屁？呸！"亚飞说。

"大灰狼说的有道理啊！"鬼子六立刻转过身，在走廊里大声地喊起来："李晓敏，李晓敏！"

于是护士李晓敏惊慌失措地再次出现在走廊里。她看见是我们就解开口罩微笑招手，一张普普通通初中生般善良的面孔。居然洗净了医院那种冷血的咄咄逼人的气味，去掉了医院里的白帽子和口罩的脸颊就好像一朵会发光的花，那些冰冷，顿时全都不见了，变成像我们一般普通的人。

鬼子六和大灰狼全都张大了嘴："巧合……纯属巧合！"

于是大灰狼和鬼子六装出天真的微笑，胳膊挥来挥去说姐姐再见。姐姐一定要来找我们玩啊！再现非典那阵子电视里热播的出院场面，欢欣感人。

我们走下医院主楼的时候，一个娇小的女孩着急地跑过来。她的短发在下午的阳光里好像傍晚的茅草一样，有着金色的边。眼睛里面有闪动的露水。她的脸色是白白的，眉毛全都蹙到了一起。灰色大书包的带子在胸口勒出令人迷醉的皱褶。

这是尹依，她跟大家打了招呼，微微喘息，她一定赶得很着急。鬼子六笑道："要不要跟我抱抱？"

尹依没说话，看了一眼亚飞。她只是瞬间闪了一眼就明显避开他，眼神看着别处："我姑姑是这个医院的，正好过来看她……"

鬼子六和亚飞在大街上拦车时，尹依把我拉到一边，说："我不和你们一块走了，小航。"她把一卷钱塞进我手里。"今天花了好几百吧？又拍片又缝针的。现在正值月底的时候，付完了医药费，你们连吃饭的钱都不见得有！"

我愣了一下赶紧推拒："你干吗？"

但是尹依硬是把钱塞进我裤兜，又塞给我两张十元钞："带他打车回去吧，伤口不要受风。我先走了，下午还有考试。"

十月底的蓝天很蓝，白云被撕烂溅了满天；整条丑陋的街犬牙交错贯通到遥远处，高楼低宇统统失了颜色；满地碎纸忧郁地风中飞舞；心里的吉他是静止般的一声一声。虽然阳光灿烂到瞎了双眼，风却很冷很硬，一件连帽长袖球衣不足以御寒。我的袖口很紧，手腕都勒红了，缩着脖子看着她远远跑开的柔弱背影，不知所措地从裤兜掏出这卷钱。尹依留下一阵香水的气味。漂亮姑娘，美好的女孩。

二

亚飞向来是不择对象无所谓美丑，只要不让他恶心就行，来劲了就随便上一个。上完就扔，再丑也不介意，再漂亮也决不姑息。也就谈不上发展感情。一般来讲，也都是女孩贴上来，他不会去搭讪。因为"没工夫"和"巨没劲"。

亚飞原本是学画画的，后来青春期发育得一塌糊涂，发育得用来画画有点浪费，发育得要淹死在女人坑。画画的人要孤独寂寞，画画的人要搞不到女人。亚飞的周围莺歌燕舞一切现成，泯灭了做画家的动机。他在吉他演奏和编曲方面小有天分，在网上传了两首小样给我。声嘶力竭的少年嗓音，背景嘈杂好像菜市场，但是非常好听，也成为我奔赴北京的动力之一。

亚飞很霸道，传说中的"一言不合，拔刀相向"！是乐队绝对的核心和大脑。很可惜经常性的斗殴事件充分说明这颗大脑是多么容易充血。我觉得亚飞脑壳里挤满的都是运动神经，用于思考的部分反倒缺损！

鬼子六跟亚飞不同，鬼子六搭讪来的女孩全部是非常漂亮的，就算不是很漂亮往往也会有不俗的气质。由于鬼子六女人般漂亮的眼睛和手指，这些女孩也会在短时间内真的成了他的女朋友。当然这个女孩很快也会发现鬼子六的花心，最终选择离开。同亚飞不一样，每个女孩的离开仍然会给鬼子六以沉重的打击。他仿佛真的喜欢她们一样。

尹依和其他的女孩一样，是鬼子六"从街上捡回来的"。

鬼子六在音像店遇到尹依，绕着她所在的CD架转了两圈。看到她光辉的面颊，被她那一双锋芒毕露的大眼睛吸走了魂。上前建议她买一张某某CD，巨好听。然后顺杆爬地说交个朋友。一切都很惯例，尹依痛快热情地给了他电话。

然后出乎意料的是，一起逛街，一起吃冰激淋，一起看过电影，鬼子六认为水到渠成可以抱抱的时候，却遭到尹依的断然拒绝。尹依一把推开他，从此消失不见。那段时间简直要了鬼子六的命，他天天看着手机长吁短叹，期待着尹依回他的短信。

后来，大家在附近××大学的食堂打饭的时候，再次遭遇了在××大学就读的尹依。这回鬼子六学了乖，知道尹依不可以随便亵玩，先跟尹依赔不是，再给大家作了介绍。

尹依和出入我们地下室的所有女孩都不一样，她拒绝做鬼子六的女朋友，却也不扮孤傲。由于这个女孩冰雪般的自爱和诚挚的友谊，她成为乐队唯一真正意义上的女性的朋友。

三

又是周末，这天我们全体都没了精神。亚飞玩女人失了手被教训，搞成一脸沮丧的凶相，头上令人恐惧地扎了白色绷带，更像个痞子，而且还是被抢了地盘的那种。因为最近不能洗头发，亚飞演出的时候不能离得太近，不然会被他肮脏油条一样的头发抽到脸！会黏黏的。会死人的。今天他表现得更加凶狠，吼叫声好像要把所有兴高采烈走进来的男女们全吃掉一样。效果很理想，小小的"迪奥"酒吧几乎被我们清了场子，任何打开门好奇地想要进来的人都像被当胸踹了一脚，被狂躁的音乐顶飞出去。

唱完第三首歌，我看见吧台后边"迪奥"老板远远地冲着亚飞招手，一副有事要说的表情。我心想糟了，我们的演出搞黄了人家的生意，"迪奥"老板只能跟亚飞摊牌了。

我拉住亚飞胳膊小声说："估计这是让咱们别演了。老板直到目前做得已经很够义气了，你可千万别跟人家生气！"

亚飞低下头想了想，抬头大义凛然地说："那当然！"

事实证明我们以小人之心度君子之腹。"迪奥"老板把亚飞拉过一边指指窗户那边的藤椅上喝酒的一对男女说："你看那两个人就是经常联络乐队演出的，刚才我听他们交谈中露出来了，你去跟人家套套瓷，搞不好能帮帮你们。"亚飞这才看明白居然还剩了一对男女没被我们轰走。他感激地看了"迪奥"老板一眼，揣了包烟走过去。

窗边那两个人的样子实在是"衰"，都二十多岁的样子，满脸刁钻长得怎叫一个丑字了得。女的纯种猪腰子脸，小眼睛还卡么卡么地左右乱闪。最带劲的是她染了一头恶俗金发，整个给人的印象就是黄油纸包了只刚从泥坑里扒出来的土豆。男的短寸，却在头顶扎了一溜小辫。贼眉鼠眼的活像两只癞蛤蟆溜进了动物园，是怎么溜进来的暂且不说，两只蛤蟆头上插了根羽毛还非要进珍禽馆！两个人都在吧凳上摊开手脚摆出一副风月场上的时髦架势，满脸讽刺地看着我们演出。

这两人搁平常属于亚飞甩都不甩一眼的货，但是现在为了乐队，亚飞抑制了一下心里的反感，尽量堆出一个甜美的笑容，走过去递了两支烟，给人家点燃。上赶子跟人家套瓷："你好，我是森林乐队主唱，我叫亚飞。听说你们经常搞演出，刚才我们的演出您也看了，基本上就是这个水平。能不能帮我们联系一两场演出。" 他坐在那比这一对蛤蟆高出了一大截，登时让男癞蛤蟆呕了口气。

男癞蛤蟆斜楞亚飞一眼："不行不行，你们水平还太洼了！配合还不够啊，啊，你们这个……压不住场！"

亚飞呆了，他额头可笑地包着胶布，挺坐在椅子上直直看着对方。亚飞从没遇到过如此明目张胆的傲慢，大概心里已经在考虑要不要抽丫的了。

"这可是诚恳的批评啊！你得虚心接受啊！就你们这种小乐队……唉我都不好意思多说，总之搞演出不是那么容易的！"母癞蛤蟆说话更是带劲。

"啊？"亚飞这才清醒过来，压住火皱着眉头说，"鼓手是刚来，大家配合上还不熟悉！但是小伙子水平很高的，很快大家就能配合得到位了。到时候拜托你多照顾照顾。"

公癞蛤蟆又斜楞亚飞一眼，没说话，呼出烟来。尽管亚飞使劲收敛着气焰说话，可是这些家伙看着还是不爽！

"您平常都做什么乐队的演出啊？"亚飞憋住了不看他脸，尽量找一些贴边的话题暖场。

"唉！基本都是小乐队，就是杂'盘儿'（party）！"癞蛤蟆那种口气猖狂到了极点。好像自个已很"大牌"一样。

我坐不远处听着，心里非常担心。亚飞的脾气我是见识过的，最近他心情又不好，我生怕他大耳光抽上去。但是亚飞居然硬是憋出一个别提多假的假笑来："那太好了！您给留张名片吧。"

亚飞拿着名片回来，往桌子上一扔，一脸怒容用杯子撞撞我面前的啤酒杯："来，咱们接着喝！"

四

不管怎么说，亚飞和鬼子六的烦恼是女人缠身，只有大灰狼的烦恼是女人太少。

大灰狼几乎和亚飞一样高，却有两个亚飞那么胖。就算是在地下室这种肮脏的地方，仍然穿得光鲜时髦。哈雷花头巾，面口袋仔裤，胖胖的球鞋，典型的黑炮打扮好像刚从涩谷回来似的，却留着金属头，亚麻色的头发长过肩膀，光泽美丽银闪闪的；估计是因为长发型能够使他的肥脸看起来窄一点点，美型那么一点点！大灰狼整个人都蒸腾着古龙香水的热气。

这天我和大灰狼去逛街，大灰狼没完没了地说："帅就了不起么？吉他手就了不起么？贝斯手比吉他手酷多了，操！我比他酷！"我猜大灰狼一定又被什么女人踢出局了，不然不会找我逛街。看来今天也是他想泡的马子被某个吉他手泡了去。不知道以我这个从没搞过女人的身份，该怎么安慰这个频频受伤的胖男孩。

我搜肠刮肚，想找出一句安慰他的话，但是我空张了张嘴，还是什么也说不出。只好掏出纸币，塞进路旁的自动贩卖机。对这种从前只有在日本电影里才能见到的东西，我到底还是充满了兴趣。我特别喜欢类似自动提款机啊、自动贩卖机啊之类的东西，感觉好像是到了电视剧里。

我敲了一下机器，滚出一瓶布满了肮脏的黑爪痕的矿泉水，还沾着树叶。这种水是个人都喝不下去。我看着它，想起曾经见过的那些被砸烂的自动贩卖机，开始理解这个城市了。

大灰狼在滔滔不绝的牢骚中插了一句说："我要蓝带！"他并没有看我，继续骂娘发牢骚。

"好贵的。"我说，只好又掏出一张纸币塞进贩卖机。但这回别说蓝带，什么也没出来。

我正想弯腰检查一下这台破机器，大灰狼突然拍拍我，让我注意一个漂亮的女孩。

女孩个子并不高，但是有着一双炯炯有神的眼睛。她走过我们的面前。"这个女的不错啊！"大灰狼怔怔地说，然后跟了上去。

"喂！蓝带！"我着急地喊道，使劲地拍那台强盗机器。蓝带没出来，我却被大灰狼拉走了。

"她顶多是高中生，屁股太小了！不对不对，现在高中生屁股也大得不得了。"大灰狼看也不看我。

女孩大概发现了有两个男人尾随在身后，她仍然保持着沉着和不慌乱。在下一个街口，她转了弯。我和大灰狼离她大概有三十米远。大灰狼放开了跟跟跄跄的我，用没有亲眼见过的人绝不可能相信的胖肉颠簸地狂奔，瞬间就到了街口，然后奇怪地在街口四处张望："大爷的！真他妈的奇了！人呢？"

那个胡同空荡荡的能望出去好远。我们四处张望。女孩消失不见。想来她一拐了弯，就拐了女性的自尊发足狂奔，好像被鬼魂追一样。在大灰狼跑完三十米的时间里，她跑出了超过一百米并拐了下一个弯。天，那一定是丢盔卸甲的一路。

"你们干吗呢？"一只白白的手万分开心地拦住我们的去路，"好久不见啊，真是有缘千里来相会。"

居然是小甜甜。这实在是太意外了。因为上次那奇怪的失败的一吻，我有点尴尬。大灰狼的表情也并不见得很自然。

我呃诺地说："天太冷，没衣服穿了。要去买一件冬装。"坦白讲，我有点怕她，不敢看她。

我原本想去便宜的小商品批发市场看看，却被小甜甜和大灰狼硬是拉到了西单。这里年轻的营业员们都挂着锃亮的铁钉腰带，匡威鞋，剪着朋克式的爆炸头。放眼望去，这里有如一个摇滚节。令我无限地吃惊，想不到玩音乐的人在北京如此普及。

我总想问问这些摇滚打扮的男男女女是做哪个乐队的，却发现只是目前的一种流行！实在太惊讶了，饶似朋克的怪异，也能作为流行的粉饰！

假朋克们好像不想做生意一样，他们全都臭着一张脸，我遭遇了不少白眼，像样点的商品上全写着"非买毋动"。普普通通的裤子或者帽衫，动辄要价五百八百。我的心都凉了，赶紧在鄙视的目光下放回去。不可貌相，不可貌相，装修得像地摊般寒碜的店铺，原来做的全是高档生意。

直到我目睹了小甜甜和倨傲店员的成交过程。她看中了一条女孩冬天穿的裙子。

"多少钱？"

"五百！"

"五十卖么？"

"卖了！"

这帮做买卖的还是人类么？我真是惊了。小甜甜看看我，那意思就是你赶紧掏钱啊！我这才明白过来赶紧替她掏钱买单。

服装市场旁边是"美食一条街"。饭菜外观的花哨和它的难吃成正比例，我觉得这么华丽的外表只卖这个价已经很便宜了，一吃之下还是发现太他妈贵了——还是不值这个价！

我们三个一起逛商场，就好像猪狗猫一起逛商场般不协调。大灰狼总是看中一些巨夸张巨奇形怪状但是巨便宜巨庸俗的衣服。例如可以把扣子解开露出半个屁股的大黄色孕妇装，胸前还有米老鼠。例如有着绿闪闪的电子灯可以装在鞋子上溜冰的滑轮。我穿上以后大灰狼就说真帅！真酷！真性感！小甜甜就冷着脸说："不适合小航。"背后悄悄对我说："好可怕，好没品位，好不值钱！"

每当我看到一两件心仪的衣服。他们却取得了一致，两个人一顺地把头摇成拨浪鼓："太普通！太没特点！太农民。"小甜甜说："嗯嗯！你穿这个，就跟没穿衣服一样。不！远比不上不穿衣服来得帅！没错！"她和大灰狼鬼鬼祟祟不知说我什么，然后两个人就心领神会地哈哈哈地笑了。

"我不想惹眼。"我生气地说，"就这件了！多少钱？"

大灰狼和小甜甜抢走我手里的衣服扔回老板，硬是把我架走了。小甜甜说走累了要吃冰激凌。在冰激凌店，小甜甜和大灰狼都表现出恰到好处的儒雅风范。只有我在吃蛋糕的时候弄了一嘴，喝果汁的时候撒到衣服上。我管服务员叫"小姐"他们却叫人家"Waiter"。

大灰狼打了个响指说："Waiter！买单！"示意结账，"Waiter"跑来以后丫却看着窗外揉鼻子好像不是他叫的一样，小甜甜则装淑女低头摆弄头发。我这才明白过来，赶紧掏出钱包为这顿蛋糕冰激凌餐付账。账单上足有三百多，我还以为弄错了想让服务员查单，但是大灰狼立刻义正辞严地阻止了我："没错！不用查！谢谢。"

"咱们把他甩了吧！丫特碍事你觉不觉得？"小甜甜一边发短信一边悄悄对我说。"不太好吧！"我手足无措了。不过要是接下来他们俩再乘兴溜溜旱冰打打街机之类，我可就承担不起了。

几分钟后大灰狼接到了一个电话。他诚惶诚恐地侧着头接听，右手神经质地抚弄那头黄发。

"临时有个约会，临时有个约会……"大灰狼暧昧地跟我们道了个别就兴高采烈地消失了。

我问小甜甜："你怎么把大灰狼搞走的？"

"我一姐们是大灰狼的网友，刚才让她给丫打了个电话，约他单独见个面……哈！"

"哦，怪不得他那么开心。"我说。

"没错！那可是给他将功赎罪的机会。"

小甜甜说到这里忍不住乐了："大灰狼实在是绝了！"她说了一件在我听来非常可怕的事。她和那个女孩，两人曾经用陌生的网名加了大灰狼的QQ。然后分别同大灰狼聊天，彼此把大灰狼的聊天记录相互传着看。她们就那么聊了一整个晚上，吊足了大灰狼的胃口。大灰狼在不知情的情况下同时应付两个女人，于是丑态毕露！

　　大灰狼成功地约到美女吃宵夜顺便见个面。小甜甜一伙把车停在公主坟立交桥底下，就在车里等着大灰狼来吃羊。这里视野开阔，能看见桥两边的两座大厦。半夜十二点的钟声准时敲响的时候，一个肥胖的影子出现在大厦前！

　　大灰狼在大厦前空等了半天不见有人，气急败坏地打电话给女孩们。

　　"我那姐们接起电话先把大灰狼一顿臭骂，问他怎么一直不来，然后说自己在桥另一边的大厦前等了半天了，丫再不来就走了。大灰狼立马熄了火，果然一身肥肉地横穿公主坟立交桥飞跑去对面。路上经过我们的车前的时候，我清楚地看见他急得额头上全是汗。"小甜甜一边说一边乐。

　　大灰狼当然又扑了个空。于是再打电话，女孩们又说自己已经走到你刚才等着的那座大厦了，你丫怎么跑了呢？这么笨！大灰狼赶紧跑回来，女孩又说自己刚走回来这边。大灰狼疲于奔命数次跑过她们的车子面前，小甜甜看见他牙关紧咬，气急败坏！

　　当然大厦前边还是没有人，大灰狼弯下腰好好地喘了会儿气，女孩们的电话到了。大灰狼刚想发脾气却被女孩噎回去，女孩娇嗔说人家不好意思嘛，我现在大厦的楼上咖啡厅呢。你后退五十米，我就出来见你！大灰狼想了一想，居然很是狡猾地躲到一个公车站的牌子后边。他大概也想玩玩先看货色再下手的把戏吧。

　　女孩们立刻关掉手机，打开大灯，轰起油门飞也似的逃跑了，一路上笑得喘不过气来！

　　"哈哈哈哈哈哈，你们的大灰狼那简直精得可以啊！"现在小甜甜仍然笑得喘不过气来。我非常地替大灰狼感到心疼："靠！你们太不道德了！"

　　"后来才绝呢！"小甜甜笑道，"到家以后，大灰狼在QQ上悲愤地声讨。我们就说从大厦出来时一个人也没有，找不到他，谁让他躲起来了，活该！而手机又没电了，就只好走了！"

　　"大灰狼一定后悔死了，后悔不该自作聪明地躲起来。刚才我的朋友就说给他个将功赎罪的机会，要求他十五分钟之内赶到双安商场呢！"

　　我可以想象大灰狼这十五分钟内的生死时速般的冲刺，大可参考之前的那段尾随⋯⋯

　　小甜甜带着我逛了差不多全部的一线品牌店，我这才知道那冰激凌确实小菜一碟。这些衣服才真叫了得，标价牌上边的零多得我都数不清了，却没脸问是不是印错了。因为这些店员的脸色也跟那些零一样的呆，不，应该说"酷毙了"！也不微笑。小甜甜到了这种地方就如鱼得水，她试试这个试试那个，对那些零蛋脸的服务员们颐指气使，真把这些大爷当成服务员使唤。好在这些零蛋服务员也决不含糊，含嘲带讽地说："对不起，这件只有这个码，我们这只有欧版的，价格也比较贵！您穿肯定不合适。"我在一边等候，服务员们的唇枪舌剑惊得我一愣一愣的。

我注意到旁边就是银色限量版的卡特三，小甜甜曾经穿过的那双。今天她穿的这款据说更牛逼，法国带回来的什么什么。我拿起卡特三来左看右看，在货架上看起来并没有小甜甜脚上的那么好看。服务员小伙子跑过来，跟个机器似的立在一边面无表情地看着远处喊道："这是银色限量版的卡特三代明星球鞋。您要是喜欢可以试穿——"尾音洪亮拖得倍儿长，却不看我。

一千五百元啊！我父亲两个月的工资。

我回头想问问小甜甜，却看见她正在把一个新款耐克帽子偷偷塞进书包。她在偷东西啊！我吃了一惊，赶紧回过头来不敢看。小甜甜过来拉起我就走，还撇着嘴大声说："走吧，全是些陈年老货。"

出了门小甜甜就从书包里掏出刚才"顺"的网球帽带上："跟我吹欧版？切！就凭丫那点见识？丫真见过欧版么？我在香港买的那些新款，北京见都没见过！不要说香港，这里连上海都比不上！真不明白同样是耐克店，为什么北京的店就跟乡下店似的！歧视咱北京人么？那些好看的新款我们不配么？逼着我什么都从香港买！"

我看看小甜甜，不好说什么。

小甜甜好像发现了我的表情，她回答说："没错，顺的，那个男的跟你逼吃的时候顺的。给丫生意做还没好气，跟咱们抢他似的！"她丝毫没有不好意思，一脸坦然，甚至洋洋自得。"你说说就这种服务态度，不好好修理修理行么？让丫生意难做而迷途知返！回头等咱们北京奥运了，人家老外一看这服务态度，脸就丢到全世界去了！"

我噗嗤笑了

"你笑什么？"

"你这说法和我们乐队的亚飞如出一辙，只是执行手法不一样。"

"怎么不一样？"

"亚飞用抽耳光的。"

"帅啊！那还真得好好会会他。每次都抓不到他。"小甜甜沉思着说。

和小甜甜在一起这短短几刻钟，让我学会了很多新的知识。例如小甜甜说在北京这种大城市就得学会装酷，必须要考究衣饰发型，这是搞艺术的家伙最基本的生存技能；因为这里大部分人都没什么本事，好在大部分人也不懂什么叫本事，所以外表和言行就相当重要；就算你再有本事，装得不够生猛人家一样当你傻瓜。她说你们乐队吃亏就吃亏在做人太朴实，什么都玩真的，看你们那"范"，太掉价了。该吹的不会吹，该装的时候不会装！该利用的不会利用，你再看看大灰狼穿衣服什么品位呀？

我看着身上从家乡穿来的破仔裤和冒牌彪马连帽衫，脸上火烫！

小甜甜看中了一家小店的可爱窗帘。"买了，买了，就这个。"她指手画脚地把人家当街的窗帘给扯了下来。这回我机灵多了，赶紧主动替小甜甜付了账。

今天周末，我给漫漫打了个电话。小甜甜喝着QQ奶，在不远处走来走去，脚放到街边栏杆上练压腿。

连续的嘟嘟的长音，漫漫家里没有人，我放下电话，满腹纳闷地走向小甜甜。我们一起过了马路，想起最近漫漫那边的态度，我逐渐变得怅然了，结果"吧唧"一个大马趴被绊倒在地！

路上小甜甜一直伸脚想要绊我跟头，好多次了都被我躲过；这回我走了神，终于被她下绊成功！她自个儿乐个没完，太毒了！我怒不可遏地一把揪过她开始抢圈，让她双脚离地，吓得她大声尖叫，然后她就说吃亏了，说要跟我一决胜负。

于是我们两个人好像在拳击场上一样卸掉各自的书包和腰包，就在美术馆门前广场上面对面严肃地转圈，寻找对方的破绽，然后粗鲁地撞在一起扭打。小甜甜虽然个子挺猛，力气却小得像小鸡，就是我努力配合她，也不能令人信服地摔倒自己。这个手无缚鸡之力的瘦女孩，那么倔强地抱住我的胳膊转身抽腰，努力再努力，毫无希望地想要把我摔过肩膀。我捏住她颤抖瘦小的肩膀，看着她用力地扭转过去的长发纷乱的后脑，突然非常非常的心疼。

我跳起来想要配合她的动作让自己摔过她的肩膀，但是她如此无力，居然被我压垮在地。不管怎么说，我总算双膝着地，马马虎虎成全了她的面子。

现在小甜甜的包包全在我身上，我说，要是我背着包跑掉，你可就连家也回不了了。小甜甜立刻掏出两张一元的零钱表示自己有钱回家。我夺过零钱就跑，哈哈大笑。小甜甜又变戏法似的掏出一个手机，得意地表示自己可以打电话叫家里人来接。

一对老人家迎面冲我问什么，我原以为是拦路骗钱的，本来都走过去了，又听见他们问的是西客站怎么走，不由得回头想要帮助这对老人家。小甜甜拉住我就走，我才回过味来，原来这也是个司空见惯的骗术：先问路再说太远没钱要借车钱。妈的，太久没遇到骗子，都忘记了。

还没走出十米，又是一个老头跑上来问路。这回是小甜甜想要回头，我拉她走了她才反应过来这老头和刚才那俩是一回事。两个人大笑，连老骗子也笑了。他妈的这么短的距离居然这么多骗子，我们两个每人中了一次套！

小甜甜突然跳到我后背上，我愣了一下！"跑啊！快跑！"她拍着我的肩膀在我背上喊！于是我托着她的两条长腿，真的跑起来。众目睽睽之下背着她跑过半条街，一路上引无数行人观看。

我再也绷不住劲地笑开了。

小甜甜在我头上说："我认识的男的，几乎没有人抱起来我。除了他就数你了！"

我说："他是谁？你可真要减肥了！"心想假如是大灰狼，就算你是一座肉山，只要是雌性，他也背得起来！

小甜甜大笑，却没有回答我："以后你就是我的'小马嘚嘚'！可不准别人骑啊！"

《悠长假期》中的小南对木村说："如果你们分开的时候她没有回头，就说明她不喜欢你。"于是木村看着松隆子离去的背影不停地念叨："回头回头回头快回头……"

松隆子没有回头。

小甜甜也没有回头。

我目送她下了地铁的台阶，看着她三步两步下了台阶，长发在脑后蹦跳；看着她红外套淹入地铁站苍白的节能灯下染成蓝紫色；看着她在大幅耐克海报前毫不犹豫地拐了弯向里走。看了很久，看了很久，直到她鲜艳的背影消失在过道转弯处。

五

我从地下通道穿行而过，要去对街乘坐公交。有歌手在通道里唱着流行歌曲。他的琴跑了音，共鸣箱已经有了裂痕。他并不爱惜他的琴。琴和他的人一样是冒牌货。他们是真正的民工，小学没毕业，学琴就是为了在街头摆摊。音乐对于他们来说，和在工地上搬砖头是一码事。尽管女作家们把地下通道里卖唱的歌手和在教堂前面画像的画工通通安排成走投无路的艺术家，尽管他们的歌和画像同样劣俗可笑，仿佛他们的皮鞋一样臭，但是女作家们如此需要长头发和浪漫情节用来恋爱，不得不随地大小便一样急不可耐地随地取材了。

我走过几个玩滑板的青年男女中间，他们明显刚刚搭讪上。"我做了个乐队，我是打鼓的。"小伙子说。"哇，真棒！真帅！真牛！"女孩说。

然后他们全都皱着眉头闪开我。我的鞋和农村外套令他们皱眉。

我也是打鼓的，我也有个乐队，我想。我穿过他们。

小甜甜说得真对，在这个城市，摇滚是个时髦的名词儿，好像XO，好像宝马，好像任何名牌的商标一样上口，也好像任何名牌一样充斥着假货。在这个城市，什么都是外表的，醌醌的，炫耀的。

那些大受欢迎的所谓的歌手们，那些流行的音乐，他们的专辑卖得如此之好；即使那张专辑里的歌曲大部分都是抄袭来的，即使它们听起来那么雷同。你看，这就是人们真正在听的东西。

《恋爱世纪》里菜菜子大喊一声：全是假的！

这天，我什么衣服也没买到却花光了钱。但是今天我很开心！对的，我很开心！我恨恨地对自己说。

我没脸向爸爸要钱。我想，接下来怕是要开始忍饥受冻的日子了……

CHAPTER
04

闪亮的瞬间
Twinkling split second

我想忘了昨天不眠的夜晚
我已厌倦所有虚幻的梦想
只想给你一些新鲜的刺激
让你忘了时间忘了你自己
就在今夜
我只想带给你
燃烧的力量
就在今夜
什么都不要想
现在我就是你
快乐的顶点
每一天走在
纷乱的世界里面
我才感觉现在要的是
简单

——《简单》许巍

亚飞特意挑了个节日前一天打电话给那对癞蛤蟆，利用我们排练的间隙。刚刚的排练把大家搞得很兴奋——因为我们的进步太大了。窗边吸烟的亚飞突然掐灭了烟，如临大敌地掏出电话，仔细地查找了号码。我听见他颇有些紧张地清了清嗓子，半边的长毛头发被漏进来的微弱天光漂得蓝蓝的。

　　"节日快乐！"亚飞突然低下头把手机凑到嘴边，接通了。

　　"你好，我是森林乐队的亚飞，请问演出的事怎么样了？有合适我们的没有？"亚飞紧张地用一只手不断拢头发，把原本挺乱的头发搞得更加蓬乱。

　　"比较难办呐，我们现在都做大牌乐队了。原来还用得着你们这种的小杂'盘儿'，现在我们基本都不接了……"电话里传来懒洋洋的声音。

　　"那……您现在主要做哪些乐队？"亚飞怔了一下，却还是毕恭毕敬。

　　"这些个就都比较知名了！比如××乐队啊×××乐队啊……"这些全都是亚飞听都没听说过的乐队；不但亚飞没听说过，我们全体都没听说过！亚飞在我们身边踱来踱去，我手里还没放下鼓锤呢，大家表情都变得急躁，我们站在排练时各自的位置上，眼睛却全都追随着他来去的身影。亚飞呲牙裂嘴的，看表情恨不得抽电话那边几个大嘴巴，但是嘴里却说："噢，原来是这样。那以后有什么合适的场子帮我们联系一下，麻烦你们了。"话还没说完那边啪地断了线，亚飞用力握着手机，做了个狠狠往地上一摔的手势，气得眼睛都红了。

　　大家都沉默了，刚刚排练时的兴奋被泼了一大盆冷水。

一

半夜，我从卫生间回来，寒冷宿舍里的一点暖光，亚飞伏在桌子上画着什么。那张好像首饰柜台一样的奇怪桌子，桌面是玻璃的，里面有灯管。我原本不知道"拷贝台"是干什么用的，只知道是亚飞专用画画的桌子。

亚飞束起头发，用一根方便筷子在脑后绾了个髻，好像个虔诚的小道士。满脸严肃，把那桌子里的管灯不断打开又关掉；透过管灯的反光去检查那几张画的正确与否。就那几张画纸不断地擦了画画了擦，令人想起笼子里的小仓鼠不断地把食物从一个角落搬到另外一个角落来来回回搬个没完没了。宿舍里很冷，鬼子六和大灰狼蜷在被里鼾声洪亮；我站在亚飞的身边翻着桌子上的画，铅笔线草稿，潦草的账单，哪家公司的分镜头脚本多少多少页，欠多少多少钱。

床底下破破烂烂的习作，墙上的素描，原来都是做过画家梦的亚飞的作品啊。

亚飞从耳朵里拔出耳机，他发现了我，用铅笔敲着画稿："明天早上要交这些破鸡巴活。真他妈不想画了。"

"你不是喜欢画画么？"

"呸！就算我曾经喜欢画画，也不会喜欢为这些恶心的抄袭来抄袭去的广告创意画稿！被强奸的痛苦啊！但凡我们的乐队能赚到勉强过日子的钱！我都不会干这个！"

"Can I help you？"我说。我大致看明白了他的工作，草稿上广告公司给的几十张狗屎般丑陋的"设计稿"等着亚飞逐张地绘画和上色，最终放大成漂亮的成品图。我应该可以帮他做一些简单但是量很大的工作，比如用马克笔涂色。只要亚飞告诉我在哪些地方使用什么型号的颜色，我就可以分担他的工作。

"少放洋屁！"亚飞笑了，"这两头猪从来不会帮我做点什么，只能惹我生气。"他转头对着鼾声大作的方向用家长一般疼爱的语气说，伸出一条穿着衬裤的长腿做势要踹死他们。

亚飞给我讲了一夜笑话，很愉快的晚上。我发现，亚飞是个非常富有人格魅力和处世智慧的人，说话又黑又狠，在他嘴里，再正经的人都变成了可笑的小丑，肚子里那点肮脏伎俩全都大白于世。他说到给自己发活的外号"老王八"的家伙的种种糗事，据说那是个广告公司的头头，标榜自己是画家的老不正经，老王八已经半秃了，但是贼心不减，据说有很多小女朋友。老王八还很爱时髦，一把年纪了总穿条大花裤衩跑来跑去，上边挂着根链子，屁股后面血迹斑斑的，痔疮。

"他每次来我们地下室都从头到尾喷着仁义道德理想奉献，其实就是来发活或者收活的。一旦拿到活丫立刻带着痔疮消失了！"亚飞说。

亚飞说他最初是想报考美院的，落榜以后才决定死心做音乐。表面上愉快强硬的亚飞实际上是个挫折最多的人。他因为打架没考高中，因为交不起学费没上美院。他曾经非常喜欢漫画。他喜欢过那么多种艺术，最终还是喜欢了音乐。亚飞在黑漆漆寒冷的房间里，脑后插着一根筷子，手下飞快地沙沙地画着，也不看我。嘴里说："你知道我为什么喜欢漫画和摇滚乐么？因为漫画中的英雄总是倒霉，不断地倒霉。他们不断地遇到坏蛋，打倒一个还会再冒出一个。但是无论多么倒霉，他们永远会战斗，从不言败。一代人打老了下一代人继续打。摇滚乐也是这样，摇滚乐带给我最好的东西，就是那种英雄一样的感觉。好像伟大的巨人的脚步，你听到他隆隆地坚决地走过来，是不能妥协的，是摧毁恶意的力量！是不救助伤残的同伴，却单骑杀入敌阵的利己主义！"

我们一起干到催稿的电话响起。直到听见地下室外面传来扫大街的声音，听见早起鸟儿婉转的啼鸣。虽然说得很开心，但亚飞的脸色越来越疲劳，嘴唇惨白而干裂。我帮亚飞涂了很多张颜色，擦干净了每张画上的铅笔线。

亚飞跑出去洗了把脸，还没来得及擦干脸，老王八打电话来催了。亚飞脸上滴着水，一边接电话一边匆忙地把画稿统统塞进书包，回头对我凄惨地笑笑说："好好睡一觉！回来请你吃饭。"振作起精神出了门。

我躺在枕头上一时睡不着，地下室里是黑暗的，但是借着门缝下漏进的那点光线，墙上那张画老泡的招贴依稀可见。亚飞笔下的老泡那么严肃那么刚烈的脸，其实不像老泡倒有点像是亚飞自己。现在他一定穿行在北京冬天早晨寒冷的空气中，和黑压压的人群挤公车，愣呵呵地怀抱着用来换取我们生活费的画稿。

暗自想道：也许他画画更加有前途……摇滚是最看不到前方的艺术了。

理想总是飞来飞去
虚无缥缈
现实还是实实在在
无法躲藏

二

那是一家肮脏的新疆菜馆，这里的大盘鸡不错，但啤酒不好喝。我和亚飞已经进入了酒后无聊的阶段，我把空酒杯子用筷子拨弄着玩，亚飞把一次性打火机"啪嗒"打燃又"啪嗒"熄灭，"啪嗒""啪嗒"机械地响着。我们两个人的目光都是呆滞的，轻声交流着最近联系演出的情况，分析托的朋友到底哪些有可能给我们好消息。

"小三不是说找他哥帮忙问问么？""啪嗒"火苗燃起来。

"没戏，他哥人都不在北京了。晃点咱们呢。""啪嗒"火苗熄了。

"隔壁乐队那个叫'打火机'的主唱有消息么？""啪嗒"火苗再次燃起。

"丫巴不得咱们永远没有出头机会！怎么会真帮忙呢？""啪嗒"火苗又熄了。

一个个分析过来，又只好一个个推翻掉。这些做乐队的同行，当面都还是有着相互之间的尊重的，因为大家都穷嗖嗖的，彼此之间都明白做乐队不容易。背后却难免菲薄，真肯帮我们的人几乎一个都没有。中国的艺术界人情淡薄自私自利的风气啊！越说越失落，随着这话题的一点点深入，亚飞一点点酒醉，我也有点晕了。

亚飞突然把打火机往桌子上一拍，蹭地站起来说："靠他们成不了事！走！咱们自己去天堂酒吧试一试！"他起立得过猛，桌子上所有的器皿哗地跳了一下。

北京的摇滚场子不超过五个，态度都很拽。听说只有天堂酒吧愿意接纳没名的乐队，而且也比较知名。去天堂的路上我才知道亚飞根本喝醉了！他晃晃悠悠的，上公交车差点跌倒在台阶上。亚飞昨晚太疲劳了，原本一般的酒量更是大打折扣。这个人奇要面子，要不是仗着酒劲也不会就这么没介绍地厚着脸皮贴过去。这也是生活把我们逼到这份上，我们实在太需要专业场子的演出了！

两个人迎着初冬里并不温暖的阳光醉醺醺地走进了天堂酒吧，亚飞进门就说找经理，经理在哪？脸色红红的跟要账的痞子似的。

我很担心地抓着亚飞的后背，随时准备把他拉回来，好像拉着条随时扑人的恶犬。

服务生目露惧意，忐忑不安地伸手指了指里边说："坐在中厅的大沙发上的就是高经理。"

沙发上的侧影穿着黑色的长袖T恤衫，头上戴着奇形怪状的黑毛巾一样的帽子，看起来就是个时尚的小帅哥。服务生满脸畏惧地跟他说了几句话，然后这个并不高大的背影就转头面向亚飞和我。脸上凶狠横肉，毛孔粗大好像橘子皮，整个一黑社会北野武；居然是个足有四十多岁的老流氓。

大个子亚飞红着眼睛走过去，弯腰对着这个留小胡子的男人说："您好，我叫亚飞，他是小航，我们是森林乐队的。"他的头发一缕缕垂过脸颊，居然换了意外的和气口吻，说完了就特别担心地看着对方。

姓高的流氓经理颇有些意外，而他的表情更加令我们意外，因为那张凶悍的脸是很温柔的表情。后来我们都叫他高哥，高哥说起话来比亚飞还要和气，慢声细语说不出的温暖："是么？想在我这演出？周末过来演演看吧。这个周末是'双休日的意淫者'的专场，你们乐队正好给人家暖暖场。记得千万早点来啊。"

亚飞和我相互看看，他好像突然酒醒了，眼睛也亮了，头发也不乱了，直起腰在阴暗的酒吧里清澈地看着我，我们的眼神都流露出惊恐一样的狂喜：想不到这么简单！

"太好了，双休日的意淫者乐队么？我在家乡就很喜欢他们的音乐，我是他们的fans啊！真没想到会在北京有和他们同台演出的机会！"我傻呵呵地说。

"是么！那太好了！你可以带签名本来让他们签名！"戴着时髦帽子的高哥温暖地笑着，然后他补充说："先说明，做暖场乐队一开始是没有演出费的。"

有没有演出费根本无所谓！好像妓女走出局子，我和亚飞低着头快步走出酒吧。我们的酒后通红的脸实在憋不住笑，就这么低着头我还生怕嘴咧到耳朵上把我们的狂喜曝了光。勉强出门走了没十步，我和亚飞就好像刚被偶像吻过的小女生一样撒腿飞跑，相互击掌，"死癞蛤蟆，没你们我们一样演出！"我们的笑声太大了，不知道门口那个见了亚飞好像见了黑社会一样害怕的服务生听见没有。

天堂酒吧，那可是最红的专业场子，而且是给小有名气的前辈乐队"双休日"暖场，大家知道了以后在地下室里欢呼，我已经在翻书包找签名簿了。"要是咱们演砸了可就丢大脸了！"鬼子六说。

此话一出我们全都静了，高兴之余有点害怕。可以说：吓得透心凉！

三

周末晚上一个自称乐队助理的人打电话来，态度很拽，说演出提前，要我们立刻出现在天堂酒吧，害得大家惶惶收拾了器材一路跑着过去。都出了地下室的门我才突然想起签名本忘记带，不顾追着屁股的骂声我还是跑回地下室，把本子和笔塞进鼓锤包，准备一见到他们就让他们挨个签名。和演出的恐惧比起来，见心目中的偶像更让我忐忑不安。

在天堂酒吧门口，军鼓包背带突然断掉，等我手忙脚乱整理完镲箱和军鼓包的背带，发现自己已经脱了队。我焦急地挤进天堂酒吧，黑压压罗布着烛光的世界，挤满了涌动的人头，看不到亚飞。没想到周末的天堂酒吧有那么多人，而且一半是大鼻子深眼窝的老外。我狼狈地挤过老外身边的时候，那些大鼻子头分成好几瓣的大块头男人们，那些胖胖的金发女性都朝我微笑。而那些中国人，我的同胞们，打扮时髦的中国摇滚青年们却对我发出啧啧怪罪声，因为我的大包小包挤到他们了。这些人摇晃着五颜六色的头发，像更年期的老女人一样鄙视地皱鼻子，嘴里不干不净。我一番拼搏，勉强挤到厕所门口，这才看到丢脸地挤在酒吧最阴暗肮脏的角落里的队友们。

亚飞他们手揣上衣口袋，脸缩在肮脏的羽绒服衣领里，露出一双双报案少女般无助而可怜的眼睛，头发乱糟糟反射着WC的灯光。看得出来，这几个孩子刚才像我一样饱受鄙视，好像厨房地上一堆无人理睬的烂土豆。这一排小青年看着实在是太可怜了！

台上正在演出的乐队是典型的英伦摇滚。乐手们都是轻音乐一样的彩色半长发，又称"帅哥头"。主唱套着海军衫，甚至还是一种少年的童声。要说歌么，嘿嘿，抄袭版的Oasis！

满场的摇滚小青年都打扮得花枝招展。朋克，日系的视觉时髦装束，Hiphop的面口袋打扮。只有我们几个是落伍的长毛，而且穿着不超过一百块的羽绒服和五十块的破仔裤。那些裤腿都是踩烂的。非常之寒碜。

我们甚至怀疑来错地方了，这里更像滑板族的集会。

我四下打量，"双休日"的偶像们在哪里？

不远处一圈暗红色沙发座，边上一堆乐器。几个尖嘴猴腮的光瓢青年跷着二郎腿坐在沙发上看书，吸烟，聊天。我认出了中间那个肿眼泡、光头的形状好像捏坏的窝头的家伙，他就是多少有些名气的"双休日的意淫者"地下乐队的主唱。今天他穿了件日韩系的花哨网球衫，五颜六色的反光布料，罕见地印着可口可乐图案，应该价格不菲。

我顿时来了精神，忐忑不安地走过去，在肿眼泡的双腿前蹲下来，激动地仰头说："你好，你们是'双休日'乐队吧？能不能帮我……"我想说帮我签个名吧，但是实在太激动了，一口气没说下来，手也在慌慌张张地打开鼓锤袋去翻签名本和笔。

肿眼泡跷着二郎腿，脸也不从酒吧读物上抬一下，只用鼻子哼了一声："嗯！"我顿时好像胸口给人踹了一脚，瘪了一块！操！我特地蹲下来跟你说话，你怎么也该把脚放下来吧？脚都快碰到我的脸了。连基本的礼貌都没有。

我仍然诚恳地说："你好，我们是'森林'乐队，是今天给你们暖场的乐队。大家认识一下吧。"

肿眼泡还是没有抬头，还是只哼了一声："嗯！"

我的诚恳反倒让他更牛逼了。他的裤链子银亮银亮的，配合他"酷毙了"的态度，杂志哗啦地翻过一页。我听见左右他的队友小声地笑了。

一股热血轰地涌上了我的脸！"装×！"我心里骂道，却只能悻悻站起来走开。"幸亏不是亚飞来打招呼，不然这家伙的脸肯定要变成烂西红柿了。"我想到这里顿时后怕了，感觉好险！

第一次正式演出还没开始我们就饱受了一顿蔑视。

天堂酒吧那个所谓的"演出助理"，就是负责演出杂事的人，其实就是老板高哥某个朋友，高哥给他个差事吃饭。这人姓王，四十岁上下，总穿着一套灰西服，脏兮兮的黑皮鞋，特别势利眼。乐手们都叫他王哥。

王哥甚至不肯让我们走走场熟悉熟悉地，我们可是头一回演出啊，太不拿我们当人了！不要说走场，连试音他都干涉，"你们快点！别耽搁时间！"他嗓门很大冲着我们嚷嚷，手舞足蹈的，俨然在说"没名气的小二百五们，快从老子的台上滚下来！"

舞台周围空落落的，人们上厕所或者回吧台吸烟聊天。亚飞满脸严肃，沉默地插线拔线，拨弦试音。他的身材是一般乐手中少见的高大健壮。脱了羽绒服，一袭淹没颈项的黑衣，微弱灯光下黑色腰杆沉默的呼吸。学生模样的姑娘们眼睛亮亮地端着数码相机冲到舞台下拍他，惹来周遭打扮花里胡哨的帅哥们嘲笑："一群METAL，有什么好拍的？"

我戴上白手套，小心翼翼地装军鼓装踩锤换镲片——光着手会令镲片生锈，而镲片是我唯一值钱的珍宝。头顶的灯光非常烤人，还没开始演出，我已经呼啦啦冒起汗来。

有人挑衅道："大个脱了吧，露露你的白肉！"他们在嘲笑肥胖的大灰狼。好像是个战国的武将，大灰狼气喘吁吁背着贝斯，亚麻色的长发披散在肩膀。大灰狼扭过话筒，说了句很给我们长脸的话："脱！脱了吓死你！"

鬼子六的话筒没有声，亚飞用自己话筒说："调音师，帮我把那边和声开大点。"

鬼子六敲敲他的话筒，话筒的音量还是那么弱。调音师没搭理我们。王哥却在底下吹胡子瞪眼地命令："快点快点！不演就下去！人家后边乐队还等着呢！"

从我们上场调音到现在还没到五分钟呢。亚飞也只好愤恨地凑近话筒喊了一声："天堂孤儿！"

这是第一首歌的名字，亚飞没有报上乐队的名字，也没有像其他乐队一样挨个介绍成员的名字。他自上了台起，就变得很冷漠！他对台下那些五颜六色的人们，对王哥怀着敌意。亚飞在整个演出过程中除了报歌名和演唱再没有多说一句煽情的话，一反平时的叫嚣活跃。他在这舞台灯光下是沉默和行动的，端着身为三流乐队的自尊。

我仓促地打起鼓！

台下抱着手臂的乐手们纷纷不屑地说："蝎子！"意思是说这首歌有"蝎子"乐队的痕迹。

我们的东西还是模仿的痕迹居多！倒不是抄袭，而是少年对伟大作品精神的贯彻和崇拜，我们确实是如此地热爱着"蝎子"，从气质上就无法摆脱大师作品的影响。亚飞的感觉好，他摸索出最舒服的音乐风格来喜欢。

没有人在台前蹦跳。整个演出过程中，亚飞没有像那些朋克一样在台上煽动着摇滚的情绪，要他们POGO。

我们的音乐太重了，也太杂了。每一首歌都倾向于不同的风格。更糟糕的是，亚飞的声音淹没在庞大的伴乐声中，成了一种噪音。

演出不顺利！我在第二首歌就已经汗如雨下，胸部起伏。中国的鼓手都太年轻，瘦削的身材很常见，然而我仍然几乎是他们当中最瘦的。那种头疼的疲乏发作上来，我努力地想集中精力，但是胸口疼，好像有一口气噎在脖子以上的位置沉不下去，两只手好像脱了线的布袋木偶的四肢自个甩动着，全靠条件反射敲着鼓槌。

亚飞汗流浃背，T恤衫后背湿成一片非洲地图。他背对着我，张开嘴对着话筒，我听见满场注满了他大口大口喘息的声音，他原本应该说点漂亮的结束语。但是空气凝结了几秒钟，亚飞什么也没说，弓下腰拔了线，失望而默默地收拾东西。

台下什么反应也没有，大家照常喝酒聊天。我再次戴上白手套把自己的鼓和镲片卸下来带走的时候，汗水哗啦啦雨点状耻辱地落在地板上。

　　我们下台的时候王哥连正眼都没看我们一眼。"双休日"的光头偶像们开始试音了，王哥要跑前跑后卑躬屈膝，要帮人家调灯光，要问这里那里有什么问题没有，要把脸笑成一朵花。每件设备人家都不满意，支使王哥跑来跑去，让这几只懒洋洋的光头猴子精益求精地调了又调。和我们不到五分钟的准备时间恰成反比，"双休日"演出没有半个小时，却调音调了足足一个多小时。

　　太他妈势利眼了，太他妈缺德了，太不要脸了！我心里很堵得慌。"双休日"偶像们的表现如此令人失望，这怎么可能呢？那些在他们歌曲中猖狂的流行的美感，原来和他们的人品正好相反，原来叫嚣着爱与理想的是最操蛋的一批人啊！

　　"什么鸡巴乐队！三和弦的水平。全靠着煽动台下做戏造气氛！"鬼子六骂道。

　　"没错，那个主唱的范特露怯。"大灰狼附和道，"都什么年代了，还穿那种过时的卡特二代运动鞋。"

　　"别说了！没用！"亚飞厉声制止我们。

　　服务生端了个大盘子走过来，上面摆了四杯大扎啤，挺胸凸肚地说："高哥说你们辛苦了！这是送你们喝的。"曾经被亚飞吓破了胆的服务生鼻孔朝天，好像瞬间长高了十公分，他眼睛都不斜我们一下，王哥一样的倨傲。

　　演出激烈的灯光里，我看见亚飞为难的脸，他有义务去跟高哥说谢谢，可是我们的演出让他抬不起头来。背后万众呼喊，场地里重新气氛火爆，和我们刚才的演出恰成对比。舞台下面的舞池里面挤满汹涌的POGO人潮。"双休日"是个典型的朋克乐队，肿泡眼的主唱像李小龙一样飞脚，把话筒当三节棍流星锤使，抡得嗡嗡响，他满台乱蹦成了架直升机。我奇怪怎么没有喇叭刺耳的吱声，他一定是很有经验地OFF之后才抡的。这时候台上台下成了沸腾的火山口。台前那些手持DV的人们好像是沸腾的水池边上的泡沫，不断地被挤开，又不断地回来。事先已经通告说禁止在POGO的人群中摄像，怕机器跌落并被踩坏。

　　我这才知道，没有水平、全靠煽动乐迷来捧场就叫做北京的朋克，或者朋克的北京。

　　亚飞就在人家演出的热烈精彩中硬着头皮走过去跟高哥屈辱地说："不好意思，今天我们没演好。"远远地看他垂头丧气的侧影，好像战败了准备自杀的日本人对着天皇在说话。

"没事没事，下周你们还来暖场！"高哥仍然笑眯眯地用自己的酒杯撞了下亚飞手里的扎啤，喝了一口，令我们感动非常。高哥肯定是个真正的大流氓，他几乎从不拿弱小者开涮，但是无论多横的人物见到他却都吓得灰溜溜的。

"你不是在台下跟那帮小屁孩撞来撞去的挺陶醉的么？"鬼子六笑话大灰狼，"我叫你你都不想走。"鬼子六手里把玩着一个烟灰缸，我看出那是天堂酒吧的烟灰缸。

"你怎么又顺人家烟灰缸了？柜子里都几十个了，万一被王哥看见以后咱们更别演出了，是不是啊，亚飞？"

亚飞没回答。他早已背好琴，提着花里胡哨贴满了标签的效果器箱子等在门口。黄色灯光下门洞里负重的黑影，他的脸色发青。演出的失败深深地伤害了他。

四

到地下室已经半夜了。我们吃夜宵喝啤酒，痛骂"双休日"和王哥。"双休日"太让我们失望，原本的偶像一旦接触起来，居然如此的肮脏龌龊，实在是恶心。我们从"双休日"的崇拜者转变成他们的敌人。仔细想想，那音乐也不如我们在网上听到的小样那么好。技术粗劣，全仗着乐评界捧臭脚。我们好好地总结了第一次登场，总结出来的最大的问题就是"不适应"。鬼子六被频闪灯闪得找不着品了，大量地弹错音。亚飞也因激动唱走了调，到后来就成了乱吼一气。我提醒他："你忘了唱的方法了么？咱们别急，要稳住。"然后我们醉醺醺相互碰杯打气。"下一次一定要稳住！别慌！千万别慌！"

其实今天的演出是我们第一次与成名乐队同台演出，我们听了"双休日"的现场以后，感觉水平其实不高，完全依靠对乐迷的煽动来挑气氛。所以这份失败反而令我们充满了斗志。

从那时候开始，我们腆着脸每个周末去给人家做暖场乐队。

我们赖上了天堂，亚飞一到周末就给人家打电话："高哥，今天晚上是什么乐队的演出啊？噢，是他们啊！那晚上我们过去给他们暖暖场吧！"不等对方反应就挂了电话。

啊，那一段艰苦的上不了台面的演出，那一段专门给人家暖场的日子。

演出没有钱。现在回想起那时候，印象里全都是我们拎着乐器走在纷飞的大雪天里。北京开始了最冷天气前的预演，蒙古高气压一鼓作气地把暖风赶过江南，一路上洒下凄凉的雨雪。我们头发上沾了很多白色的雪花，羽绒服的肩膀积成一片雪白，把空着的手摸在脸上取暖，看着彼此冻红的脸，龇牙咧嘴表情狰狞。乐队的条件差，缺钱缺机会，尽可能不乘出租车，尽可能坐公交汽车。在晃荡的车厢里跟态度恶劣的乘务员争执要不要为乐器买票，在风雪中低着头拎着沉重的乐器走上几公里。天堂离公交线路很远，我们下了公交还要步行，往往在傍晚阴暗的雪色中排成黑色的一队，好像被遗弃的一队残兵，好像一帮子无家可归的流浪汉，背着琴，拎着效果器我们走上一两个小时。我需要携带的乐器最多，军鼓包镲箱踩锤箱和鼓锤包。他们拎着琴的身影起码还像战士般利落，我却搬家的鼹鼠般臃肿。尽管大家不时帮我拎一会儿，我仍然累得吐长了舌头。

空旷的城市边缘，那些烂尾巴小区工程的残垣断壁，那些破旧城铁列车的高架桥，几百吨的钢铁从头顶以一种重失真吉他的声音飞驰而过。偶尔，闪着红灯的大飞机在无声地降落。

只有心里的不服气好像胀起的紫色苍穹下的气球一样高高飙升着，我们是一排神色狰狞的青年。

上台的时候我经常没打两首曲子就快要晕倒，演出完毕一回到地下室我往往倒头便睡。不要说洗澡，连衣服都没力气脱。

我们还要忍受种种蔑视和凌辱，每当发生这种事情的时候，我最感激的人是亚飞，闯王般刚烈的性格，竟然痛快地咽下了这些气；亚飞一次次地用难能可贵的热脸去贴人家的凉屁股，他完全是为了乐队！

我们的演出往往同一些卑劣的朋克乐队混在一起，那些比我们更加"有名"的"地下乐队"。中国人的窝里斗在摇滚圈子里一样盛行，人们在小小的名气上就开始倾轧和骄傲，友好的交流几乎是绝对不可能。哪怕一个对视的眼神，我们都可能冲动到打起来。大多数的情况下，我们不说话，严守着时间到来和离开，避免面对他们尴尬的嘲讽和冲突。

王哥赤裸裸的趋炎附势，对待我们的态度实在过分。演出后亚飞往往在厕所里一边咒骂一边狠狠地踢墙，还跑过来搂着我说："小航，不行我得揍他一顿。让我揍他一顿吧！"

在王哥又一次没来由地挤兑我们时，亚飞终于忍不住了，他从脖子上摘下电琴绕过整个沸腾的演出场子飞扑向王哥。

我脑子里嗡的一声，糟了！一定要拉住亚飞！我一刻不敢耽搁地追过去。王哥说完操蛋话以为没什么事了，转身双手插腰在跟别的乐手说话。而亚飞顷刻冲到位，面对王哥乱糟糟的后脑勺，只要来一记重的，就能让这个杂碎从此知道刷牙闭嘴，但是亚飞居然迟疑了一下，给了我一点时间恰好赶到。我紧紧拉住亚飞胳膊，感觉亚飞的肌肉好斗地绷起来。亚飞狠狠地扫我一眼，拍了拍王哥的胳膊。

"你干吗？"王哥回过头来。亚飞干笑了一下："王哥，今天真是给你添麻烦了！"亚飞变戏法一样掏出包烟递给王哥，一个九十度大鞠躬，长头发在点头作揖时甩成对折。王哥拉长着一张大酸瓜脸看看那包烟，轻蔑地说："没办法，办演出么当然什么样乐队都有！你也别破费了。跟你说这种烟我不爱抽，我一般就抽'小熊猫'。"操！丫还张嘴朝我们要"小熊猫"，我们这些穷孩子连"中南海"都抽不起。他可不知道刚刚差点被亚飞送进医院，从此禁烟。

高哥照惯例叫服务生给我们一人送来了一杯啤酒。大家一起仰脖喝光啤酒一起把杯子重重蹾在吧台上！我们凑在一起，头顶头，亚飞伸开大长胳膊拢着我们说："不行！咱们还是得用春风般的心灵感化他。咱们一定要在这圈子里站住脚！"这一刻我的印象非常深刻，周围轰响着人家演出的喧嚣，乐迷们对所谓"著名乐队"的捧场声。我们凄凉地抱成一圈。我们这弱小乐队那一刻是多么团结而努力啊！

知道吗？我是金子，我要闪光的！

五

大灰狼在这种环境下显得比我们得心应手多了。他跟那些乐队很快就混熟了，每次下了台就跑去人家那里看着人家装台，然后很快就跟人家搭上话，明显比我们合群。

演出让我们积累了很多经验，开始有的放矢地排练，也开始有意识地往演出效果上走，比如急停，急走。急停急走就是全体停止演奏，一个拍子后一起继续演奏。当我们某个人出了错的时候，比如大家都按计划急停只有一个人忘记停还在演奏，所有人就都看着那个人开始憋不住地乐起来。一起说大哥呀求求您啦！这要是演出的时候您也玩一这个！咱们可就贻笑大方了。

　　我们努力着，忍耐着，直到那神奇的一天的来临。

　　那天演出前我们就觉得不大对劲，放眼望去天堂酒吧里满场都是像我们一样长头发的汉子们。破牛仔大个子，或坐或立三五成群，好像地狱中军团出现了大片黑压压的金属打扮。久违了，黑色系！一贯嚣张的朋克迷们突然失了气焰，苍白地挤在舞台侧面像一小撮白老鼠，成了弱势群体。天堂酒吧史无前例地呈现出"金属场子"的风范，在这么多的演出中绝对是第一次。天堂一直是被朋克淹没的，我们第一次感受到自己的金属装扮不再是孤独的。我们都呆了。到底发生什么事了？

　　很快我就知道了答案：一群男女占据场子里最好的包厢在吆五喝六地喝酒。中间一个粗声大气的长发中年人牵动着所有人的目光，是老泡！我又一次看到了老泡，他和我们终于要在台上相遇了，这个传说中的中国金属第一吉他！我们一次次暖场过来，已经暖晕了头，问都不问给谁暖场就跑来天堂，居然不知道今天是老泡的演出。我看看正在插线的亚飞他们，心想不能告诉大家，不然大家知道神降临了天堂，大家一恐慌，又要重蹈第一次演出的覆辙。

　　我特别紧张，生怕在爱玩技术的金属乐迷们面前，在心里的神面前演砸演丢了"范"。我很快就准备完了，坐在那里看着大家插线。

　　尹依穿了套全白的羽绒服，女孩的小圆脸被空调热成好看的浅浅的紫红，令人有伸手上去试试温度的冲动。尹依开心地笑着，在台下冲我们打着鼓励的手势，让我放松不少。最近的演出她都会跑来看，可以说是我们的第一个铁杆乐迷。

　　音乐一轰起来，我却不怕了，因为台下开始叫好。

　　包间里有人扬着手喊道："哥们，这才是摇滚乐！牛×！"那只手的主人赫然就是老泡，涨红着脸，分明喝高了，在酒精的鼓舞下叫嚣着。

　　我的偶像啊，你明白你的话对我们来说意味着什么么？

　　我们原本只是演两首，但是台下轰然喊道："再来一个再来一个！"这几乎是从没有过的现象。金属乐迷啊，你们终于出现了。亚飞很高兴地使劲一蹦，吉他背带却断了。他焦灼地凑近话筒说："抱歉，哪位的琴带可以暂时借用一下？"

　　"用我的！"一把刺眼黄琴竖着屁股从台下递上来。亚飞连声说谢谢地去接，然后目光就在对方的脸上凝着了：半卷的长发，公牛式带着血丝的凶狠的眼睛——老泡把他的电吉他递了上来。周围的金属迷们爆发出一阵掌声。亚飞没有笑，他只呆了一下，没有更多受宠若惊的表现，几乎是冷漠地说了谢谢接过吉他。但是我看见他的胸膛起伏，知道他的心里一定超激动。倒是老泡笑了笑："弹得不错！"漠视周围人崇拜的目光，转身走了。老泡的背影很宽厚，皮夹克、裤子上的铁链，好像监狱里大铁环的钥匙串。他身上每一样东西看起来都是价值不菲。

亚飞试了试琴，脸上闪过一丝惊喜。音色实在太好了！这把琴可是著名的Music man，起码两万多块，吉他皇帝啊！我们整个乐队的乐器和它比起来就是一堆废铁。

我们全体都看着亚飞，不如说我们全体都看着老泡这把琴。我们胸口兴奋地起伏，为了能够得到偶像的承认而开心。亚飞咬紧牙关，回头示意我"可以开始了"。

这天我们的演出震惊了全场。我们乐队确实开始好起来了。

亚飞说了结束语："我们是森林乐队！"他对台下说，"今天我们是不是来错地方了？"台下轰然回答："没有！你们很棒！""好！"

大家还在兴奋地议论这次演出。"小航你真是帅呆了！哇！每个动作都那么帅！"尹依高兴地蹦跳着对我说。"帅哥在这儿呢！往这看！来抱抱！"鬼子六嬉皮笑脸地打岔。我满脸是汗大口大口地喘息，突然我注意到一个很漂亮、波西米亚打扮的女人定定地看着我。她大概二十七岁上下，陷在吧椅里喝着很小的一杯酒，小杯的酒都是很烈的，那眼神也像烈酒，坦率地直勾勾地看着我。我想这可能是一只鸡。

酒吧里往往有很多鸡。实际上她们和真正的摇滚乐迷太不一样了，几乎所有这种场合让你回眸去望第二眼的女人都是鸡。学生少女们清纯的打扮在这里显得如此灰暗和无力，只有鸡或者有鸡的内心的女人才知道该用什么样子出现在这里最好。只有她们知道该怎么扮才能最大限度地激发男人的荷尔蒙，她们不懂得什么是美，但懂得什么样子才能吸引你。当她们跟着我的鼓声扭动身体的时候，她们是那种在迪厅里经常看到的扭屁股和挥手。而摇滚乐迷是上下巅动，蹦着。

那女人突然站起来，径直走到我面前。她眼睛咄咄逼人分明在看着我，伸出三根手指在我面前晃了晃。我愣了，军鼓往袋子里塞了一半就停了，我左右看看，不知道该怎么办。

鬼子六冒出来说："三百块？太贵了大姐！不行不行！我们玩不起您！"女人却不看他，又对我伸出五根手指晃了晃。

鬼子六惊讶地说："五百块？大姐你越开价越离谱！我这哥们像有五百块的样子么？三百块他都掏不出，成心做他生意就便宜点吧，大姐。"

女人认真地对我说："小伙子，五百块！我给你！"

这下鬼子六也呆了，愣愣地抓住我的胳膊晃来晃去："小航……小航你摊上了好生意啊！"

我说"要上个厕所"，落跑到最偏僻黑暗的角落躲了起来。但很快被这帮孙子找到，鬼子六责备我说："小航你也太装了吧！多合适啊！那么棒的姐姐让你干，还要倒找你钱！你到底怎么想的啊？电话都不留一个！"

尹依则兴奋地摇着我的手说："小航你真有潜力真有潜力！干脆别当鼓手改行吃软饭吧！"

"你们走！快走！别烦我！"我尴尬地把他们赶走。

亚飞带着个特别漂亮的大姐过来打招呼，大姐穿着我曾经在商场里见过的标价签数不清零的小西装。大黑天的居然戴着茶色眼镜跟骇客帝国似的！咋一看会觉得大姐是个干干净净的大美人，仔细一看你会吃惊地发现她年龄可能不小了，但是一举一动的气质都是刀锋般的诱惑。

亚飞说："这是我们乐队的鼓手小航！打得很棒的！这是马姐。"

"抱歉，先接个电话。"大姐抄起手机吼道，"怎么着？这里信号不太好！对！别他妈的理他，台湾男人最抠门，我看你傍不出钱了！丫再缠着你就让小四带人去拍他！我看你还是傍老五介绍的那个香港人吧！香港人比较肯出血。"

"小航你看，那个姑娘喜欢你。"大姐收了线，突然说。

"是么？真是糟糕透了！"我掐死烟头，拼命地往后躲。我以为是之前那个女人，好不容易才闪到这个阴暗的角落怎么还是躲不开？

"快抬头看啊！"大姐用胳膊肘捅捅我。

"别捅我，正躲着她呢。"我头更低了。

大姐伸手托起我的头："好货色！别浪费！"

我吃惊地看到了小甜甜，那个黄头发的小甜甜，半边脸庞被灯光染成暖色，看着我的居然也是刚才那女人一样火辣辣的眼神。但只是瞬间的错觉一样，小甜甜回头和旁边的男孩说话了。

原来她也在啊？她也看到了我们第一次成功的演出。

"晚了晚了，人家不敢看你了。"大姐一脸风尘，继续吸烟了。

我满腹狐疑地又看了看小甜甜。那个男孩手持DV机正在向她展示录像，那应该是我们和老泡的现场吧？我心里一阵自豪。远远的，小甜甜像平常一样笑了，因为男孩某句过分挑逗的话而打了人家一拳。

"要不要去打个招呼？"我搓干净手，正犹豫时，场子里喧闹起来——老泡的演出开始了。鬼子六和亚飞抓住我的胳膊，挤进了蜂拥向舞台的兴奋人群中。

老泡的吉他技术果然令人吃惊。电吉他的速度非常快，花样也多，准确有力，节奏感极强，动作干净漂亮，左手几乎是粘在弦上，右手的高频律儿几乎把吉他变成了小提琴。唯一的缺点就是并不好听，全都是音阶，听过之后也记不住什么旋律。但台下的众乐迷们还是为那些技巧一阵一阵的欢呼。"牛逼！""好！""帅！"我们乐队全体挤在舞台最前面呐喊，老泡之前小小地帮助了我们一下，我们当然要全力地捧场。尹依也很兴奋地给老泡鼓掌。我发现老泡面对台下无数乐迷的叫好没有什么反应，独独频频地给我们这边抛媚眼。我顺着他的眼神看过去，我们当中唯一的女生尹依正在蹦跳着为他捧场，少女的脖子上两根美好的筋正因为欢笑而绷紧着。

在回程的大野地里，在呜呜的大风声中，亚飞狼狈地绊倒了，琴箱飞出去老远。我跑过去想拉他起来，却发现亚飞坐在地上无声地咧开嘴，两排白牙，他在笑！从无声变成有声。"嘻嘻嘻——哈哈哈……"他越笑声越大。"呵呵呵呵——"搞得我也莫名其妙地跟着笑起来，鬼子六他们也是一脸憋不住的喜气。亚飞拉住我的手一跃而起："来来来，都过来都过来！"

他把我们拢在一起。"一二三！"我们四个拥抱着，对着满天的繁星一起兴奋地狂声大喊："啊——！——森——林——万——岁！！！！！！！！！"

第一次收到了乐迷的字条说喜欢我们。

第一次听到台下的叫好声。

第一次感受到自己成了一个真正的乐手。

第一次看见小甜甜瞬间的火辣辣的目光。

黑黑的城铁架子好像城市的废墟，最后一列车也早已入库。只有那呜呜的风声夹带着飞机起落的啸声，庞大的黑影，几盏小红灯瞬间从头顶掠过。只有郊区能见到的万点星辰，北京的夜晚原来这么美，四环的天空原来这么璀璨。

六

一个月后的周末，我们早早到了天堂，正调音的时候，酒吧门口钻进来一群光瓢——"双休日"乐队也来了。他们还是那副操性，板着脸装酷。本来应该我们先演的，但是"双休日"据说要赶场子，又比我们大牌，所以王哥放他们先演。

　　"双休日"主唱一上台就假装严肃地说："刚才台下有人问我是谁！你们告诉他我是谁！"他的意思是让台下这些乐迷一齐喊"双休日"。此言一出底下就乱了。人们嗡嗡嘤嘤相互询问："谁呀，森林么！？""我就是听哥们说森林特棒才赶来的……"就有几个人喊"森林吧？""森林！""森林！"这些乐迷是专门冲着我们来的，我们的演出时间被"双休日"占用引起了乐迷的误会。

　　"双休日"牛眼睛主唱的脸色就变了，先红后青好像姑娘被人说脸还没屁股好看一样。这回"双休日"的"范"可丢大了，幸好也有认识"双休日"的乐迷喊起来："双休日！""双休日！"喊声越来越大。这才勉强过了"开场煽情"这一关。

　　一场轰轰烈烈的演出之后乐手们总是热血沸腾的，极度自我膨胀。"双休日"找到了感觉之后就把开场的尴尬给忘了。贝斯手不下台，光着刺满纹身的青后背往舞台上一坐，慢腾腾拿着傲慢冷酷的架势一件件穿演出时潇洒地脱了满台的破衣烂衫。而主唱满场飞，呼朋引类的；最后嘴里叼了根雪茄，在舞台一侧的聚光灯下一腿前一腿后，胳膊架在舞台音箱上，摆了个酷酷的造型。他们的这些行为绝对是表演性质的，为了给乐迷们树立一个大牌的潇洒印象。

　　王哥跑过来，焦急地狠狠拍了亚飞后背一下："观众都快走光了！还不赶紧上台！你们这帮孩子关键时候怎么这么傻呢？"我们抬头一看，果然，场子空了一半，一些人正在座位上站起来穿衣服，一些人正往外走，因为"双休日"占了我们的时间，大家都以为演出结束了。出口处已经挤了一堆人。我心里一热，感激王哥的提醒啊！几次演出下来，王哥开始觉得我们的音乐不错了。

　　亚飞人高马大，伸手把人家的贝斯线一扯，人家的贝斯用脚扒拉到一边。于是我们呼啦啦上了台，站位，插线。那个装模作样穿了一半衣服的贝斯手几乎是被挤下台去。他一定很生气但是我们顾不及了。

　　我连击四下鼓槌，一二三四走！

　　四个人的长发同时甩起，巨大的音幕好像一扇厚重华丽的玻璃窗，在窄小的场地里摔个粉碎。那些尖利的碎屑刺伤了每个人的鼓膜。

　　看到演出重新开始，人们惊讶地又把穿好的衣服脱下来，出口等着出去的人们也纷纷走回座位继续欣赏。正好是鬼子六一段巨华丽的SOLO，长达一分多钟，妖娆高昂，我们的配器也跟得好，亚飞咆哮起来！

　　台下的人们都惊讶地看着我们，相互打听这是什么乐队。"什么乐队啊？挺膻的啊！""森林么？""叫森林乐队？我还以为他们不来了呢。这个点才开始演！"

我看到"双休日"主唱呆呆地看着我们，嘴张得比我当初还要大，却忘了把支在舞台上的胳膊拿开，尽管他酷酷的Pose已经垮了，可笑地扭曲得不成形，手里夹着的烟也好半天没吸一口，快烧到根了。

"双休日"的偶像们绝对没有想到原来那一帮子给他们暖场的小二百五们已经进步到这种水平了。

第二首歌，第三首歌，第四首……"双休日"牛眼睛主唱在那个好位置已经待不住了，他好像浑身长了跳蚤，拿什么姿势都不得劲，抓耳挠腮的不自然。

满场子都是打听我们乐队情况的声音，而我们原有的那些乐迷迅速地满足了第一次听我们演出的乐迷的好奇心，对他们讲述历次演出中森林乐队的"范"。我们收拾好乐器穿过场子准备离开时，一个一直在桌子上写写画画的青年突然站起来展开一张大纸，上面几个大黑字写道："永远支持你们！森林！"那是美院学生超大速写簿里巨大的一页白纸，近在眼前。

面对着那张纸，亚飞像个第一次被追求的姑娘般扭捏了，急匆匆跑出去。

这天，我们笑得脸都僵硬了。我们挤过热情的人群，和很多人握手和交谈。很多人说："你们音乐真好！好像METALLICA一样好！以前居然都没怎么听说过你们。"

我在外面寒冷的雪地里找不到亚飞了，东张西望了好半天才看到十几米远阴暗的马路边，高大的亚飞背着琴箱抓住一个女孩的胳膊，他们吻在一起。

尹依仰着头，圆润的脸颊藏在亚飞随风舞动的长发中，腰身被亚飞有力双臂缠绕，天堂门口纯洁而迷醉的一吻。

四处是无尽的黑暗，头顶天堂庞大的灯箱璀璨斑斓。脚下一片绒绒白雪，干净得只有亚飞和尹依纷乱的两行脚印。雪静静地在他们身边飘落，落在亚飞乱发松散的肩上，落在尹依踮起的细弱小腿上。远处转弯的车辆的灯光偶尔照亮他们落满雪的轮廓。

我们所有人都看到了，我想大家的心情和我是一样的欣慰吧。好像世界突然没有声音了。大片大片的雪花落在脸上，舒服的凉。

七

因为仍然是没名的比地下更地下的乐队，我们仍然给更有名的乐队暖场。高哥已经开始给我们演出费，一次一百，每人可分二十五块。这点钱刚好够我们打出租车和演出后的夜宵钱。我们已经很满足很开心。

某次演出时我们居然看到了宣称组织演出的那对癞蛤蟆，公蛤蟆是一个朋克乐队的鼓手，母的在台下拿着小资的架势"品酒"、"欣赏音乐"。他们也认出了我们，演出的时候做出许多华而不实的大动作：过通加花，煽动乐迷POGO，和他们一起呼喊，齐唱等等，成心给我们颜色看的意思，可惜他们乐队实力太弱，乐迷们没兴致跟进。随后被我们乐队轻松灭掉。我们一上台形势立刻不一样，原本底下闲聊乱坐的人们轰地拥向舞台。最近的演出每次都是更加意外地火爆，满场子都是喊"森林"的声音。公蛤蟆简直惊了，最让他脸上挂不住的，是他的那些队友也像乐迷一样在演出完毕后兴高采烈地挤过来跟我们搭话。亚飞对他队友的殷勤表现得很无理，说我们很忙没空，把那几个孩子轰一边去不理他们。这一切就是为了做给那对癞蛤蟆看。

然后就是一系列踢馆般的演出，被"暖场"的乐队大部分都被我们轻松"哑了"，从此就在"森林乐队"面前玩不转了。那段时间，我们的台风日益成熟。亚飞的嚣张，鬼子六的妖娆成了传说。我们"暖"一场灭一个乐队。相信很快，"暖场乐队"这个位置就留不住我们了。当然，中国的地下摇滚特别难搞，不像电影那样，一家伙就成了名，一家伙就啥也不愁了。我们目前的状态，充其量是逐渐被同行承认配称之为"乐队"而不是"玩票"而已。

一天我从外面回来发现宿舍里没人，收发室的老头通知我，说亚飞让我去公主坟的一家大饭店找他们。

饭店有两层楼，门口大排迎宾小姐，龙凤飞檐地毯铺路，我目瞪口呆被饭店排场吓坏了。"你怎么才来啊？"亚飞已经在门口等我。这是一次专门宴请老泡的酒席。不说别的，老泡肯来就是一件大面子。但是我们几个人加一块每个月也就一两千的生活费，哪来得起这种地方请客，亚飞为了老泡也太牺牲了。我不知道接下来的日子亚飞可怎么熬。

"表现好点！"亚飞说。他红着脸，已经晕了菜。大家为了陪老泡几乎把命都搭上了，这个老混蛋还是不醉。亚飞的酒量不高，就算拼了命也就是杯水车薪。我是酒的无底洞，是他们对付老泡的王牌！

尹依也在，和老泡的位置挨着。

"我们的鼓手小航。"亚飞介绍。

"见过见过。不是一起演出过么？"老泡望着我笑。

席间老泡大吹其牛。说什么他创造的华丽技法，其实就是正常的乐理他非得加油添醋往自己脸上贴金；说什么自己当年如何如何把玩琴的老外全镇了；说什么某某年自己把谁谁谁打得缝了三十多针。

我开始觉得有点不对，他和我心目中的偶像一点点脱离了，逐渐变成了圈子里常见的爱吹嘘的老流氓。

他一边说一边偷眼瞟着礼貌地陪笑的尹依。我甚至看见他有意无意地伸手到椅子后面虚抱着尹依的椅子，这个老东西！

我摆出一只二两杯两只啤酒杯，全部满上二锅头。"我来晚了，不劳大哥责怪，先自罚一杯。"我仰头喝尽了二两杯。

然后举起满满的一啤酒杯白酒，"然后向大哥致敬。"我把另一满啤酒杯的二锅头推到老泡面前。

"我先干为敬了！"我一仰脖把一满杯白酒倒进嗓子眼。"大哥请！"我伸手致意。满桌都鼓起掌来。

老泡有点被我镇住了，想要躲酒。我冷着脸开始拿话衍他："您是大哥，您是前辈！您要是不喝我们可都没脸喝了！"

亚飞拉着我去上厕所，一出了老泡视线他就跟我急了："小航你他妈别这样！你怎么了？"

"那家伙……"我想说却说不清楚，"他对尹依有意思你看不出来么？"

"你管呢！？女人有她自己的意志，咱们男的管不着，只要管咱们的乐队前途就足够了。"

"尹依对你那么好，你就没有感情么？"

亚飞拍拍我的肩膀："小航！女人是女人，我们是我们，我们需要女人，就好像需要一个必需品。女人需要我们，就好像需要一件穿给朋友去Show的衣服。感情就是我们之间流通的钞票而已。我得承认，对于这种必需品，我肯出的价钱不多。"

要说老泡别的都是吹牛，他这酒量确实不是吹的。就算有我这种酒囊饭袋撑着场子，老泡还是轻轻松松废掉了亚飞。亚飞越喝越热，后来脱光了膀子，晕倒在了沙发上。亚飞根本就是被我们背回去的。

我很疑惑老泡这个我们曾经的偶像是否真的有诚意帮我们。但是看亚飞这次的意思，似乎是肯定没问题的，他好像心中有着我们看不到的一步棋一样。

这秋天的夜晚
让我感到茫然
Fall night, I was abroad

没有人仰望蓝天 繁星密布的夜
我和我那些秘密 又能唱给谁听
你听不清吗 你看不见吗 你的大脑呢
大家醉了 就我醒着 我真傻
说不出什么感觉 当我准备去告别
我心中荒草家园 真理出没的夜
新的人间化妆舞会 早已经开演
好了 再见 我去2000年

新的游戏 新的面具 新的规矩 学习
蓝天白云 星光虫鸣 还有真理 多余
别当真 别多问 别乱猜 我没有答案
荒唐是吧 悲伤是吗 没有办法 就祝咱们都小康吧

大家一起去休闲 就让该简单的简单
大家一起来干杯 为这个快乐的年代
大家再来干一杯 为这个晕了的年代
泥锅泥碗你滚蛋 你追我赶2000年
啦……就这有多简单
啦……这个嘈杂的年代
啦……你追我赶去2000年
这滋味 有多美
啊！我的天呐

——《我去2000年》朴树

我从排练室里下来，在走廊里就已经感觉到不对劲。一推开宿舍门，灯光昏暗，半空中两只红色"拳击靴"。我惊讶地向上看去，没有人上吊自杀。可爱靴子的主人高高地站在椅子上左手一碗水右手一碗小米，那是小鸡炖蘑菇的饭碗；手臂平伸成麦田里的稻草人状，噘着嘴的小甜甜在叫："下来呀，下来呀，让姐姐抱抱。"

小甜甜看到我，惊喜地跺着脚："太好了小航！快点帮我抓住它！"

她熟悉的大胆眼神让我一时有点窒息，我说不出话来差点退出门外。太意外了，她怎么会出现在我们的宿舍呢？

大灰狼冲过来抢过我手里的便利店塑料袋，失望地倒出一堆可乐后还往里面翻，问："烟呢？烟呢？"

"你……你怎么来了？"我懦弱地问，感觉骨头都软了。小鸡炖蘑菇扑棱棱落在我的肩膀上，翅膀的长翎刮刺着我的脸，小嘴挑衅般啄我的耳垂。

小甜甜看得惊了，她哈哈地笑笑："嘿！这死鸟！训练过吧？怎么就那么听你的话？"伸出手想摸摸鸽子，小鸡炖蘑菇炸了炸翅膀，腾飞起来；仍然去落到屋顶的通风管道上，回头用小尖嘴收拾自己的翎毛，那是它的地盘。

小甜甜生气地嚷道："嘿，这只死鸟，肯定是母的！真不招人疼。一见着我就逃，怎么偏偏看见你就这么亲热？"

一

鬼子六满脸堆笑凑近小甜甜："你喜欢什么类型的音乐？"

"我啊，这可难说。就是朋克一点的吧，这你可得好好教教我。"

"没错没错，我也是，我最近特爱听BLUR！"

"那不是英伦么？你丫还算个玩金属的！？"小甜甜粗声大气伸手拧了拧鬼子六眼大无神的俊脸，"告诉你啊，你没听过的歌我全听过，跟姐姐学吧你！"

小甜甜最近经常出现在地下室，很快和整个地下室的艺术流氓们打成了一片。哪怕是多次被她戏弄的大灰狼，也是如此地应对热情而自然。而且不光我们乐队，隔壁的小画家，对面的其他乐队成员，她和地下室所有人都很熟，打情骂俏相互占便宜。

那时候我把小甜甜当成一道难解的应用题，当自己还没有信心解答的时候，就空过去做下一道。小甜甜在宿舍里胡闹，我却很少和她说话，面对橡皮鼓板专心练习。最近我很少去排练室上鼓了，改和大家一起挤在地下室里练习鼓板。我对自己说这是为了把技术练得更细，实际上清清楚楚地明白这么干完全是因为小甜甜在宿舍里！我无法离开小甜甜超过十米远。她好像用一根看不见的线把我牢牢拴住了。

虽然她总是一进来就跑到我床上坐着，虽然她的极短的裙角走光地抚着看书的我的耳朵，但是我不能肯定她的真正目的。

鬼子六买了双新的战靴，靴根镶着金属哈雷标志的那种，对着镜子恋恋不舍地照来照去。小甜甜凑过去一脸怀疑地问："是真的么？"

鬼子六说："当然是真的！很贵呢！"扭屁股跷起脚对着镜子照靴根上的哈雷钢标，回头看着镜子得意极了。

"真的？我怎么看着那么假？"小甜甜凑近鬼子六，几乎贴在他骨架突兀的瘦胸上，于是鬼子六心有灵犀地看着她笑了："怎么会！六百多呢！你看看这靴头！多瓷实！里边是钢板顶着呢！"任何男人这时候都会被小甜甜暧昧的笑容搞晕了头脑。

"真的六百多！？"小甜甜坏笑坏笑的表情好像看着一条被拴住的狗。

"啪！"

"啊！"鬼子六惨叫，小甜甜在他靴头狠狠踩了一脚！

　　鬼子六慌忙脱了鞋捧在手里，然后难以置信地大声惨叫："啊！啊！人家的新鞋！小甜甜你太过分了！"巧克力板般脆弱地凹瘪，靴头成了个大弹坑。

　　"别跑！"鬼子六伸手揪住转身逃跑的小甜甜的后衣襟，小甜甜大笑着跟鬼子六扭打起来："你不是说是真的么？里边还有钢板呢！小航，你也不帮帮我……还吹什么有钢板啊……啊！"

　　床板"吱扭"一声几乎拦腰塌断，两个人扭倒在我的床上。"啪！"传来手掌拍击身体的声音。鬼子六大叫一声："啊！你丫怎么这么毒！"一定是小甜甜狠狠拍了鬼子六后背一记。

　　我暗想：怎么不拍吐了血？

　　他们打闹的时候，我有一种奇怪的感觉，我想恼羞成怒地冲过去把他们两个分开。我想对鬼子六说："别理她！你不是说她是坏女人么？"我也想抽小甜甜一记耳光骂她贱："你不至于这么下作吧？鬼子六这种缺心眼的男人也能让你这么开心么？"我隐隐约约感受到自己这些卑鄙的思想，于是分外羞愧！只能假装看着一本鼓谱，对小甜甜的喊叫置之不理。

　　亚飞的电箱琴是黑色的，廉价的蓝色镶边，两千多块的低档琴。琴颈的背面被他有力的手磨得泛白。他总是关了门在里面房间研究我们的歌，把那些早已烂熟的段子弹了一遍又一遍，琢磨里边的变化和小的改动；偶尔也弹弹《加州旅馆》或者涅磐的做平行的比较。

　　小甜甜装出惊讶的样子问："呦！刚才那首歌可真好听！什么歌啊？是你们的新歌么？"

　　亚飞冷着脸回答："《加州旅馆》这么出名的歌，什么都听过的你不会不知道吧？"

　　"没听过还真就是没听过，我对天发誓！"小甜甜靠在亚飞身边的桌子上，严肃地说。亚飞自顾自地弹琴不说话。过了半晌，看见亚飞不理她，小甜甜还是没绷住劲主动出击了："呦，你这衣服不错呀，哪买的？"就着伸手想去捏亚飞的胳膊，但这回她却捏了个空。亚飞好像瞬间移动般一闪十米远，一副早就料到的晦气表情扔下她出了里屋，板着脸拉着我就走："到点了！小航咱们吃饭去！"

　　吃饭的路上小甜甜郁郁寡欢，大灰狼鬼子六伴随左右，鬼子六有一搭没一搭地跟她对骂。每当车辆驶过，大灰狼就伸出粗臂虚抱着小甜甜作护花使者状，却没胆接触她的身体。其实最郁郁寡欢的是我，远远沉默地落在队伍后面，看着前边男男女女亲密无间的场面，我在寒风中郁闷地连吸了两根烈烟。

二

平常大伙都是去吃附近尹依大学的食堂，图便宜。最近变成亚飞请客。因为大家没钱了。

饭没吃完小甜甜接了个电话，说家里有点事得先走，然后颇有点期待地看着我，我赶紧低头拼命往嘴里扒拉饭菜。幸好大灰狼不识趣，主动请缨护花，于是小甜甜悻悻地搂在大灰狼的粗胳膊里消失了。

亚飞看着他们消失的方向笑了："大灰狼还真积极啊！"

鬼子六说："他是怕轮到他付饭钱，趁早找借口闪人。哎！对了亚飞，大灰狼欠的上个月的饭钱是不是得跟他要啊，我知道你已经没钱垫了！"

亚飞叹气说："大灰狼还好，现在最大的吸血鬼是小甜甜啊！丫比大灰狼还过分！一毛不拔不说每回都要最贵的菜！她再来吃几天咱们都得喝西北风了！一天到晚吹她家多有钱多有钱，却这么黑咱们这些穷乐手！小航你跟她说说让她自觉点！"

我说："干吗我跟她说？"

"你最有发言权了！她来这里就是找你的，哼！刚才看你那个眼神都快直说让你送她回家了！你可真是不识抬举！"

我很不开心地反驳："胡说！我们从来相互都不说话的。我跟她什么关系都没有。再说……你们不是跟她……更熟么？"

鬼子六来了精神，坐直了笑嘻嘻说："小航，你要是真没兴趣我可就不客气了啊！我觉着小甜甜不错啊，比亚飞找的那些……龅牙露齿的强多了吧，是吧！"

"呸！强个屁！"亚飞骂道。

"真的强多了！你还真别不承认。"鬼子六说，"她挺有意思的，相当特别，是个独到的类型。"

"中国有好多亿年轻女孩呢，几千种类型！你操得完么？累死你也不够女人塞牙缝的。你看小甜甜那张大白脸，跟我洗脚的脸盆似的。坦白讲，她没什么劲！鬼子六你的胃口太让我失望了。"亚飞一边大口大口地吃一边说，"女人就好像咱们的粮食，以填饱肚子为原则。要搞音乐，要身体健康，就不能太挑食，有什么吃什么；也不能追求美食，会发胖而且可能食物中毒。应该把身心都用在音乐上。女孩只能消磨你的意志，带走你身上有价值的东西！带走你的才华，毅力，金钱，坚强！把你变成无力的存在，等到你变弱了，她们就会突然发现不再爱你了。就好像网络病毒，专门喜爱那些健康强大的身体！她们把你残害，然后含泪离开，寻找下一个令她们爱上的目标！"亚飞认真地对鬼子六补充说。

"我知道我知道，看你说的，多不浪漫。女孩是这个世界上最美丽的动物才对。在你嘴里成什么了？亚飞，你也真该好好珍惜尹侬。多棒的女孩！"鬼子六对着另一个方向喷出烟雾，"小航，你怎么不说话？你跟小甜甜怎么可能没一腿呢？用亚飞的话来说，你可是饿了二十年了。"

我没有正面回击，冷冷岔开他的话题："鬼子六你胸口挂的什么东西？"

"银棺材啊！原来的女朋友送的！"鬼子六这个没脑子的家伙立刻忘记了小甜甜，兴高采烈地伸脖子凑过来给我炫耀。

"纯银的，牛吧？很贵重呢！"

银棺材有鸽子蛋那么大，链子很长刚好漂亮地坠在鬼子六骨头清晰的胸口。打开棺材盖，里边还有具僵尸。我满意地掂了掂银棺材的分量：好！果然够重！

狠狠地把银棺材摔回他赤裸的胸口。

亚飞笑岔了气，从此以后鬼子六有了阴影，只要一有人抄起他的银项链观赏，他就双手条件反射地护住胸口，小脸煞白。

小甜甜不在的时候，他们就把她和那些常来地下室的乱七八糟的女人们相比较。那是些成分复杂的女人，有的很丑陋，有的很漂亮，但是在他们的嘴里，全部变成器官和感官的具体描写。

最近我常常在睡梦中梦见那个给我开价五百的女人的样子：脸白白的面目模糊，身体细细长长；小小的胸部，职业装下躲闪的腰肢；我的手穿过她的身体把她抱入怀里，享受电击般的温暖。然后就长长地出一口气，宣泄在床上。

当小甜甜和他们打闹的时候，我开始产生了幻觉，也许是我陷入了冥想之中，走了神，我往往是端着一罐可乐，面对一本鼓谱，却没有看。感觉他们突然全都变成了慢动作，那些笑容，那些尖叫，全都拖长了。我背对着他们，却清清楚楚地看到小甜甜那肉肉的下巴，被开心的大笑扯成圆弧形；看到了鬼子六那长长的瘦手，如何在空气中慢慢地抓向她的胸部。

我从早到晚地对着胶皮鼓敲打，在大家面前拼命地摆出对小甜甜毫无兴趣的样子，决不去看她一眼；别人同我说话我置若罔闻，精神恍惚被大家说成练鼓练得走火入魔。

可是很奇怪，她的一举一动我全部了然于胸。

每一刻我都知道她正在和谁笑骂，知道谈话内容的每一句；知道她指甲的颜色，知道她身上每一件小小的饰物的摇摆，知道她微妙的心情好坏。

我的练习全是机械的敲打，却没法敲出任何复杂的花样，因为虽然我静止不动，我的心脏却一会儿在左一会儿在右，在身体里奔跑不停，追赶着小甜甜所在的方向。

我做了很多可笑的事情，我开始不停地洗澡，每天散发着洗发露的香气。我开始拼命换衣服，企图用仅有的几件破衣服营造出潇洒的效果。我偷偷在镜子前面照上一两个小时，抉择头发是散开好还是扎马尾，是要露出额头的精英派头还是要劈头盖脸的颓废效果，到底怎么样才好看？

我烦得要命，吃不好饭睡不好觉。白天和她每一个似乎无意的碰触都让我在睡眠中频繁手淫。

小甜甜这种女孩向来和乐队寄生在一起，真的就好像苍蝇挥之不去。多年以后我才明白，只有她们才是真正地热爱着Rock！用青春的全部血液，用青春所有的放肆和任性。她们对待理想是最坚决的，彻底浸透了摇滚的精神。

无耻的应该是我们这些男人而不是女孩。所谓的摇滚精神也许在歌里能够听到，也许在鼓声中贯彻着，却并没有融入乐手们生活。他们一边钻研旋律同和声，一边钻营取巧阿谀奉承希望能争取到好的演出机会，希望争取到出专辑的机会。他们在生活中卑鄙和妥协，叫嚣着反对巨人的声音，却是一群伪君子和懦夫。

只有这些柔弱无耻的女孩才是身体力行地从骨子里从生活态度上摇滚着。跟认识的所有乐手上床，以为这样就离自己热爱的精神力量更近了；似乎同那些有着华丽的衣装和彩色头发的乐手们做爱会令她们自己也变成一个乐手一样。

她们的身体就是她们的歌喉，她们在痛楚和高潮中耳边隆隆地响着大师的音乐。

那些外表越是夸张和摇滚的乐手，越有可能是个沽名钓誉的外行混蛋。音乐对他们来说，不过个粉饰自己钓到女孩子的鱼饵，不过是他在地摊上五元一张买来的打口CD外包装；装了一肚子的金钱淫贱，却以一副通向天堂牧师的面目出现。他们才是最不摇滚的人！骗子！夸耀另类的小资！

高潮过后的女孩很渴望同乐手谈谈音乐和摇滚，但是乐手们不理她们翻身睡了。因为她们不懂乐理，甚至闹不清我们同那些打扮得花枝招展的摇滚小屁孩有什么区别。

对乐手来说，这些女孩就相当于免费的鸡！

三

更大的问题出现了，现在我的周围往往也会坐上一两个女孩，而且对我表示了不适当的好奇。一天大灰狼突然说昨天晚上听见我手淫的声音，"声特大！"大灰狼突然说，"你丫还管我要纸来着。"惊得我噗的一口可乐喷在裤子上。满屋子人啊！太不给我长脸了！连小甜甜也在！这帮畜牲就笑话我。左边的女孩惊喜地掏出纸巾说我来擦我来擦；而右边的小甜甜更干脆说没事我擦方便，拉长了衣袖就要给我擦！我赶紧制止说：停住停住！不必了不必了我自己来！小甜甜趁我手忙脚乱的时候在我肋骨上用手指一戳说："小样的你还净事啊！"吓得我跳起来把她的手往旁边一挥："别碰我！"

我奔上几十阶楼梯，冲到坏了灯的走廊。胸腔火辣辣怒不可抑，眼前过电一样浮现出小甜甜和大家下贱的嘴脸，在黑暗中手忙脚乱摸索到排练室铁门上冷冷的红锈，大钥匙在铁门上划得哗啦哗啦响。终于找到了锁孔，插进去旋转，哐的踹开铁门，开灯。

空荡荡的大房间，现在排练室又没有人了。大家和女孩在宿舍鬼混。

我轻轻靠上墙壁，深深地喘了口气，吸气，呼气……

房间中间有那么一堆好像螃蟹一样的器械，灯光那么灿烂地打在上面闪闪发亮，猩红，那便是我的鼓。它们陌生得像来自火星的飞船，我突然发现很久没有练自己的鼓了。

弯腰捡起地上的空饮料瓶子扔进垃圾桶，面对着那套鼓站了一会儿，我他妈来北京到底是来干什么的呢？

想起在这里挥汗如雨的那段时光。刚来北京的时候，我很激动，那时候我看不见周围，每天独自练习，像加入一个考前强化班一样热血沸腾，分分秒秒不能虚度。然而现在排练室如此陌生，一种空虚侵蚀而上，令我麻木，令我丧失了勤奋的力量，甚至令我举不动细细的鼓槌。

两条光滑的手臂从肩膀上环住我。

小甜甜轻轻一跳，骑在我的后背上。就好像那天在大街上一样，我听见她隆隆的心跳。

"这两天你躲什么呀躲？"她的细细绒毛的脸颊擦着我的脸颊，气息喷着我的耳朵，"小马嘚嘚。"她说。

小马嘚嘚……

我心里一酸，脑袋里面轰隆地作响，心肺好像全都软掉了。

我什么也没说，闷声不响。

小甜甜怒了："跟你说话呢！你也回一声啊！"

我晃了下肩膀抖开她的手，就是不想说话。

"你怎么不说话？玩深沉？你当我不明白你吗？"小甜甜使劲一揉我，令我往前跟跄了一步。"你这种人……真是……明明什么都写在脸上还非得藏着掖着。什么话也不说，平常就拉长着一张脸！你玩偶像剧么？你扮主角啊！切……看你那张驴脸！该说你傻呢还是该说你纯洁呢？"

我还是没说话。五分钟吧，那么静。我听见她胳膊上的手表嘀嗒嘀嗒地响，清晰得好像节拍器。

然后传来细微的金属碰击声，熟悉的声音，是轻轻敲击镲片的声音。小甜甜拿着鼓槌，吃"提拉米苏"一样小心翼翼地戳戳镲片，仿佛怕那铜片受惊跃起。

小甜甜发现了我的眼神，我的眼神一定非常凶狠，因为她吓了一跳，大张了嘴僵在那里，手持鼓槌悬在空中，成了一只发现人类窥视的猫咪。半晌，她自我解嘲地打个哈哈："呵呵，是这样么？我还真不会……"

然后她动作夸张地摇头晃脑，手舞足蹈地模仿舞台上的我汗流浃背的样子，嘴里还"咚咚咚"地模仿着。我觉得这个女孩可真衰。

"别敲了！"我爆发地喝了一声！

底鼓震耳欲聋地咚的一声。小甜甜一慌，胳膊肘碰倒了原本就摇摇欲坠的踩镲。连不锈钢架子带镲片地动山摇地拍在地上。整个排练室都是哐当当刺耳的声音。

"对不起啊。"小甜甜完全收敛了平时的嬉皮笑脸，吓得脸色苍白缩到墙角。我惊奇地发现：她的那份畏惧表情，远比平时的放纵可爱得多。

我默不作声扶起踩镲。

"怎么搞的？"她纳闷地咬着嘴唇，"小航，我从来没想过你能这么……狠！"

她说这些话的时候，微热的嘴唇就在我的耳边，她的嘴唇早已经等在那里。

我不知道自己怎么了，只知道自己一转身，痛快地用力抱住她。我们很自然地接吻了，先是轻柔的短促的，然后是长久缠绵的……好像那些文学中的男女主角，经过了舞会上邂逅，炮火纷飞的离别，经过了误解和悲伤，终于在夕阳和一丛白桦树下思想准备充分地发展到这一步……

我惊讶地接受了她的舌头，小而湿润。我晕了菜，只顾埋头在她的胸前，紧紧抱住她。一股一股的委屈，一股一股的辛酸，搅得我心里乱七八糟。

好像刚被释放的奴隶，我热起来了！手忙脚乱想要解开她衬衫背后的胸罩扣子。她轻轻叫了一声，我弄疼她了。我唰地把她的衬衫向上剥起一半，左手潜下去解开她的牛仔裤，那么用力！我怀疑那些纽扣会在我绞缠的手指中飞蹦出去。一粒扣，两粒扣，三粒扣，触到凉凉的布料，原来女孩的内裤是如此的细滑，我的脑袋里条件反射地响起小说中常见的语言"真丝内裤"。我们已经跪坐在地板上。我双手顺着她臀部的曲线，像高明的外科手术一般滑进她的内裤。

小甜甜突然双手抓住我的肩膀，用力推起激动的我，目光锐利地瞪视我。我头发纷乱，懵懂地看着她。

"我先说清楚。"小甜甜直截了当地说，"我只能跟你接吻，拥抱；这些都没问题。但是我不能和你做爱！"

我一愣，手下也停止了。万万没有料到她会说出这些话，心里咔嚓一下，有什么东西是我预料错么？

我凝视她的眼睛，黑影里的大眼睛炯炯地看着我毫不回避。我呆了半晌，愣愣地向后靠在墙壁上，呆呆地抽出一根烟，啪嗒打着火，正想凑近烟，突然想起什么，再次抬头看着小甜甜的眼睛，那是两口森林中澈冷的井，寒气四逸。

我吞吞吐吐地说出了自己的疑惑："你……你还是处女？"

我好像问了一个相当愚蠢的问题！

从认识她到现在几乎无时无刻不在想这个问题，这个问题已经像全世界最重要的问题一样折磨了我许久许久。当我的朋友们随意地谈起小甜甜的传说时，这个问题就好像魔鬼一样剥夺了我的思想。它好像比我生存的空间还要大，它无形的体积经常挤得我很痛，挤得我窒息挤得我睚眦俱裂。原本我以为，问题的答案早已意会不必去提，可是今天她的话令一线曙光再次冲上我的大脑，像是个郁闷已久的嗝一下子就突破了我的嘴巴。

连自己都愕然了，双唇不自主地吞咽着空气，想要重新吞回这句问话。

小甜甜那样吃惊的看着我，我甚至以为她马上就要大笑起来。

"呵呵。"她最终只是叹了一口气，轻笑一声，那笑声满是讥讽。双手缠在我脑后，一使劲，我的仓皇的脸就贴在她的胸脯上，吓了我一跳。打火机的火苗一抖差点引燃了她的头发，嘴里的烟也挤成折尺。她的胸脯柔软而温暖，很舒服很舒服。我又晕了，那么"三十人斩"的传说到底是怎么回事呢？以处女之身玩遍男人，难道这便是兵不血刃的最高境界么？

我听见她长长出一口气，"我有男朋友！"她那么坦然地说。

CHAPTER
06
新世界来得像梦一样
New world like a dream

我曾经问个不休　你何时跟我走
可你却总是笑我　一无所有
我要给你我的追求　还有我的自由
可你却总是笑我　一无所有
噢　你何时跟我走
噢　你何时跟我走
脚下这地在走　身边的水在流
可你却总是笑我　一无所有
为何你总笑个没够　为何我总要追求
难道在你面前　我永远是一无所有

——《一无所有》崔健

我已经对着电话亭站了好久，看着红色塑料上那些粗糙的划痕，玻璃上的夕阳反光刺疼了我的眼。电话亭好像一个无可奈何的家，一个怀着博爱却不能遮风挡雨的残缺的家。电话亭用它羞愧的眼睛看着我，我也用同样无能的眼神看着它。夕阳染红了我的手和脸，风从皮肤的裂缝中嗤嗤飞过，很不舒服。天气已经转暖，最寒冷的冬天已经过去，但是我的皮肤已经粗糙了，大量的外出演出让寒风的爪痕覆盖了年少不经世事的光洁。我穿着亚飞肥大的皮夹克，难看的手里拿着电话卡。

　　我再也不能心安理得地给漫漫打电话了。我再也拨不动那个熟悉的号码。我再也不能对爱情发出蓝天白云的微笑了，再也不能痊愈唇上干裂的伤。我不能阻止自己的长大，不能延缓自己的衰老，不能投入愉快的空气，不能笑着闹着奔跑。

　　我听见嘴唇裂开的声音。细细的血珠渗出来。

他左手拇指上有枚银戒指，那是他以前的女朋友送的；他冷酷无情昼伏夜出；他嗜酒如命有腰疼的毛病。可是少女们对他如此迷恋啊，对他的爱好像一场没有尽头的饥荒。

小甜甜会整整一个星期夜夜梦到他，梦里全是他的离开和背叛。

"我和他一起逛街的时候，年龄悬殊，就好像爸爸带着女儿逛街一样。谁也不会认为我们是一对情侣。"

小甜甜抱着膝盖自顾自地说，没完没了好像家乡那条流过我的学校后面的小河一样讨厌。那条河曾经很美，但少年时代清澈的河水现在已经污染，黑色渣屑覆盖了卵石惨不忍睹。

你对我说这些，难道不怕我发火么？不怕我伤心么？

我呆呆地举着烟，火烫的余烬掉落，弄脏了裤子。

我想，如果这是电影，我应该抽她一个大耳光，然后悲愤地在雨中跑出去。是的，电影里这时候外面一定会下雨，我呆呆地想。

揪住她的头发唾弃在她脸上？

扭住她的胳膊推出门外？

可是她一定会很伤心，也会很疼……

我应该哭一场查出那个神秘的男人一刀捅死他捶打墙壁直到所有的骨头全都粉碎！我应该把某种讨厌的东西一撕两半！

但是我什么也做不了，什么力气都没有。我只能这么默默地听着，听着她说，身体在黑暗的夹缝中挤压得变了形。

"那……我算是你……什么人呢？"

声音喑哑得可怕，脸皮好像被撕掉了，我说了，低了头不敢看她。

咣咣咣！突然有人敲排练室的门。我大惊失色！大灰狼的声音在外面："小航，你在里面么？"

全身汗毛耸立，有那么两秒钟，我们屏住呼吸一动不敢动。

这就是报应啊，我多少次闯了亚飞和鬼子六的好事。

我终于喊道："等一下。"我们狼狈不堪穿上裤子拉上拉链，打开门。大灰狼脸色发白地站在我们面前。

我的脸色一定吓死人。

到底发生了什么呢？原来我和那些环绕着她、被她"收了"的男孩们只是某一个人的代替品啊。我们全体都比不上一个老男人。他长什么样子？他有多老？他的戴着银戒指的手是嶙峋的么？他嗜酒的胡茬是坚硬的么？他的眼神还是清澈的么？他的颈项之间是否有着男性特有的血汗气味？他的心灵比我们更坚强么？

我算是什么呢？我现在的感觉，现在和过去所做的一切，算是什么呢？

这已经是北京最后的一点寒冷，无数的人在这个冬天发了财，也有无数的人带着冰冻的泪水离开这个肮脏的城市。流浪汉们开始流连在街头，夜晚的灯火开始璀璨，各色人等纷纷在如虹的商业街出没，小姐们趾高气扬，出租车努力宰客，无数灿烂的灯火，那些辉煌的场所我还从来没有去过，大街上那些逐渐卸下御寒铠甲的天使般的姑娘我还一个也不曾认得。

在爱情的世界里，人们只会记住那些伤害自己的人，那些关爱自己的人则被无情地忘却了。

在爱情的世界里，人人好像被套牢的股民，为一路狂跌的情感倾其所有地投入；爱情又好像龙门客栈，所有吃过饭并付了钱的客人都会被忘记，只有不付账的骗子们被牢记在心，时常惦念。所谓风流就是请所有的强盗大吃大喝的傻店主，当某一位仁义公子爱上了她，就让他替之前所有客人的残羹剩饭来买单。

大家就是这样对待自己的爱人。

我胡乱地想着这些，在昏黄的夕阳下，在开始变暖的风中离开了电话亭。

二

新的歌需要三把箱琴，我陪亚飞去朋友处借了一把巨好听的箱琴。夜色低垂，换车的地方有些奇怪，放眼望去到处是或者清秀或者妖艳的靓女。她们眼神飘摇，成双成对。这才醒悟原来到了三里屯站了！传说中洋人出没的红灯区！据说这里的女人对我们这种人看都不看一眼，她们光用闻的就能分辨出哪些人是大陆的穷小子哪些才是港台或者日本人。和她们比起来我就逊色多了，我仍然分不清哪些女郎是靠此吃饭的职业选手，哪些只是免费给洋人提供性生活的国际友谊大使。我想起了小甜甜，她的衣着品味和这些女人差不了多少。

我突然问亚飞："尹依胸大么？"

亚飞哈哈大笑："原来你也会关心这个呀！我还以为小航你不食人间烟火呢。"

我说："你会干她么？"

亚飞睁大了眼睛："小航你怎么了？"

"你别管我，难道男女交朋友不就是为了打炮么？"

亚飞呵呵地笑了："没错，谁让现在她贴上了我！"

我低下了头黯然地说："你还是别伤尹依的心吧。尹依是个挺好的女孩……别让女孩子伤心吧。"

亚飞说："坦白跟你说，小航。你一定不能在意女人，尤其不能在意小甜甜那样的！你会发现你对她们的爱护和关心，她们完全不明白；你对她们的怜悯和付出，全是你的懦弱。听我的话，以后有了女朋友，尽管自己玩得爽了就好！"

我沉默，喝可乐："你跟尹依在一起会有多久？"

亚飞说："那我可不知道！尹依和小甜甜不一样。尹依有个最大的优点，就是不会跟你谈音乐，我弹琴的时候她眼都不斜我一下！她看惯了我们这种家伙。对我们是摇滚乐手这个身份，她起码装成没兴趣！而我，最喜欢她这一点！"

我说："那样又代表什么呢？"

亚飞说："那代表她对我本身以外的东西根本不屑一顾！代表她是唯一不想装酷的女人！代表我仍然可以忍受她！"

亚飞笑笑："而且，她又有钱替我买单。"

远远的，一个职业装的女孩脊背挺直地走过来。栗色的长发缎子一般洒满肩膀，有着精致纯洁的脸庞。我看到她的眼睛直勾勾地盯着蹲在我身边的亚飞，而那头猪根本就没有感觉到。

女孩越走越近了，我看到她长睫毛下面的怪怪的眼神，有着一闪一闪的东西。饶是我这般愚蠢，仍然明白了这便是爱情的火花。

亚飞说："每次我跟女的上完床之后，女孩总会问我是不是真的喜欢她！听到这句话我就恨不能一脚把她踹下床！真是恶从胆边生！但是尹依就不会，她根本就不会跟我废这个话！"

亚飞抬头，晚了一步，女孩收敛眼神，虽然慌张，却及时错过了！两个人的眼神并没有遭遇。小高跟鞋笃笃地在我们面前迈过。

亚飞站起来，把香烟远远弹出个弧线："嗨！Beautiful girl！"

女孩腰肢扭得更加不屑，高傲地远去。只有我知道那女孩其实恨不能一头扑进亚飞的怀里。亚飞这个家伙，是不会明白女人心的。

我说："亚飞，要是你喜欢这个女孩，我去帮你告诉她！"

"那个是鸡啦！要钱的！"亚飞说，"别看她打扮得多有文化似的。在北京，你很快就会有分辨女孩和婊子的能力的。"

三

婊子和女孩不能单从外表区分！

当亚飞还是个不谙世事的莽撞小流氓的时候，曾经有段时间经常去高档的网吧，网吧上层是一个非常高档的餐厅。那时候贫穷的他有个非常有钱的女性朋友，那是个带着牙套的厉害女子，丫的牙套吻起来特咸，突出的钢丝还总扯着肉……有时吻完了分开片刻女孩就满嘴的血，亚飞给她纸巾也不要，吭着血说没事没事特过瘾。整天和这个有钱的女孩子出入高级场所的结果是他爱上了另一个女孩。

短发，宁静，灰色职业套装，被窗子冷光洗白的半边脸庞好像灰色海面上轻巧饱满的三角帆，总是在高档的餐厅里最明亮的玻璃窗前若有所思地喝咖啡。她出众的气质该怎么样形容呢，当时亚飞唯一想到的词就是"一定是在国外长大的"。实际上亚飞从不知道在国外长大的女孩究竟是什么样的气质，但是由于她独特的气质凌驾在少年亚飞认识的所有女孩之上，所以他只能用自己生活以外的事物来形容了。亚飞完全丧失了平常泡女的自信，他不敢亲自上去说话，于是命令一起混的女朋去说话。女朋友先是不肯，亚飞怒了！这会儿工夫，"三角帆"等来了她的伙伴，几个同样白领打扮的女孩，于是她们起身去外面的白石头大阳台上说话。亚飞看着牙套姑娘穿过玻璃门。过了好久"牙套"回来了，告诉了亚飞让他非常震惊的消息：他的意中人是一只网鸡。"牙套"在大大的阳台上装成望风景，从那几个漂亮女人的聊天里，她听出了原来这是一群用视频聊天勾引男人和谈价钱的婊子。

从此以后亚飞打开了生活中的另外一扇门，他突然注意到自己身边有许多婊子。亚飞再大一点的时候，就开始认识了许多的姐姐，有的很老，有的还很年轻，身高几乎全在一米七五以上。职业变幻莫测，有时候是个奇怪的公司老板，有时候是些野模特，她们甚至会接济亚飞一点金钱，也不多，几十几百的。亚飞知道这些姐姐其实也是一种鸡。但是他喜欢鸡，他跟鸡在一起就能感受到自己人的放松，和正常女人则不能。他从没有和某个姐姐或者妹妹上过床，大家真的只是朋友，聊聊天骂骂街。你怎么可能和自己的亲人上床呢？当他需要女人的时候，往往随便在马路上拣一个少女，美或丑都不重要。

亚飞说，很多鸡是最坦白最有魅力的女人，而很多标榜"优秀"的自以为很有身份的趋炎附势的女人其实是这世界上最丑陋最廉价的婊子。

四

尹依给亚飞带了本小说，是"美女作家"米兰的书。

亚飞评价此书"从头到尾都是放屁！"就扔到了一边。

随后此书被鬼子六捡起来居然一口气看完了。吃饭的时候鬼子六大发议论说："她大段大段的性描写实在是太他妈爽了！只要给个小浪漫就可以跟人打一炮！把免费被人上当事业！这种类型的女人我还真没遇到过。"

亚飞笑了，说："不要脸的类型很稀奇么？其实她的本意是不想免费的，只是装优秀不肯明说自己是婊子！这个米兰装得很像文学！"

网吧里大灰狼在例行着泡妞的工作。成人聊天室里网友们的对话在屏幕上一行行地移动着，大灰狼键入："也许网络中的你，在现实中会与我擦身而过。"然后他就吸了一口烟，向后靠在椅背上，等待着对方的反应。

上上下下全是类似"你的××真的很湿了么？等我来×你吧"的龌龊下流的对话，只有偶尔大灰狼和他聊天的对象敲出来话是纯情的，夹在当中显得更加别有用心了。网吧的门外是哗哗的雨地，那是北京的第一场雨；屋檐下挤满了惊喜的男女女人。

大灰狼，身高一米九零，贝斯手，但比我这个白条鸡更像个鼓手，而且还是老外乐队的那种蛮牛式鼓手造型，T恤衫下凸起的肚皮能顶翻饭桌，没前没后胡乱披散的亚麻色长发经常掉进汤碗。每当双休日，很多北京人都能看见大灰狼同学扎一花头巾，庞大的体形骑一辆小绵羊摩托，犹如馒头下面压了只蝈蝈，机灵地追随在美女们的种种交通工具后边。四处搭讪，脸皮够厚，斩获甚少。大家都很确定大灰狼是为了泡妞才学贝斯的，很可惜大灰狼的贝斯像他所有的泡妞技术一样不佳。

大灰狼惜金如命。据说每赚一分钱都交给老妈存银行，那本存折，就只有存进去，再没有取出来。鬼子六曾夸口说大灰狼请自己吃过饭，所有认得大灰狼的人都表示难以置信！没有人类能花得到大灰狼一分钱！大家都决断地评价鬼子六说"丫吹呢"！

其实鬼子六没说假话。大灰狼和鬼子六在一露天黑店里吃了碗五块钱的拉面，店主太凶而鬼子六刚好忘带了钱包。

鬼子六吉他技术很棒。演出的时候轻轻松松地使出很多惊人技巧，令所有玩琴的人心脏狂跳又嫉又恨。他自己却一脸木然只是偶尔咋吧咋吧舌头咽咽唾沫之类，好像这种水平就像放屁一样无意义。他的这份轻松倒不是装的，而是天生没心肺没自我。

鬼子六也是个天才网虫，鼎鼎大名的十大高手之一。他这种人，就是样样是天才，样样聪明，单缺了心眼！这种人是真天才，比媒体上宣传的林林总总看似有造诣其实纯属笨蛋磨成针的假天才们不知道锐利多少倍！很可惜真天才们的天性往往过于单纯，到了没有自我的程度，想都没想过拉杆起事，也说不出头头是道的成功经验以飨媒体。

总之鬼子六在网络游戏中叱咤江湖，跟班无数。鬼子六只要在网上一亮相，美眉们山呼"万岁"，顶礼膜拜；鬼子六杀一人，众人立刻一拥而上瓜分其骸骨宝物，同时"大哥厉害大哥了得"之类马屁不绝于耳。这时候大高手鬼子六在现实生活中已经对着电脑饿了一整夜，没钱买饭，目光呆滞，脸色发绿，排骨凸出几近鱼干。

鬼子六经常挨饿，但是哪怕饿了十天，刚好捡了十块钱，他肯定跑去上网，还会叫上知己大灰狼！大灰狼和鬼子六要好很可能是因为鬼子六爱抢着付账。

因为没有钱玩别的娱乐，我们经常一起上网，网吧一块钱一小时经济便宜啊。

鬼子六太想知道这个文笔锋利诱人的美女作家到底是什么样的人。但是怎么样才能令作家垂青呢？所有人里面，大灰狼的口才最好。两个人在电脑前面密谋了好久，推翻了好多写作方案，最后由善于抓住女性弱点的大灰狼起草了一封孤傲的摇滚青年写来的贺信。大致内容是对她的新书表示极高的评价，并附上我们的歌词若干。

几天以后，QQ号居然顺利地要到了。于是我们挤在一起动员起所有的智慧逗米兰说话。那是"美国商业大片"一般的火爆场面，米兰每发一句话过来，所有的人都在叫嚷要怎么回答才能把这个有才华的美女引上钩。鬼子六要抢键盘对米兰说几句色情话，我要米兰发表对国内摇滚的看法，而大灰狼则是一脸专家的严肃地说你们别闹，这种类型我最有经验。总之，我们把网吧搅翻了天。周围人的嗔怪，亚飞一个凶狠的眼神就解决了。那是我们最开心的一段日子，美女作家米兰姐姐让我们每天都笑啊笑到肚子疼。

从网吧出来我们挤进大厦，在电梯里推推搡搡，令周围上班族们老大不自在。上班族有两种装扮，一种是老老实实的西装革履，女的就是职业装香水。另一种就是T恤衫肥仔裤，就是装港台装日本装丫挺拼命往另类上装的那种；猛一看他们跟我们还挺像的，只满身金银牌子比我们贵太多了！上班好像是去做秀，可惜总有些地方露怯，例如当爹当伯的年纪还要装嫩，例如特假特落伍的长发扎得十分骚包，例如太新太干净的球鞋搭配不伦不类的商务背包，总之就是做作。另类这种东西，露出马脚来就是龌龊了。就好像白领姐姐硬要扮成妓女的露肉风情，不但骚得业余，还骚得目的可疑！还不如婊子的纯洁！穿西装的看着我们有时候还笑笑，觉着这帮小孩挺热闹。那些假日本可就目露凶光万般不自在，好像我们剥夺了他们的另类权！

居然第一次碰见了老王八。果然是个穿着花衣服挂着铁链子的长发老头，他的头顶半秃了，稀稀拉拉的头发仍然在头后扎了个可怜的小辫子。

亚飞引见的时候我语惊四座："呦！您就是老王八！"

幸好老王八以为我说的是"您就是老王吧？"而且正好电梯门开了，老王八满脸堆笑地回答："没错没错！对对对！"倒退着出了电梯，还从门缝里面向我们摆手。

五

大灰狼在爱情方面一直是比较背运的，他失恋的故事，好像他的口才一样精彩。

这天大灰狼打游戏收获颇大，发展到了一个MM一起做任务。女孩的甜言蜜语让他转了向，百依百顺几乎把自己所有的法宝都掏给了人家。一边跟MM猛吹一边沮丧地想道：还是网络的世界适合自己！

突然屏幕上所有人淹没在火海中。一个级别很高的家伙上线了。为了表示自己上了线，就随便发了个大招，杀了全屏的玩家。等大灰狼醒悟过来，已经成了幽魂。

这个家伙名叫鬼吉他，是网上鼎鼎大名的十大高手之一。于是所有的女孩都投入了鬼吉他的怀抱，包括那个刚刚发展来的MM。

大灰狼就站起来冲着不远处打机的鬼子六生气地大叫："鬼子六你给我死远点！我在的区域你不准进来！"

鬼子六讪笑，听话地退出了这个区域！

但是大灰狼已经没有心情继续，他顺手进了一局CS，选了把"狙"。还没爬上天台，就被人一枪爆头。之后的几局，他发现自己被一个名叫"哑巴要飞"的人盯上了。每次开局没几秒钟，必遭到这家伙一枪精准无比的爆头。

大灰狼再次站起来，冲着网吧另外一个方向喊："亚飞！你他妈太欺负人了！起码让我跑完地图熟悉熟悉好不好。"那个方向便传来亚飞的大笑声："好好好，你跑吧你跑吧我不爆你了！"

接下来的一局亚飞果然放过了大灰狼，让他满地图地鏖战一番。大灰狼跑回出发点的时候，"匪"亚飞已经端好了枪等在那里！于是游戏画面突然倒转九十度……又被一枪爆了头！传来亚飞的喊声："你跑完地图了吧？"

大灰狼怒不可抑地退出CS。打游戏的这段时间，他同时打开了几个QQ号，都没什么反应，只有一个专门用来泡妞的号码闪烁起来。系统报告一个名叫"越爱越心疼"的小猪头加了大灰狼的QQ。大灰狼喜出望外，这个号码无需验证，"越爱越心疼"的头像还亮着，她在线。

大灰狼："为什么用小猪当头像？"

"因为我想变胖啊。"

大灰狼："为什么叫越爱越心疼？美女是不是来月经了胸疼？要不要替你揉揉？"

"越爱越心疼"："我是小航啊！你也看看我的资料是男是女好不好？"

大灰狼大骂一声："操！不玩了！"我想那时候他真想把这个网吧一把火烧了，让我们这帮狼心狗肺的朋友统统进地狱。

MSN消息框弹出来，提示刚刚收到一封新的信件。大灰狼郁闷地随手打开，然后他所有的不快立刻一扫而光。

他鬼鬼祟祟地四处看看，喜不自胜。

六

大学食堂，鬼子六突然放下饭勺说："大灰狼你今天有点不大对劲啊！今天的你显得格外开心。"

大灰狼容光焕发，笑眯眯地："没有！我哪有不对劲！我一直很乐观！"

"你脸部神经麻痹了么！从网吧出来你就是这么一脸鬼笑，不会是交了什么网友吧？我可告诉你啊，网上全部都是恐龙！她脑震荡吧？我知道了，一定是欲求不满的大妈，听说过三十如狼四十如虎五十坐地能吸土么？你当然比泥土强！”

大灰狼努努嘴道：“净胡说！”他站起来，“我菜不够，亚飞你饭卡借我用用！”

“又用我的，你偶尔也充充值吧……拿去拿去！”

下午去书城，我们在电梯上一字排开徐徐升高。电梯里悬挂着巨大的海报，上书“美女作家米兰情感新空间”。大灰狼得意地向上努努嘴，悄悄地对我说：“米兰回信了，约见面呢！”

我吃惊地说：“真的？不错啊，快跟亚飞说一声。”

大灰狼嗔怪地说：“嘘！”他警惕地指指前边的背对着我们站立的亚飞和鬼子六，“别介！别介！小点声。千万不能告诉亚飞和鬼子六！你看看他们俩个是他妈什么人啊！一点道德感都没有！”

鬼子六正在笑嘻嘻地利用乘电梯这点时间跟他前边的女孩搭讪：“小姐，你手里这本书哪买的啊？”全然不知自己正在被人咒骂。

大灰狼说：“你看看你看看，什么德行！多轻浮啊！人心难测啊！咱可不能把米兰往这火坑里推！我们得好好保护她，不能让她跟这种混子沾上！”

亚飞和鬼子六在曲谱那边翻阅，身后不远的小说区就立着一块米兰著作的海报。大灰狼指着海报得意地跟我耳语说：“她可是著名的爱音乐之人。小说里边看得出来！”

我笑道：“你居然还真看了她的小说！”

交款时鬼子六在两本曲谱上边多码了一小说，看那封面上的女子巧笑，赫然便是米兰的新书。

亚飞拿起小说翻了翻：“操！这么薄的一本这么贵！你都没钱吃饭了吧？居然还看这种闲书！”

鬼子六：“丫写得挺出彩的！我喜欢！”

“哈哈！”大灰狼在他身后得意地乐两声。鬼子六奇怪地看着他：“脑子进水了？没事乐什么？”

大灰狼说：“不为什么，有些人就是不知道自己几斤几两，我想着就好笑。”

鬼子六笑着给了他一脖搂：“最近说话越发臭屁了！”

大灰狼自鸣得意令我暗笑了。

网吧里大灰狼开始不再跟我们纠缠，自顾自地双眼血红，在键盘上敲打如飞。他们也开始互通电话了。我经常看到大灰狼把电话夹在头颈之间，长发都盖在脸上，酷酷地对着电话那边遣词造句："等你看见明天早上的太阳，一切便会化为乌有。""你看，所有的诱因都是这个寒冷的天空，我们应该在虚无之间飞行。"

在进行这些充满文艺与哲理的感人肺腑的交谈的时候，他左手往往摊开米兰新书，正是亚飞买的那一本，右手伸进裤裆里。

"勉强的灰色不是我们的志愿。这个世界怎么会这么简单地了解轻飘飘的我们……"

闭上眼睛恰到好处地叹了口气，好让电话那一端充分体会他话中那种深沉的忧郁。然后他突然浑身一哆嗦，很释放地小声叫我："小航！替我把抽纸巾扔过来。"

这段时间大家变得更穷了，大学食堂已经吃不起，全靠亚飞给我们煮面。看着锅里沸腾的开水和面条，鬼子六忧愁地说："这么下去都快吃成泡面超人了！"鬼子六一脚踩在椅子上，举起一只拳头大喊："泡面超人前来拜访！所有人统统给我把钱包扔在地上！"然后他又沮丧地说："我本来就瘦，总这么下去影响生长发育啊。"

"唉，这不是没钱么！等上笔活的钱下来了，我再请大家吃好的！"亚飞把头发用筷子绾了个髻，满脸都是熬夜画画的憔悴，搅着锅里的那堆清汤挂面。

大灰狼兴高采烈地冲进来，四处转了一圈，逗逗晾衣绳上的鸽子，看出来他压抑着内心的狂喜。亚飞喝斥道："美什么呢？过来吃饭！"

大灰狼说："就这个！？你们就吃这个！？你们还年轻，总吃这个怎么行！我请你们下饭店！"

我们全都呆了！不能相信，我们好像刚出世的小鸡一样相互幼稚而好奇地瞧着，作为传说中永远的吝啬鬼，享誉了整个地下摇滚界的大灰狼会请人吃饭，这绝对是超过了拉登袭美的巨大新闻。亚飞甚至伸手想摸摸大灰狼的额头："你发烧了吧？"被大灰狼一把抖开："别瞧不起人！"

我们坐在饭桌前，每个人面前摆着一碗拉面。饭店里人很多，各种锅煲哗哗地沸腾，人们在烟气蒸腾中吆五喝六。服务员四处穿梭，但百忙中仍然偷眼看着我们这群只要了四碗拉面的大男人。

搞半天，结果还是吃面。

鬼子六和亚飞也伸着脑袋审视自己面前那碗面！他们的眼神都是闪亮亮的，激动的。他们伸出来去抚摸碗沿的手都是颤抖的。我不由得很惊恐，怕亚飞发作。

亚飞端起碗："大灰狼真有你的……"吓了我一跳。来了，来了！暴力的亚飞果然怒了！我条件反射想弯腰，躲过即将泼洒大灰狼一身的飞溅的面汤。

但是亚飞和鬼子六热泪滚滚地开始吃拉面，一边吃一边用语言表达自己的激动之情："你居然真请我们！真没想到！大灰狼我们全都看错你了！五块钱一碗呢！五块钱啊！"

"好吃！实在太好吃！"

亚飞边吃边口齿不清地说："这个对不起，我平常对你太严厉了！你虽然贝斯弹得跟屎似的，但是并不是完全没有前途的！就冲着这碗面，我会期待奇迹再次发生的。"

他从面碗上抬起头："再说，最近你起码很少出错了！我很开心的。"

大灰狼得意地弹开他的Zippo打火机，点燃他的万宝路："你丫就吃吧，别说那些没用的！我不像你，哪会介意那些小事。"

大灰狼一嘴烟味地凑近我的耳边："定下来了！明天我和她就见面。"然后轻笑了一声，无限惆怅地感慨："她总是这么缠着我，真不是办法，给她个机会吧。"

大灰狼在这一刻到达了人生最得意的顶峰，亚飞和鬼子六的奉承不绝于耳，那个传说中的美女作家也已经到手在即了。大灰狼喷出几个大大的烟圈，而他的自我感觉，也随着一缕轻烟飘到了天花板上。

结果这顿饭还是我付钱。大灰狼在一旁尴尬地说："对不起，对不起，忘记了口袋里只有五块钱。"

"没关系，才十几块！我掏得起。"我说，心里暗想这厮平常只带五块钱就是为了防止自己一冲动就请别人吃饭吧……一定是！

一路上大家都痛骂大灰狼死抠门，抽他的后脑勺。但是大灰狼一点也不生气，整个一路上他都在笑。亚飞也很高兴："你有请我们吃饭的心我就已经非常高兴了。"

七

大家还是知道了大灰狼瞒着我们和米兰约会的事。很简单，大灰狼手机没电，米兰便在QQ上留了言，而这个留言正好被之前共用QQ的鬼子六看到了。鬼子六怒了："他用Zippo，用好琴，欠着伙食费不给，请我们吃拉面，还以为他真的把兄弟情挂在心上，原来全都是为了讨好个女人！"

第二天大灰狼被地下室里已经纷乱的人声吵醒。穿着短裤起了床，发现所有人都挤在仅有的那块镜子前面打扮，都板着一张脸。

大灰狼提上裤子想在镜子前面凑一下好好打扮打扮，总是碰上鬼子六的后脑勺。鬼子六也不看他，语气充满了敌意："让开让开！别在这碍事！"就连亚飞也是板着脸，把他最贵的皮背心抖了抖，那些灰尘就扑了大灰狼满脸。亚飞光着膀子套上皮背心，开始往胳膊上贴纹身贴纸。

大灰狼挤不进去："你们忙活些什么呢？今天怎么了你们？出门约会啊？"没人回答他们。大灰狼一脸问号地回头看着我，我不能说什么，坐在床上苦笑。

鬼子六冷笑道："有些人啊，就是不知道自己几斤几两。我想着就好笑。"

大灰狼只好去用厕所的镜子。他对着镜子摸摸下巴，张开嘴呲呲牙，又皱起眉头做了个酷酷的表情，嘿嘿地笑了。

鬼子六坐在床上咔嚓咔嚓地把仔裤的膝盖撕破，对我说："对那些写东西的女人来说，没有什么比破破烂烂的男人更有吸引力了！"

大灰狼色彩鲜艳地出现在餐厅，幸福地发现来得好像早了一点，但是没关系，有时候等待也是一种幸福！

他打了个响指，叫来年轻的服务生："先来一个水果拼盘，香蕉起司。"大灰狼事先在网络上搜索过了，现在的女孩最爱吃的就是水果沙拉和蛋糕等甜食。这几种食品便是不可抗拒的女性杀手。

一大堆漂亮的点心摆在他面前的桌子上。大灰狼不由得想到等一下米兰看到如此称心如意的美食，定然发出赞叹。大灰狼伸手模拟了一下米兰腰肢的位置，证明选择这个环形的沙发座是正确的，环境相对封闭而又足够宽敞……

我们在植物和椅背之间远远地看到了大灰狼的自我陶醉。鬼子六气得发抖："五块钱的面都不肯付账，居然要那么贵的点心！等一会她来了就看我的吧！让丫臭美！"

服务生过来问："先生们要点什么？"亚飞专注地盯着大灰狼，看都没看他："三瓶燕京啤！"

"对不起，我们餐厅没有燕京！"

"那就二锅头！"

"我们只有XO和……您先看看我们的酒单好么！"小白脸服务生的脸上收敛起笑容，语气逐渐变成了大爷。

"那就三杯水！快他妈滚！"

我跑到厕所里，掏出亚飞的手机拨给大灰狼："大灰狼，你还是赶紧换个地方约会吧。亚飞和鬼子六也过来了，那两人我根本拦不住！"

大灰狼的声音听起来好像晴天霹雳般地绝望："你怎么跟他们说了？我明明嘱咐过你不要说不要说。"

"总之，你赶快约她去另外的地方吧！"

"怎么可能，约定的时间已经到了！"

我回来的时候，服务生已经"滚"了。桌子上真的多了三杯水。亚飞和鬼子六正趴在桌子上，四处鬼鬼祟祟地张望。

鬼子六问亚飞："那边那个女的是不是米兰？"

亚飞拿着照片对比了一下："不是，米兰比她好看多了！猪头！"

"啊，是不是那个？"

"不是，比那个年轻！"

照片后面出现了大灰狼万般委屈的大脸。他一屁股坐在鬼子六对面的座位上，双手撑着桌子冲着亚飞行了个礼，鬼子六立马翻眼看天，假装没看见。

大灰狼说："算是我求求你们了。我会好好练琴的。我知道背着你撕你的书和用你的名字泡妞是我不对，但是你总也得给我个机会吧。米兰还说下次要把我写进小说呢！求求你了。这次你们走吧。我会好好请你吃一顿的！"

"啧啧，你有没有出息！？谁在乎你一顿饭！？你他妈吃我多少顿饭了？"

我赶紧圆场："算了算了，别那么小气！谈恋爱的事大家就理解理解！"

大灰狼看看亚飞，用眼神求他。亚飞叹了口看了看鬼子六："算了咱们走吧。也别太跟大灰狼较真了！"

鬼子六板着脸："那得吃烧烤！要小肥羊的一百元一位！"

大灰狼犹犹豫豫地："小肥羊不好吃，回头我带你们去吃簋街！"

"又想把我们煽乎到便宜的馆子里是不是？"

"哪里哪里！小肥羊小肥羊！"大灰狼赶紧应承。

鬼子六站起来穿上外套，刺的一声拉上拉链。大家已经转身走了，鬼子六又回头认真地说："那你得下手狠点啊大灰狼，咱们乐队可从来没失手过！"

大灰狼感动地："一定一定！赶紧走吧！赶紧走吧！求求你们了。"

八

我们在门外碰到了那个美女作家！那个丑女人刚从出租车里跑出来，她已经晚了，风风火火跑上台阶，风刮乱她的拉得直直的长发，半侧着看不到脸。

女人在鬼子六的面前停住脚步，头发落下，于是大家面面相觑。女人实在太丑，大家都呆了。

这个小巫婆矮矮的，二十上下，有着下垂的脸部器官和俗黄俗黄的短发，吸烟的指甲也是黄黄的。木乃伊一样的青筋身材上套了白色连衣裙，大概希望能随着她的一举一动展现出飘逸白领的效果，却更像足了僵尸！

女人的眼睛在我们几个脸上巡回往复，最终定格在鬼子六脸上。她怔怔地问道："是鬼子六么？"

我们倒抽一口冷气，三个人一起摇头，如炬眼光齐刷刷全射到鬼子六身上；鬼子六也脸色苍白，指指身后的餐厅里的大灰狼。

美女作家疑惑地进了餐厅。

我们在餐厅对面的马路牙子上坐了一排，吸烟，大家都无语了，忧伤地看着对面灯火辉煌的餐厅里面。鬼子六居然从身后拿出一盘完整无缺的香蕉船沙拉来，这是他从餐厅里顺出来的。大家分着大灰狼的香蕉果盘来吃，叹息人生的虚幻。

亚飞嘿嘿地笑了："这也算是大灰狼请我们吃的果盘啊，一百二十块钱啊！"

我掏出一包都宝，递给他们。

鬼子六又掏出一个烟灰缸来，笑笑。

胡适说过：只要是处女就是美的。如果硬要说这只禽兽是美女，也只能引她的处女膜为借口了。但是这么一来该处女的小说中满坑满谷的×××描写便不知何解，大概算是空前绝后的幻想小说巨作吧。

晚上回来看见大灰狼在床上郁闷地吸烟，我们向他逼供美女作家滋味真如小说中美好么，大灰狼道："我操！哪敢啊！要是只干一次也就将就算了，结果衣服脱了一半她说下本小说想把我写进去，吓得我跑厕所里自己解决了！"

我大吃一惊：这种货色大灰狼居然还带回地下室了！

后来发现，北京这帮家伙是不挑女人的。中国男性对待性伙伴朴实无华的实用主义精神拯救了多少恐龙们濒临崩溃的自信啊。怪不得那么多奇丑无比的美女作家们可以整本整本地用身体写作！

亚飞说："太浪费了，管她写不写！反正找鸡也得花钱，戴上套就干呗！"

那天晚上我们忧愁地喝高了，一起咒骂媒体昏暗，肆意欺骗读者；所以美女作家很可能真的是处女！

漫天飞舞的纸飞机 一些不确定的轨迹
不停地操搓着手臂 直到有了温暖的感觉
我有些不安和害怕
忘了读那废纸上的字句
我挥舞着火红的手臂 好像飞舞在阳光里

这是多么美好的一天 阳光明媚 大地无边
我却毫无意义 一道倾斜的光柱
无话可说 无处不在 就像粒尘土

突然有种失真的感觉 那么柔软那么锋利
是谁在大声欢笑 我不会哭
就像粒尘土 就像粒尘土

——《尘土》汪锋

最近大家都迷上了气弹枪，打得满屋气弹飞溅，地上到处滚珠，我的身上腿上打出好多紫泡。一开始只是鬼子六买了一把沙鹰手枪，到处仗势欺人，然后我和大灰狼也跑去各备一支长把"雷明顿"（美国电影里暴徒用的散弹步枪）去为虎作伥；但是我们谁也敌不过亚飞的乌兹，那个黑家伙好像手电筒一样要装四节一号电池，无需手动拉栓充气，射出的铺天盖地的弹雨把我们从厕所打进宿舍又从宿舍打进排练室。我们杀声震天地冲过收发室的时候，老头正没脸没皮地教育一个犹豫不决的住客。他们转身看着我们跑过，全都惊到无言了。

女孩们对我们几个大男人这种突发的童心感到不能置信。

战争升级，每个人都掏血本配备了更高级的武器，甚至出现了火药弹丸。如果打不到人，便好像爆竹一样在一切碰到的硬物上炸开，刺鼻的火药味，战争气氛。大灰狼改装过的钢珠枪最终结束了战争本身。"那玩意太他妈牲口了。"亚飞说。他是唯一和钢珠枪战斗过的人。那有历史意义的一战发生在排练室，钢珠在他脸旁边嵌进墙里，只留下一个小小的黑洞。如果打在头部，亚飞一定进了医院。亚飞和大灰狼都吓傻了，从此以后都觉得战争这玩意儿打到头了就只剩下揪心裂肺。

我们停止了互射，把剩下的钢珠统统射进了排练室的隔音板。气弹枪成了睡前关灯的遥控器，于是每次睡觉前顶灯的开关都会遭遇一阵密集的弹雨，最终被其中准确的一发打熄了。

而小鸡炖蘑菇，也惊掉了不少羽毛。

我睡觉的时候总被一两枚潜伏的气弹硌醒。

一

我们开心的时候，那是非常开心的。尹依带来很多迪厅的赠票，于是我们破天荒地浩浩荡荡去蹦迪，女孩下去跳舞，我和鬼子六守着桌子不去跳。鬼子六是因为头些年太常来这种地方了，变得没意思。我是因为太少来了，不会玩也不会跳。这时候那些鸡（不知道她们学名叫什么，我们反正是把所有跟娱乐业有关的女人——比如模特演员之类全都叫做鸡）纷纷过来搭话，我们两个穷小子当然没钱和她们搞，令她们大失所望。

"先生要不要陪你聊聊？"又一只鸡冲上来问。我和鬼子六厌倦地抬起头，然后我们三个人都惊呆了。个子小小的她是隔壁另外一个乐队主唱外号"打火机"的家伙的女朋友，我一直奇怪这个女孩怎么那么喜欢画浓妆，原来是职业特征。这个女孩还是北×大的学生啊，家境殷实。几天前我还在走廊里遇见他们，看到小伙子扎着干净的马尾，拎着几瓶礼酒，一副卑鄙白领模样去探望未来的岳父。

女孩瞬间惊慌地消失了，我和鬼子六彼此交换了一下眼色，傻了。

呸！女人果然不能相信！

我看到了大灰狼在舞池人群中蹦跳，好像个迷失的孩子，长发水亮地披在后背。他穿着露肩紧身衣，身材肥硕，屁股很大。从后面看上去，活像个胖女人。我发现有个老男人挤在他身后跳舞，小心地蹭他屁股，大灰狼一回头，那个老男人这才发现大灰狼原来是个男的，脸色顿时变得尴尬而难看。

我对鬼子六说："你看大灰狼，像不像个女人？"

说完我叼着烟冲进人群里，学着那个老男人，重重地在大灰狼屁股上捏了一把："你也太骚了吧？"那人回头，却不是大灰狼，而是一个妖艳的胖女人。吓得我弯腰落跑，狼狈地钻出人群。鬼子六哈哈哈地笑弯了腰。

很快鬼子六就笑不出来了，他张大了嘴，看着一个空前漂亮的女孩从我们桌子边上走过。那女孩穿着夸张的豹皮泳装露着大腿，走到不远处低头对警卫交代事情——她比警卫还要高出一截。她正好面对着我们。鬼子六频频对女孩使起眼色，那种大胆使我害怕；女孩似乎有些害羞，似乎又有些得意，含笑走开了。鬼子六立刻贼兮兮起身跟了过去。

　　就剩我一个人坐在小椅子上寂寞地吸烟。米兰跑过来，一定要拉我下舞池。我真的不想去，而且她的热情让我觉得开始有什么不对了。正为难的时候舞曲停了，场上打了灯，大家纷纷回来喝水。

　　一个性感的投影出现在舞台上方的纸幕上，模仿麦当娜扭胯，抚臀。全场的男人叫好声纷起，亚飞和大灰狼兴高采烈大吹口哨。鬼子六不知道什么时候也出现在我身边，得意地打开手机给我瞧，方方绿屏幕上一串手机号码，看来已经得手了："她叫丽娜。"

　　性感的黑影破纸而出，却是那豹皮泳装的女孩，曲线优美袅袅婷婷站在灯下，微笑着扬起双手。

　　鬼子六冲我挤挤眼睛，他开心极了。我无比惊讶。

　　DJ介绍："这是来自上海的丽娜先生！"那女孩便走上前，对大家鞠躬，然后说了一番很高兴看到大家之类，继续跳起性感的舞蹈。她在全场上千人面前蹭着钢管，大跳豹舞。她的腰那么软，当她胯骨蹭着钢管，向后折了腰面向我们的时候，一点没错，她看着我们，应该说看着我们当中的鬼子六，很大方地笑了。

　　"活不成了！"鬼子六甩下这么一句话，匆匆取了衣服，逃离了迪厅。

二

　　外面有人在办丧事，大家生生被喧天锣鼓和凄凉的唢呐声吵醒。其实时间已经不早了，昨晚鬼子六郁闷，大伙陪他喝得多了一点结果昏睡到下午。现在我们坐在床上梳头，低着脑袋把头发尽数甩到一侧脸去，一边梳一边有一搭没一搭地讨论中国古代乐器。

　　亚飞说："中国古代的乐器都是很哀怨的，比如这唢呐，声音特咋呼，特小农，不管吹什么都像是死了人或者结婚。"

　　鬼子六说："还有二胡，唢呐不管怎么说它的声音特点还是嘹亮积极的。光听二胡那个声你就够了，连音质都是哀怨的，都是那么二泉映月的，瞎子似的。"

　　"唉，"我叹了口气道，"劳动人民生活苦啊，发明的乐器都是悲凉的色彩。有钱人玩的乐器就不一样。编钟的声音就比较高级的，叮叮当当的很宫廷气质，绝对是有闲有钱阶层的心态，对生活没什么抱怨。"

"没错没错，还有古筝，在竹林子里面那么一抚，高山流水，那绝对不是农民能搞得出来的乐器。"亚飞说，"白衣白裤，被流放的文人，找一个竹林子吹箫，声音哀怨欲绝，其实丫根本就是一个政治上的失败者，落魄到小农村了还硬要扮小资！"

"箫是竹子做的，南方的乐器，有箫的地方都是鱼米之乡。丫吹箫就代表他其实不愁吃穿，起码来自大城市的小白领阶层。"我说。

"他在竹林子里吹箫，其实就是利用歌声和同情心打劫过往的妇女，目的就是拉进竹林子里一顿搞！丫就是酒吧里那些玩Copy的！小姐们一看见这家伙长发披肩搞摇滚，不由得勃发了爱才之心。那家伙爱得死去活来贼拉的猛！拦都拦不住！员外不准小姐出去，说搞音乐的有什么好，看陈县令家的二狗子，那一身肌肉，干活又踏实，又有文凭！但小姐不从，非要带了饭篮子大半夜跳墙。那吹箫的家伙晚上就不睡觉假装写谱子写小说什么的，其实就是等着白天勾的女人跑来献身呢，丫连套都准备好压在枕头底下了！"亚飞说。

大家哈哈大笑！

尹依经常为大家带来很多礼物。她对亚飞真的很好。因为亚飞不喜欢穿袜子，尹依特地送给亚飞一双巨大的毛茸茸熊掌拖鞋，这样即使不穿袜子也很暖和。当亚飞满脸严肃脑后插着一根筷子，穿着那双超大的狗熊拖鞋好像踩着两个鸟巢走来走去时，那场面特别滑稽，让大家笑得前仰后合。

就连我也有礼物。尹依送了我电动刮胡刀，鼓励我多长胡子（我没什么胡子）。我看着这个善良的姑娘，心里非常温馨。同时想到，小甜甜从来没有送过我什么，不，我不要她送我什么，只要她认真地看着我的眼睛，超过一分钟那么久，我就会满足了。

已经整整一周了，小甜甜没有联系我。她经常这样突然就不再联系我，反正打电话也找不到人，所以干脆不打吧，反正过几天她会重新出现，笑着闹着装成什么也没发生过。

我过了人生最混沌的一段时间。几乎每天睡上二十个小时，不梳头不洗脸，鼓也荒废了不练；饿醒了，就泡一袋方便面，看会儿电视，再接着睡。很快我就分不清白天和黑夜了，梦里听见白炽灯嗡嗡作响，大家走来走去，醒来时却一片黑暗，四周鼾声雷动，墙角亚飞亮着台灯带着耳机独自画画。我就知道，这是后半夜了。

一天我被尿憋醒，看了下表，是五点。房间里黑着灯，无论白天黑夜地下室里只要不开灯就永远是黑暗的。我想当然地认为是早晨五点。大家应该都在睡觉，走廊里应该一个人都没有，于是我放胆穿着小三角裤，蓬头垢面光着脊梁飞奔过整条走廊去厕所。结果我错了，路过的每一扇门都大开着，刚刚放工的住客们都在吃饭或者看电视，所有人全都看到了一个裸体的长发男孩睡眼蒙眬地跑过门口。在拐角处和略有姿色的管理员小姐撞个满怀，她尖叫了一声，因为看到我难得一见的身体而幸福得紧贴着墙壁。这正是地下室人声鼎沸的下午五点。

地下室炸了营，而我全没反应木然地钻进被里接着睡觉。我知道自己出了大洋相，会成为整个星期大家的笑料。那又怎么样？我要睡觉睡觉睡觉，把所有烦恼抛弃在现实中！

已经养成了听见走廊里电话响就惊醒的习惯。每次铃声响起，睡眼蒙眬中我全身绷得僵硬，准备着一跃而起冲出去接电话，直到老头喊了别人的名字才松弛了肌肉失望地重新睡去，暗想："不是她！"

不是她。

不是她。

又不是她。

仍然不是她。

我半夜起来吃完泡面，正准备重新睡进被窝，亚飞穿着"鸟巢"，走过来坐在我床上抚着我的大腿问："小航，你是不是爱上小甜甜了？"

我强笑："怎么可能？"

亚飞笑："可是看起来在往那边发展。"

我沮丧了，然后不识时务地问："那小甜甜是不是也爱上我了？"

亚飞："我可不知道。不过那个女的猛着呢，你最好清醒点。"

清醒点……

其实心里也很明白，这个小甜甜对我没有多少喜欢，你看看，我既不帅也不聪明。但还是追问："就你看到的现象呢？她有没有鲜明地喜欢我？"

亚飞冷笑着说："别想了，你根本已经被她摆平了！"

亚飞又说："答应我小航，你必须找机会上了她！哪怕用强的！不能这样被动地缠打。她对你下手了，收了你令你臣服就是她的最终目的。假如你不能反抗她的收购，就一定要让她付出最大的代价。答应我，一旦上了她以后，一星期之内一定要甩了她，不然你一定会后悔！"

我很不安，我想所有人都是不了解她！但是我仍然很难受，越来越难受。于是郁闷，似乎亚飞的预言已经成了现实。我很想给她打电话，但是越是想打越不能打！我想我要坚强，这个小女孩有什么大不了，睡觉！

于是我翻身蒙住头继续睡觉。

当时的我却从没想过踹掉小甜甜，一点没想过，全心挂着她，哪怕她让我如此痛苦。

一周以后，管理员老头终于地动山摇地敲宿舍门，几乎破口骂着我的名字："小航！电话！"

当然不会是别人。小甜甜在电话里问我："周末的演出不去了？"

我睡眼惺忪，心里狂跳，嘴上却淡然地说："可能，今天有事么你？"

"有事！找你玩！"她还是那么坦然地，好像根本不曾失踪过，什么事也没发生过一样胸有成竹地说。

三

小甜甜喜欢西班牙，这次她带来了相册给我看她在西班牙和法国拍的照片。在海滩上，在外国人迹稀少的古街里，在高大洋人的人流中，长发的东方小女孩在游荡，黑色的沉默的瞳孔，还没有胸部和曲线，看起来只有十三四岁。

我惊讶她那时候的无邪与美丽。

她说那是两年前。怎么可能！仅仅是两年！两年时间能让她发生这么大的变化么？那个忧伤的女童哪里去了？而面前的这个破马张飞、曲线诱人的女流氓又是谁？

那个令少女变成流氓的转折点是什么？

她哈哈地笑了，说最好看的照片都被人抽走了。哦，那些抽走照片的都是些什么人呢？她想了想笑着说："说那个多没意思！"

那些照片一定分散在很多男人的钱包里，或者在分手的伤心中被撕得粉碎了吧？我想，还有你的男朋友，你最爱的他，也许正在把你的照片扫描了发到性爱论坛。

小甜甜说："法国啊，你没去过就不知道世界有多美丽。你盯着我看什么？"

我说我在看法国，对我来说的小甜甜，就像小甜甜来说的法国。是和我们那么不一样，那里有很多美好的我们没有，那里有很多文明的神秘的我们也没有。你闪亮的眼睛，就像金色雾中的巴黎。

"你丫什么时候学会这么贫了？你觉着我会信么？"小甜甜笑着说，"小航，你当我是刚出窝的小女孩么？"

是啊，我什么时候变成这么贫了？而你当然是不会信的，在你面前比我会说的人多了去了。妈的！

我和小甜甜这种不明不白的关系就这样一直持续下来，从冬天搞到春天，而夏天也即将来临。随着天气变暖，她的衣服越来越短，越来越不像衣服。小甜甜肯定是北京最先脱掉冬装的姑娘，现在她套着过膝长袜和大T恤衫，屁股后边悬着个卫生巾包装一样鲜艳的腰包，在马路牙子上摇摇晃晃地走。拉长着不开心的脸和我出没在北三环的大街小巷，在西单窄窄的花坛护栏上前仰后合时笑得满脸雪白的牙齿。一般时候我们都避开东四新街口等可能遇见圈里熟人的繁华地段，偏爱附近的立交桥和尹依学校附近的时髦小街。我们在黄色圆点的盲道上踢来踢去逗闷子。我们靠着立交桥的大水泥桩子没完没了地接吻，在来来往往人们惊愕的目光中公然地抚摸对方的身体。

我在那些阳光和香水的味道中始终找不到自我，始终觉得恶心。我想，我不快乐！但是我爽！

四

在排练室里找出之前的鼓手在的时候亚飞他们用MD录制的粗陋小样，把光碟送进废墟似的CD播放机，按下PLAY键；燃起一支中南海，在烟雾缭绕中仔细地听。凭心而论，亚飞的主要的乐句虽然有点涅磐的痕迹，仍然是很好听，也很不俗。大灰狼的贝斯确实不够有力，不够准确，但是主要的问题并不在于大灰狼个人的技术好不好。

突然明白问题在哪里了！

我仰面朝天呼出烟雾，交叠十指发出咔咔的响声，蹭地站起来，大喊一声，一拳打在隔音板上！

隔音板轰地倒下来，压在我的头上。但是我顾不上揉搓疼处，大力挥开隔音板，把节拍调到一百六的速度在更加激烈的节拍声中拼命打鼓，脸上的汗哗哗流下来；直到鼓点乱了，鼓槌也断了，才把湿淋淋的头发撩到后面去，站起来满身大汗地喝可乐。

在昏暗的楼梯上，亚飞听到了一阵隆隆的声音，暗淡却异常的有力！亚飞惊愕地停下了脚步，一手持琴，一手扶着墙。墙壁好像活的生物的心房一样微微抖动，一下一下顶着他的手心。是鼓声！

亚飞几乎是破门而入，震裂鼓膜的鼓声中我把衬衣全脱了，汗流浃背，看到亚飞脸都白了。

"你来得正好！"我说，"我想我明白问题所在了！并不关大灰狼的贝斯的问题，虽然他的贝斯很差！"

"问题在哪里？"

"就像你说的，确实需要滚雷一样的鼓声，要很重的鼓声来做它的骨架！但是这样要相应的减少一部分贝斯和吉他，把主题让给鼓声！"

"我想把鼓重新编一下。"

亚飞呆呆地说："怎么编。"

"首先前奏之前先加一段重鼓！"我重重地踩了四下底鼓。

我的主旨就是加强原曲的节奏感，把原来的几个大的乐段用鼓声作了归纳，分别强调它们各自的情绪。音乐马上就具备了和原来迥然不同的面貌。两个人面面相觑都笑了。

亚飞一口气喝掉整罐可乐，激动地拿起吉他："小航！再来一遍！我觉得高潮部分的吉他还可以再加些花！"

我和亚飞一直搞到晚上，两个人都很满意改编后的"杀气"。晚饭时间到了。小甜甜一行找到排练室来，说要一起吃饭。两个人就拿了烟和外套和大家一起出门吃饭。

吃完饭，亚飞开心地结了账，虽然他下半个月可能都没钱过日子了。小甜甜先打车走了。鬼子六惋惜地看着出租车远去："怎么小甜甜晚上不和你睡？"

"我们还不是……"

"屁！小航你也太傻了！"

五

收发室老头说："最近总睡不着觉。老听见过火车的隆隆声，真他妈难听死了！小航你听见没？"我说大爷那不是过火车的声音，是我们乐队排练呢！

最近我们的水平明显进步了，一首歌比一首歌好听，越来越成熟。我们的排练开始密集起来，大家都想听听自己的歌排出来到底是什么样。排练室再次变得混乱不堪，挤满了乐器和摊开的电缆。《天堂孤儿》这首歌被亚飞多次修改，已经完全走了样。我们排练的时候，逐渐也有了听众。地下室里还住着几个乐手，他们的女朋友经常缠着他们要看我们的演出，于是一发现我们在排练，他们就会带了队友和女孩子们过来观摩。平时碰了面也会问："你们什么时候排练？我和哥们过来看看。"人多的时候差不多有七八个，由于排练室里已经没什么地方，他们闹哄哄地挤在门口的楼梯上。

这天亚飞郑重地说："我们要录个小样。"

"啊？"大家很激动，纷纷说，"是么！那可太好了。可是需要很多钱吧？能凑足么？"

"八千左右吧，是老泡介绍的棚，水平肯定不错，这价钱也是朋友价！相当便宜了。"

"哇，还是要那么多钱……"鬼子六顿时没声了，"我的钱全凑上怕也是不够四分之一。"

"我最近还欠人家钱呢！"大灰狼赶紧声明。

"我替你算了一下，老王八已经欠了你一万多块了，如果把这笔钱要回来……"我说。

"是啊！欠债还钱！干吗让老王八欠着！"大家找到了突破口，纷纷地说。

"没戏，远水难救近火，要是为了这笔钱跟老王八闹僵了，以后乐队唯一的生计也断了。你们知道，靠演出的钱是不够生活的。你们别管了，我自己想办法。"亚飞坚决地说。

不管怎么样乐队的小样总算开始录了，我们每天都沉浸在紧张和幸福之中。毕竟森林乐队要录第一张小样了，这标志着我们乐队巨大的进步，我们非常地兴奋。

老泡给我们介绍的录音棚根本就是个非专业的小棚。在某小区里的一个套间，外间是电脑八轨机，隔着玻璃门里面一大间是鼓、乐器和麦。在北京，这种录音棚没有一万家怕也有几千家吧。我们先把所有的乐器和人声一起加上节拍器把歌走了一遍，像演出时那样，然后再一样一样的乐器来录。最先录的是我的鼓。各种奇形怪状的麦克连到我的鼓上，光这套麦克价值三万多块。总之，在这里，每一样小东西都比我们全体值钱，连我们的乐器带我们的人。

我戴上了耳机，里面放出之前合的曲子和节拍器的滴答声。这一天下来，我踩得脚软，打得手酸。

　　然后是亚飞的节奏吉他，这时候他的耳麦中已经有了我录好的鼓声。然后是鬼子六的主音吉他，大灰狼的贝斯。最后是主唱同和声。录和声的时候我也上了。我们站在一起，对着那个一万多的大方块电容麦克哼唱。这时候发生一件大家都感到非常意外的事，那就是我居然没有假声区。我的声音的音质，本身就是比一般人高的，所以那些上边加两个点的high音，我全都是令人震惊的真声演唱。这一点连录音师都惊了。他们全都惊讶面带笑容的看着我。

　　一样一样的乐器来录，录了整整一周。我们不断地跑去外间，孙子一样跟那个大爷录音师交流。

　　录音师是个小王八崽子。脸短短胖胖的好像个鸭子屁股，却总打扮成一个披头散发的摇滚小帅哥。这个人巨操蛋，心黑手黑，在他嘴里自己全身上下件件是宝，裤子是日本的，鞋是美国的，小刀是瑞士的，整天吹着自己吉他也弹得好，录音也好，女人追自己追得满大街跑，而且我们也得随声附和的跟着夸奖他。为了能顺利录好，亚飞和我们每天都得供着他，递烟递水，吃饭的时候还得问他想吃哪家，然后打车带他去；他还要打电话叫上每次都不同的女孩来跟他一起吃，一方面向我们炫耀他能泡妞，一方面让人家女孩"随便点菜别客气"。我算明白了，越是令人作呕的丑八怪，越是爱炫耀自己有魅力。录音这几天时间，原本省钱的计划泡汤了，反而多掏了钱。我们也只好认了，因为小王八想录好不容易，丫想录差了毁了我们的小样却他妈太简单了。

　　我想，我们大概成了老泡拿来骗钱的凯子。后来，仅有的几次接触证明，老泡就是个爱吹牛皮的庸俗的人。他像每个乐手一样的操蛋，而他们乐队之前的底细也一点点曝了光。原来那部神圣的经典里面大部分的歌都是买来的，全仗着唱片公司的力量。就连歌词也是临时找了一个画画的给他们填的词，然后公司的文案再他妈给他们修修改改。东西送到美国去缩混的时候，大量的地方被重新录过了，老外重新给他们配了乐。这些我们曾经崇拜的作品和人物，就这样一点点真实起来，在现实中抖搂出一番尘土飞扬的恶心面目。

六

　　我在地下室看书的时候接到尹依的电话。震耳欲聋的走调歌声中是尹依模糊不清的声音："亚飞关机了所以只好找你。小航你怎么没去录音呢？"

我说："今天是亚飞他们录琴，但是没我的鼓什么事。你怎么了？是想去看他们录音么？"

"不……不给他们添麻烦了。"尹依有点为难地说，"有点事，想让你帮帮忙。"

怎么也想不到老泡这样的人也会去KTV。我赶到的时候包房里已经东倒西歪了一大片人，应该是老泡的战果。大屏幕前一个胖姑娘动情地唱着日本歌曲。老泡倒是不唱，面前起码二三十瓶空啤酒瓶，估计一千来块喝进去了。沙发上挤着的姑娘们里有尹依。她也明显被灌多了，头发蓬乱精神萎靡，脸红红的。老泡见着我就伸着手大喊："来来来！小伙子咱们再大战三百回合！"我小心地绕过霸气四溢的老泡走到远远缩在房间另一角沙发上的尹依面前。

"大哥，以后还得请您多关照，今天一定陪您喝到最爽！"我说。

"好！爱听这个！来陪大哥喝到顶！"老泡好像一点也没发现我的居心一样，开心得不行，卡巴卡巴卡开始起瓶盖！他根本没有发现尹依已经不在了。

老泡脸色已经变成猪肝了，他为了摆平女孩子们也喝了不少，肯定不是我的对手！半小时以后老泡开始胡说八道了："小航！你根本不明白大哥我啊！我摇滚那会儿你们还他妈是精液呢！我上过的女人比你们认识的还多！可是又有什么意义？我白白忙活了半辈子你知道么？你明白么？小兔崽子！"

他开始一个个吹嘘自己搞过的女人，很多他已经想不起具体叫什么名字和在哪里认识的了，他只是记住了一个个的身体特征和性格特征，比如有一对豪乳或者刚满十六岁的年纪等等。他的话令我目瞪口呆的震惊！一瞬间我甚至想掐死他！我呆坐了半晌，我想今天一定得彻底喝垮了他，一定得让他整个一星期都头晕想吐，哪怕把我自己搭进去也没关系！

老泡红红的老眼里全是泪水，手里的香烟哆哆嗦嗦，絮絮叨叨地回忆往事，讲自己有多么空虚，过去的乐队分崩离析，老朋友们开始你死我活地争斗和倾轧。而女人全是靠不住的，不必在意的。

"小航！小航！女人全是祸水！听我的，最好洁身自好啊……"

"您再来一杯再来一杯！别总说话。"我不停地打断他，为他满上酒，和他撞杯并先干为敬。少说好听的仁义道德，你不配！老老实实跟我喝吧！

我陪这个老混蛋喝了一个晚上，身边横七竖八地醉倒的姑娘们。那天晚上老泡讲的话，我全都没有在意，我一点没有想到这个老江湖的酒后真言对后来的我有着如何重大的意义。我只是一心想把他喝成胃出血！

CHAPTER
08

闻到夏日风中的迷香
Summer wind

来吧 我的宝贝 点亮那团火焰
让它照亮我的生活 我感到黑暗而且寒冷
我掉进现实的洞里 不能自拔
快为我点亮 点亮
点亮火焰
我看见红色的火光 我感到强大的力量
那是你的 你的火焰

来吧我的宝贝 点亮那个火焰
就在这寒冷的夜晚
我已经失望得太久太久
我无法穿过现实的天空
握着你的手
快为我点亮 点亮
点亮火焰
我看见红色的火光 我感到强大的力量
那就是你的 你的火焰
我要和它一起……燃烧

——《点亮火焰》汪峰

那个该死录音师没有给我们缩混。他嫌麻烦，又以为我们不过是一帮小二百五。我们碍着老泡的面子，也不好说什么。虽然本来就说是朋友帮忙，但是这个坏蛋连吃带伸手要占足了便宜。我们录了一周录音费花了八千，请这个小兔崽子吃饭花了两千，算起来已经是一点没便宜的正常录音的价码了。他却没有给我们做个缩混，只是电脑里简单拉拉曲线就完事了。这样看来，无论是这孙子还是老泡，全都没有真拿我们当朋友了。我们大概被当成了傻瓜。

小样终于从喇叭里放出来的时候，大家伸着耳朵在功放前面，你看看我，我看看你，脸上的表情从一开始的严肃和担心逐渐绽放成眉飞色舞的一朵朵花，我们没骨气地开心死了；实在不知道说什么好，不知道怎么表达，那种奇妙的感觉，除了用"震惊"这么俗的词还真的没有什么更好能形容。然而震惊又不够，就像失节的姑娘发现自己遭人诟骂私生子居然长成一个英俊少年般的惊喜。

亚飞举起琴，好像酷本（Kurt Cobain）一样做了个把琴在膝盖上一折为二的动作，然后又做了把琴扔飞的动作；鬼子六披头散发地做了个被琴击中的动作。两个人一唱一和表演酷本著名的桥段——酷本经常在演出结束时把琴扔向他的吉他手，吉他手则抢起自己的吉他敲碎飞来的吉他，每次台下都为之疯狂……直到某次演出中两个人没有玩明白，吉他手真的被吉他击中头部，当场鲜血淋漓地送了医院。

我把音响开到最大，大家歪歪斜斜跳起从没见过那么难看的舞蹈来。我快乐得成了疯子，当我发现的时候，自己正热血冲头对着暖气管左扭右扭，回头给了鬼子六一记丽娜先生式的娇媚暗示眼神，一家伙放倒了底气不足的他。

我们的欢闹让小王巴羔子录音师不乐意了，嫌我们弄乱了他的棚，嫌我们没见过世面。可是我们顾不上看他的脸色，我们那么兴奋，录音棚的音响很好，我们的歌好像那些真正的乐队、那些伟大的乐队一样飘荡在房间里。

一

　　晚上我和小甜甜走进地下室的时候，在走廊里就听见回荡着的歌声。小甜甜说："哇！不错啊！很好听啊！我怎么没听过！这是哪个乐队的专辑？很耳熟啊。"

　　我笑了："你天天听我们唱，现在居然听不出来！"

　　小甜甜惊喜地："录好了？不会吧……"

　　小甜甜开心地冲进房间，已经聚了一群人，除了我们，还有其他乐队的乐手；男人们全在吸烟，空气呛死人，我真怕小鸡炖蘑菇被活活熏死。

　　好听好听！听了第一遍的人们都在这么嚷。

　　但是我和亚飞等人已经听了很多遍，那种最初的震惊般的喜悦，现在已经变成了一种漏洞百出的羞愧。我们在排练时感受不到的种种缺点，在小样里，好像水底的气泡一般纷纷地冒了上来。"你丫踩镲太轻了！"他们说我。

　　"要是加多一把琴就好了。"

　　"操！真该有个键盘手啊！"

　　"亚飞你的声音还太往前了。"

　　这时走廊里传来老爷子恼怒的喊叫声："小航电话！"从到了地下室以来，除了小甜甜就没别人给我打电话，我支棱起耳朵不能相信，直到老爷子喊了第三遍："小航！电话！不接就挂了啊！"这才匆匆跑出去。

　　文静庄重的声音，居然是漫漫。我的吃惊和措手不及无以复加："怎么了漫漫？你怎么了？"

　　"你怎么了？"漫漫在那边反问。

　　"我……我很好。"

　　"不！你变了！"

　　"啊？"我不知道漫漫打这个电话来到底是要说什么。

　　"你喜欢我么，小航？"

　　我大吃了一惊，我从没想到过漫漫会这样问我。从没想到过！

小甜甜，她就靠在对面的墙壁上，不在意地看着自己的脚尖。我的毛发全部都竖起来了。

我硬着头皮说："我一直都是你的好朋友……"

"喜欢我么？说喜欢还是不喜欢？"

"……"我胸口起伏，虽然外表还算平静，心里已经炸了锅。但是很奇怪，这个对原来的我来说确定无疑的回答，现在已经难以说出口。我怎么了？

我不知道小甜甜听出什么没有，她侧头看着自己的鞋尖，没有表情。不知道她在想什么，她生气了么？或者是无所谓？小甜甜的想法不能用平常女孩的想法来判断，她是个异类！

"我不想考大学了。"漫漫喑哑地说。

"不！你一定要考！"我一下子急了，"咱们不是说好的么？这是个约定！你一定要考来美院！"

"你喜欢我么？"

我犹豫了一下："……喜欢！"

"别说了，你别为难了……小航。"

"是真的……"没等我申辩，电话已经被挂上了。

老爷子目视前方，好像一具尸体。我不知道他会怎么想正在和电话中的女孩说喜欢的我，也不知道他怎么看对面的等着我和其他女孩说完话的小甜甜。

走廊里黑压压的一群人叫叫嚷嚷地拥出来，"吃饭去喽！喝酒喽！"他们把我和小甜甜卷进去，管道里冒出的彩色烟雾一般，我们拥出地下室，弥漫到夕阳黄色的大街上。天越来越热了，我们已经全都只穿花哨轻薄的T恤衫了。

二

饭桌上小甜甜破马张飞地大讲黄色笑话，把小伙子们逗得一愣一愣的。她拿出很多药，这也是我第一次见到所谓的毒品，好像一片普通的胃药。我们每人一粒吃掉了，大家问我什么感觉，我说没感觉。于是又吃了两粒，还是没什么特殊的感觉。我的酒量很大，虽然我很少喝，所以当时我想，我对所有麻醉神经的东西可能都有抗体。

这只是个小小的插曲，那天我们狠狠地喝了一顿。我记得那天晚上小甜甜玩得很高兴很疯，她不知怎么搞的就坐到了亚飞腿上，搂着他的脖子在他的脸侧亲了一口。操！这太过分了，我蹭地站起来想扑过去拉开小甜甜，然而我的动作那么慢，眼看着亚飞的戏谑和小甜甜欢笑着的面孔，就是碰不到。说实话我不知道小甜甜亲了亚飞这件事到底是不是真实的，是不是幻觉，因为时间和空间全都不对了，准确说，是全都变慢了。我周围的空间，我的那些朋友们全部扭曲，他们的面孔在一个窄小的曲面上挤得细细长长，好像金属罐上的那些扭曲的影像。然而空间又是无限的，于是这些影像又是无限的大。我觉得自己开始萎缩了，缩啊缩，变成了一个圆圆的黑色的固体。我的朋友们全都变成了怪兽，他们的每句话都隆隆的，每个发音都拖得那么长，好像从地狱深处传来的诵经声，好像岩浆里一支八爪摊开的肥胖章鱼的喘息声。我在地上艰难地爬行着，在那个金属罐的表面站起来，细细长长扭曲地走在倾斜的天花板上；我的脸朝向哪个方向，哪个方向的朋友们就所向披靡地纷纷闪开……所有那些人硕大的眼珠都被窄成一条铅笔线的脸颊挤得爆出来。那些大眼珠全都惊恐地看着我，看得我只好小溪般地吐了。

三

　　第二天我醒来时已经中午。宿舍里没有人。我惊讶地发现手里握着一把铁锤，摸不着头脑地看看它，我昨晚干什么了？

　　想了半天想不出来，先去吃午饭吧，我哼着小曲直奔××大学食堂，小样的歌至今还在我心头愉快地环绕着。

　　××大学是著名的出美女的学校，因为它是一个专门向娱乐业输出人才的学校，最最著名的专业是它美女如云的表演系和播音系。和这个大学里女生的美貌同样驰名的是极低的录取分数线，有人质疑这么低的文化课分数：中国之大，分数线高点也一定能招得到漂亮的女孩。内幕的回答是："这不是废话么！这是应了中国广大导演的要求，文化课高了女的就有思想了！有思想了这个女的就不好搞上床了，就爱认死理。女人不肯上床了我们的导演和娱乐圈的诸位人士还混个屁？搞艺术的动力从哪里来呢？"

　　紧挨着××大学还有一个大学，就是××外语学院，也以美女而著名，和××大学并称京城两大美女学校。因为它们特殊的专业的关系，造成两个大学共同的特点是女多男少，比例相当于五比一。五个女孩要分一个男孩，而且这个男孩还可能其貌不扬，所以这里的男孩中流传着一句佳话——"我很丑，但是我很抢手！"

当然具体情况具体分析，尤其是网络和社会文化交流如此发达的今天，谁也不会真为一点点杂鱼挣个鱼死网破。有点门路的女孩纷纷跑出校门外野营，打野鸟睡野床。一个女孩认识了个大款，就会把那个大款的大款朋友们都介绍给自己的同学认识，于是一家伙整个班级都有着落了。所以这里的女孩找男朋友，条件只有两个：要么帅得一塌糊涂，没有钱也就将就了；要么有钱得一塌糊涂，丑点也就将就了。今天周末，学校门口停满了各种名车，肥胖的老男人们吸着烟在车里等待着小美眉下课。

今天的感觉有点奇怪，总觉得很多人在打量我。打饭队伍的形状好像沙漏，我就是那细细的颈。前前后后都挤成两大堆散土豆，我周遭一圈却明显真空，前前后后都有小声议论。他妈的。我像平常那样只要了半份西红柿炒鸡蛋，四两米饭。我一向比较穷。看到是我，那个一向酸臭着脸的大师傅突然绽放出眉开眼笑，很大的两勺西红柿炒鸡蛋盛到我饭缸里，足足有两份那么多，几乎溢出来。"多吃点，小伙子今年本命年吧！"大爷的他说什么呢？我目瞪口呆地看见他对我挤了下眼睛，好像丽娜对鬼子六的那种眼神。一定是错觉吧。

找了个空座坐下才吃了两口，跟我同一张饭桌的几个女生就惊慌地站了起来走了，她们明明才吃了一半。剩下的一个女孩似乎跟我一样不明就里，我们纳闷地相互看了看，她还不好意思地对我笑笑。可是她的朋友立刻冲过来，解救人质一样把她抢救走了。

我纳闷地继续吃。一个身影坐在我的对面，她说："你怎么还敢来学校！？"

我抬头一看，是尹依。她在我的斜对面，正在低下头专注地吃饭，好像刚才那句话不是她说的一样。"别看我！"她仍然头也不抬地喝令，声音非常焦躁。

"被人发现跟你说话就完蛋了！"她低着头端着饭勺大口大口地吃。我吃惊地发现她的饭盒里根本没饭，饭勺在嘴巴和空荡荡的饭盒里来来回回地演戏。

我听话地低下头吃饭，心里毛骨悚然：我到底怎么了？我在食堂突然变成了大怪兽一般显眼，连尹依和我说句话都成了冒死的地下党。

"你还吃！跑吧！快跑！被抓住就来不及了！"

"快跑啊！"尹依还在装着往嘴里送饭，声音却是当真的焦急起来！

我只好站起来端着饭缸走开，心里有些毛骨悚然了。她的声音还在身后抽打我："走快点！快跑！"不，不是抽打，根本是踹我！

经过洗碗池的时候我恍然大悟，早上我没洗脸，一定是亚飞那帮没心没肺的趁睡觉时给我脸上画了点什么。这种无聊勾当他们常干，真是没创意。搞不好是生殖器什么的。我一边往垃圾桶里倒剩饭一边对着洗碗池上边照了照。

奇怪，左脸没有。

右脸也是干净的。

正在洗饭缸的女孩看到了我，我们多少也算是认识的，无数次在这个校园，在这个食堂遭遇，只是没打过招呼而已。有时我觉得有人在看着我的背影，回过头去，就会发现是她迅速地移开了眼睛。

现在我们彼此看着，我想，是不是该笑一笑呢？

女孩短促地惊叫一声，饭缸哐当一声掉在洗碗池里。她的眼泪刷地流下来，跑开了。我沿着她跑掉的方向望去，看到起码有三四个人在打电话，他们全都边说边看着我。

这下子我是真的惊恐起来了。我叮叮哐哐把饭缸和勺子丢进书包，撒腿就跑。我想我完了，昨晚上到底发生了什么？是不是我杀了人，正在被警察通缉？一定是！食堂门口那花花绿绿的布告板上一定贴了我的通缉令，黑白照片，蔑视生灵的木讷表情，不良的披肩长发那就是我！

可是我不敢在布告板前逗留，跑出大门的时候我突然想起来也不能回宿舍，搞不好警察已经在房间里守株待兔了。我跑出两条街心想不行，得把事情搞明白。我找到一个公用电话，把脸背向人来人往的大街，左手挡着脸，拨通了电话。

"昨晚上到底怎么了？为什么现在谁见着我都像见着鬼似的？"

"你还想干吗！？真烦！没什么事我挂了啊，困死了！"小甜甜一听是我，就好像看见一堆屎，厌烦地说完就要挂。

"别挂别挂！"我嚷道，"怎么会没什么事！我完全不记得昨晚发生了什么！求求你告诉我吧！你是不是生我的气了？"

"呸！谁在乎你！你自己干的事自己不记着么？！"她的声音粗糙，困倦。但是我突然恍然大悟了，小声说："我明白了，警察就在你身边是不是！？"我哐地挂掉，跌跌撞撞走开。我想我完蛋了，我肯定是在药力和酒劲之下杀了人，这件事搞不好已经上了今天的早间新闻："十一九重大杀人案，凶手案后逃逸。其他相关涉案人员均已被警方控制。"我想亚飞等搞不好正在公安局接受审讯。对啦！这就是他们今天没在地下室的原因。亚飞嘴硬，所以他们还不知道我们住的地方。完了，完了，大灰狼那家伙早晚会招的。他能顶到现在已经很令人感动了。我突然觉得很悲伤，清清白白的傻小航，居然在北京沦落成为杀人犯。我感觉很对不起自己的老父亲，我让他操碎了心，一直跟他冲突，甚至不能继承他做小提琴家的梦想。

这些复杂的心情，其实只是一瞬间。公共电话厅的铃声又响了。它一直响一直响。我跺了跺脚，去接起电话。果然是小甜甜："什么警察啊！你丫急什么，还不是你先动的手？现在又假装什么不记得了。你丫怎么那么烦呢！"

我想我到底怎么了，干了什么？我突然万念俱灰，低声说道："嗯，我知道你的心情，我只是觉得特别对不起大家，对不起你，我一直对你都不够好，其实，我……我……我……我……"

我连说了四个"我"，那最重要的一句话始终说不出来，说出口的时候却变成："我……是不是从没说过喜欢你？"

"你说过喜欢，但不是对我，你还是学会用德语说喜欢吧。算了，我也懒得理你的事。"小甜甜的声音听起来又要挂。

"别挂！"我说，"我从没有恋爱过，所以不知道怎样说才合适。知道你觉得我很蠢，很农村，很不配你，甚至我在家乡还另有喜欢的人。但是我告诉你，现在我喜欢的人就是你，就让所有的人都笑话我吧，这可能是我最后能跟你自由地说话的机会了。小甜甜。不管别人怎么说你，或者你变成了什么样子，你要记住，你永远是我心目中最可爱的女孩。不论何时，当我看到你，永远觉得你美丽，永远觉得你可爱。知道了么？今后，没有我在身边的日子里，你要开心啊。要交好的男朋友，不要再和那些混蛋们鬼混了，他们只会诽谤你，毁了你……"

我的喉头哽住，我说不下去了……

"你知道么？大家都说：一定不能说喜欢！如果一个人说了喜欢另一个人，那么胜负已分游戏就结束了。我希望我们之间一直持续下去，哪怕对你只是个游戏……"

"你知道么？其实我们早已分出胜负了，不管你的那个男朋友是谁，不管你觉不觉得我傻！我都喜欢你……"

听筒里寂静的，什么声音都没有。我想，会不会是像大灰狼一样，电话早已经被挂掉了呢？我的这么一番话一定很讨人嫌吧。不对，这个电话有警察在监听呢，电影里我见过。五分钟，只要五分钟，他们就能查出这台公用电话的位置。已经快五分钟了吧？我看看手表，没有时间了。但是我一定要听到，一定要听到！

我听见远处街上已经传来了警车的声音，我吓得全身都软了，脑后一团神经疼得要死，感觉表层的皮肉要从骨头上一寸寸剥离，每一个细胞都充斥着奔逃的恐怖；我拿着话筒的手已经汗湿。我死死地攥紧话筒，关节捏得又白又青。我无法扔下电话撒腿逃跑，我绝望地对着话筒说：

"我喜欢你！我知道地下室的人们关于爱情的规矩，但是我没时间了……"

"我也喜欢你……"听筒里传来暗淡的话，"我挺喜欢你的……"

我愣住了，小甜甜的声音从没有这么温柔过，也从没有这么黯然过。在我的印象里，她永远是媚腔媚调，或者刁钻倨傲。

好像天使的抚摸，头立刻不疼了。

那一瞬间，我们一定是相爱的！多年以后我这样想，也许只有那一瞬间是相爱的……

"你……你……说什么？"我结结巴巴，心几乎从嘴里跳出来。

"不记得了！还有什么废话快说！"小甜甜的声音又恢复了那么生硬。

然而听筒里一声短促的杂音，好像是女孩的抽泣声。我敲敲话筒，发出的杂音确实和刚才的完全不一样。

"你……哭了？"我问。

"哪有！猪！"小甜甜立刻辩解，"我感冒了！这么冷的天只穿着短裤从被窝里跑出来在客厅里跟你废话一个小时，你试试！？"

五分钟早已过了。那不祥的警笛声越来越近，却是一辆救护车在我身边疾驰而过，它卷起的微风吹散了我的额发。我想，这是我最后的机会了。

我笑了："好吧，我很满足了，很开心，很幸福。那你去睡觉吧，请把电话给警察，我要自首！"

电话那边静了一下，我利用这个空隙咳了一声，清清喉咙，准备给人民公仆留个好印象。

"什么警察？"小甜甜说，"你疯了？"

"等在你那的警察。我昨天是吸毒过量，处于幻觉中才酿下大错，应该是能够减刑的。我一定好好服刑，尽快出来！"

我看不到方向
也感觉不到希望
望着这个城市这片阳光
泪水流出我的眼睛
我看不到方向
也感觉不到希望
只是朝前走在这条路上
我背靠着墙
冷风在我头顶呼啸
像把刀子直插我的
胸膛
我必须坚强
无论这个世界变得
多么荒唐
我必须微笑
我必须微笑
无论这个世界多么
悲伤

——《没有人要我》汪峰

直到一个星期以后，小甜甜还是笑个不停，把我的话跟所有人学了一遍。我又一次成了大家爆笑的谈资。

据小甜甜说那天我跟跟跄跄爬上了桌子，解开了裤子就要撒尿，被朋友们七手八脚拉下来。当时食堂里生意正火，有一千多人在用餐和等餐，我的红内裤就这样大白于天下。包括附近的乐手，包括很多熟识的姑娘，他们全看到了。

据说我们跑去了尹依的宿舍楼下大声地喊每一个她同舍的那些矫情的女孩的名字，齐声地喊我爱你，然后一路走一路对见到的每一个女孩打口哨。而我又做了一件第二天就举世闻名了的事情。据说看到了一个漂亮的女孩，就硬说那个女孩喜欢我，在吃饭的时候经常偷看我。他们一把没拉住我，我冲上去凑到那个女孩的身边，在她耳边低声地说了一句："你知道么？我有病……"随后被朋友们硬把我从瞠目结舌的女孩身边拉开，女孩立刻就哭了。

在他们学校的大门口，我们打了一个据说是总务科老师的家伙，长头发，带着故作斯文的眼镜。之前我们早就听说总务科的种种卑劣行径，克扣学生们的钱，为难学生；三十多岁了还装成时髦小屁孩，绯闻特多；利用职权同女学生做性交易。具体发生冲突的原因第二天所有人都想不起来了，我们当时是怎么知道他就是总务科臭名昭著的人物也想不起来了。只知道事情发生时正好这个家伙骑着一辆相当酷帅的黄色哈雷戴维森，那是真正的哈雷戴维森，而且绝对是他先惹的我们。最先动手的人所有人都说是我。天啊！怎么会是我？他们一致说我一脚踹碎了哈雷机车的前车灯，然后那厮就被我拽住头发扯下来，扔进等在一边迫不及待的亚飞和鬼子六等人的拳脚下。我用尽力气，把那漂亮的哈雷掀翻在地。这场小小的战斗只用了十几秒。我打完了才发现自己居然手握一把铁锤，不知道从哪里抓来的，相信那个老帅哥就算没翘掉应该也跟金钱豹一样满身青痕。

据说我蹲在哈雷机车倒下的地方仔细地寻找什么，拉也不走。说要找机车漏的油迹。

小甜甜讲的时候还是一阵阵的大笑，仔细描述我的动作。我再出现在演出场合就多了很多不怀好意的笑容和指指戳戳。我虽然不再背负杀人犯的沉重的罪名了，但是仍然被这些丢人的事压得抬不起头来，简直没脸活下去。

开心过后就是失落，哈哈。

第二天学校的保卫科就因"十一九扰乱校园案"把尹依叫了去，因为有人看到我们和她在一起。尹依坚决的否认认识我们，即使对方用开除学籍来威胁她，她也没有供出我们的来历。其实这些笨蛋只要稍稍有点智商，抓到我们轻而易举。因为半个学校的姑娘们都认识亚飞和鬼子六。而我们居然就这样光天化日地逍遥法外了。

尹依带回来的坏消息是，那个老帅哥既没有翘掉，也没有变成金钱豹。他仅仅是变成了熊猫，并且一瘸一拐。大概是我们在酒醉之下出手大失水准的原因吧。

那天下着小雨，裤子潮乎乎的，我们心情愉快搭乘公交车，亚飞戴着耳机。我怀揣着我们小样的刻录CD，无袖牛仔马甲上隆起一个方方的印子。它的塑料外壳火烫，让我胸口的肌肉紧缩，就像揣着一封火辣辣情书，就像闭上眼睛别人手指顶在眉心的那种奇怪的酸楚。我心里全是怪怪的兴奋，全是我们的音乐，森林乐队的水平相信已经是全国最棒的。那些编曲，每一个音符都是我们耗尽了心血编排的。我相信一定能给唱片公司的人一个大大的震惊，彻底把他们签下的那些傻瓜乐队比下去。

令我震惊的是，首先我们到了一个非常局促的场所，这里完全不像是我们想象的唱片公司。原本以为是在大厦里边，录音棚，乐器，来来去去的乐手，会议室，音响器材，漂亮的女职员，偶尔碰上一个著名的前辈音乐人等等。结果这家还算著名的做过好几张摇滚乐专辑的公司居然是座胡同里的小破楼。

接待我们的家伙倒是满年轻的，居然也是长发。小个不高，猪头般的大脸上浓眉大鼻子也挺端正，就眼睛小了点，卡巴卡巴精明透了。整个人透着一种虚伪和奸诈。满脸笑眯眯让人觉得特别伪善，实际上没说几句话就证明他确实是个笑面虎，并且是个爱标榜的混蛋。

才听了半首歌他就按停了："你们这么样干不行，这音乐没有节奏啊，也没旋律。你们的音乐太过于极端，而且编配上有问题。你们考虑过听众的耳膜每秒钟能接受多少赫兹的音频吗？这种老金属的感觉也不行。你们应该加点新的音乐元素……"我们忍了半天才迎来了他的结论："总之我们公司对太躁的音乐没兴趣，那根本没市场。"这下子我们全怒了！妈的废什么话，你们公司对金属类型的音乐根本没兴趣还挑什么毛病呢？哪怕我们这些毛病全解决了还不是一样白搭。跟我们装内行么？

"哪不好？哪不好了！你丫懂什么呀？"鬼子六第一个蹿起来却被亚飞一把按回沙发："我来说！"

亚飞说："姑且不提什么市场不市场，光说技术上如果按你说的改了就完全破坏了音乐的力度。"

小傻瓜说："我也玩过乐队，按说咱们其实都是一家人。你们该拿我当自己人。跟你说金属乐的编曲我还不清楚么？"

他抄起鼠标在电脑里边打开一个mp3文件说："这是我最近替公司谈的一个乐队。你们好好听听，这种感觉就对了！"

音乐放出来，居然是个视频文件。一伙穿着迷彩裤的光头小子在酒吧之类的地方乱蹦乱跳。音乐是非常简单的老三样。全靠着一个稍稍奇怪一点的乐句反复地和来和去，然后主唱跳上来一阵胡说八道。典型的说唱金属，目前最流行的东西。可以说，这种水平满地都是，他们根本没有认真做音乐。

"黑色死肉乐队！牛逼吧？"小傻瓜喜不自胜地向我们炫耀。

"我不能相信你们公司会签这个乐队，如果你嫌我们的音乐太躁了，那这种东西不是更躁么？而且水平更差！他们连基本技术都做不好！"亚飞正色说。

"你说话怎么这么没素质呢？我觉得你们应该好好学学人家的感觉。你们森林乐队的东西坦白讲太老了，根本没有新意。"

"这个就叫有新意！？"亚飞站起来，戳着电脑屏幕，"告诉你这就是摇滚世界里的流行和庸俗！没有自己的思想！说唱金属和朋克为什么会流行？就因为它简单！上手快！就因为像你这样急着标榜自己的摇滚迷太他妈多了！"

"嗨操！你丫这是怎么说话呢！会不会说话呀！"

这回亚飞不戳电脑显示器了，直接戳着他的鼻子："要是你真拿流行歌手来跟我们比，直接摆出不要脸的做流行的态度来，我们也就服了气了！可是口口声声说要摇滚的东西，最终却只拿出这种水平来压过我们，当婊子还要立牌坊！我就不明白了！不是你傻瓜，就是你们公司疯了！"

这家伙站起来端着一杯水不理我们，跑到邻座女孩那说："昨晚上中国队出线了啊，你老公看了吧？"

女孩说："可不，一晚上没睡！"这家伙的意思分明就是"你们赶紧走吧，不会说好听话就没人理你"！

他很快不得不跑回来，因为亚飞关了他的说唱金属，再次放起我们的小样。"你连一首歌都没有听完，就说我们东西不行，你也太牛逼了吧？"

那家伙冲回来想要关了CD，可是鬼子六笑嘻嘻把他拦在一边："干吗呀你？别冲动别冲动！"他无法进前只好在鬼子六胳膊底下嚷嚷："你还没完没了了？就你们这么不懂事的性格还想出专辑？《北京乐与怒》你看过没？耿乐牛逼吧，还不是一样死菜？你丫跟我来混的？你忘了谁求谁了吧？"

亚飞瞪着他说："操你大爷你必须听完！这不是《北京乐与怒》，我也不是耿乐！！"

大灰狼一直没有说话，这时候却跳起来拦着亚飞惊恐地说："别别别！咱们都克制点！"他担心我们把人家打了从此在唱片公司业内留下恶名。其实大灰狼完全高估了那小子的坚硬程度，那小子本来还想跟亚飞玩对视装装逼，但是亚飞青筋暴露的那张脸让他瞬间软了蛋。他尴尬地闪到一边，假笑了下装成翻阅文件，点点头："好好好，没事没事！我听，我听！都消消气。"

他很快就整理不下去了。因为一下子音响被人开到了最大声，那是我，我默默把音箱旋钮顺时针一扭到底！他的音响绝对值钱，大喇叭里嚎叫着的那种震耳欲聋连亚飞和鬼子六都惊了，面对他们的一脸惊诧我笑了，于是他们也笑了。杯子里的水都在抖，整个公司里边都震响着苍苍苍的吉他和嘭嘭嗒嗒的鼓。低音炮吹出的气流简直是看得见的，一下一下地把这厮头发打散。那是我的贝斯鼓的力量。录音的时候我都全力踩到脚酸。

"别这样别这样！"他赶紧扶住要从音响上颠得掉下来的那些扮酷的卡通玩具，回头眼泪汪汪可怜巴巴看着我们："算我不对了，回头我好好听听，也给上边好好写个报告。但咱们这么大声公司里就不能待人了。您也知道咱们的东西比较那个……"

他突然跳起来惊叫道："呦！李总，对不起，对不起。"一个戴着眼镜的严肃的中年男人走到我们当中。他灰白的头发，不苟言笑的。"怎么了这是？什么曲子放这么大声？"

"是这几个哥们的小样，我立刻停停停！"他一边冲着我们竖起一只手掌做哀求状，另一只手赶紧去按停止键。

"别停别停不用停。"中年男人阻止他，顺手拧小了音量，"但也别这么大声，别的同事还要工作呢。"

中年男人看看我们，于是我们全都梗起脖子傲视着他。老头身量甚小，头顶几乎和亚飞的腰带处于一个水平线上。这时的气氛非常紧张，可以说是一触即发了。

中年小男人却没有丝毫的惧色，颇有力场地随便一指沙发："你们坐。"

然后又补充一句："坐啊！你们是什么乐队？"

我们几个相互看了看，坐下了。亚飞仰起脸晃晃脑袋，让脸颊从头发中露出来。

"他们是森林乐队。"那个傻瓜殷勤地在一旁补充。

中年男人给我们分发了名片："来，我的名片。"当我们受宠若惊地仔细端详着名片的时候，他仔细地听着音乐，淡漠地说："哦！这首歌是谁写的？"

"当然是我们写的！"亚飞说。

"具体是谁写的？"

亚飞看看我们，说："是我们全体一起创作的，我编曲，大家各自编配乐。"

"嗯，这首歌不错！"中年男人说，"这样，小样先留下给我们听听可以么？"

"您还是听完吧，这首歌并不是我们最好的歌，说实话，这几乎是我们最差的一首歌！"亚飞愣愣地说。他一定是以为老丫挺想打发我们走！

"嗯，我在听，我也想多听两首！"中年男人果然往后又听了两首歌，然后伸手按了停止键，"不好意思，我马上要去开个会，你看人家都到了。"

他指指门口，我们真的看见一个正逐渐开始有名气的流行歌手，小帅哥白白净净地站在那里夹着胳膊女孩状巧笑着招手，身边还跟着满嘴台湾腔的经纪人："李先生你好啊～～"

"这张盘先借我听听可以么？"中年人退出盘来又吩咐道，"小曹，拿十张空白刻录盘还给人家。"

"回头我会给你们打电话的！放心吧！"中年人说完就和小帅哥一起去了会议室。

傻瓜仍然满脸堆笑："这个是我们大老板，李总！"他坐在电脑前，爱惜地用鼠标在说唱金属的视频文件上抚摸着："唉！李总对你们居然还挺有兴趣……"语气失落不已。

我们彼此看看，心里都有点不敢忘形的忐忑，不知道对这个李总的欣赏该不该抱上希望，不知道未来是喜是悲。亚飞冷着脸站起来："咱们走！"于是我们全体端着高傲的态度，鼻孔朝天排成可笑的一行，大摇大摆地走了。

二

一周以后亚飞手机响了，亚飞拿起手机看看号码，对我们全体正色说："是唱片公司的李总。"我们全都扑过去，亚飞抬指说嘘，按了接听键。"我是亚飞。"

"你们的小样，我全都听过了，所以想跟你们商量一个合作。"

难道专辑有戏？我们全都屏住了呼吸。亚飞木呆呆地说了一句"哦！"

"我们公司虽然曾经有意向签一些摇滚乐队，地下乐队我们也了解一些，之前也签过几个，出过几张专辑，但是投入始终收不回来，所以近期内我们主要还是回头做流行乐这个市场，摇滚乐队不会再签了。"

"就是说不可能给我们出碟是么？"

"从字面上说，是的。"

"可是你们那个傻瓜不是说你们还对一个叫什么黑色死肉的新金属乐队有兴趣。"亚飞说。

"哪个傻瓜？"李总说话居然也是混不吝的。

"就是那个矮个子大脑袋的！"

"哦，小曹啊，他已经给开除了。他嫌薪水太少。我们也认为他缺乏工作能力。至于叫什么黑什么的新金属乐队，其实就是他做过的乐队，我们同样认为不适合公司的发展，不适合目前这个市场。"

"你打电话就是为了说对我们没兴趣？您可真诚实！"亚飞胸口起伏，已经说不出什么像样的话了。

"不不不，我有兴趣。我对你们的歌有兴趣，所以想买一首你们的歌！"

"什么？"亚飞几乎不能相信自己的耳朵，"你说什么？你是说把我们的东西卖给别人去唱！？"

"音乐创作也是一条流水线啊。你们完成了一个环节，我来继续下一个环节。各尽其能么，明码标价有什么不对？我很喜欢叫《天堂孤儿》的那首，就是上次我们一起听的那首歌，你说最差的那首，不过我觉得应该是你们最好的一首。小伙子，你们也先别急着下决定，你们可以想一想，好好商量商量。考虑考虑吧，我们最好面谈一下。你看，我比较了解目前国内出摇滚专辑的情况，商家卖不好，就不可能给乐队多少钱。据我所知现在很多商家买断一张专辑只给两三万，去了税，匀到人手里就没剩几千块了。而我只买你们一首歌，但出价绝对比你们出专辑合算。那么，等你们电话了！"

亚飞把电话放在胸前，要好好地镇定心神。如果说我们的热情是火山，那么眼前的现实就是席卷东南亚的大海啸！我们全体都没说话，大家散坐在宿舍里。鬼子六打着打火机点了一支烟，吸了起来。全都沮丧到了极点。

"他肯买咱们的歌，应该还是有兴趣，可不可以进一步商量商量？"我说。

"对呀对呀，"大灰狼说，"丫不就是想要流行么？咱们可以多做点流行么！咱们也都长得挺帅嘛，比那个傻瓜谁谁谁强多了！好好包装包装一家伙火起来。"

亚飞有气无力地扔过一个枕头来："你丫闭嘴吧你……"

"我觉着这个完全可以谈嘛！都是你，非要强调什么金属金属，这个说说比较酷，玩真的根本就活不成。"

"大灰狼，你大爷的你她妈说什么呢！？"

"小航，你咋什么也不懂呢？人家跟咱们不是一路人。"

"我怎么不懂了？！"

我们吵成一片，大家全都站了起来。

三

从这以后乐队发生了微妙的变化，首先我们开始不由自主地痛恨一切已经出了专辑的乐队，见到他们在网络上杂志上那些装模做样的酷言酷语就气不打一处来，"全他妈是假的，全他妈是装的，没准背后怎么舔人家屁股呢……"我们骂道！好像所有出了专辑的乐队全都是出卖灵魂和肉体的野鸡一样，颇有点吃不到葡萄就说葡萄酸的意思，但是我们就是忍不住要骂娘。然后，有了一个最最可怕的变化，那就是大家明显对排练和演出不怎么上心了。

这次打击其实蛮大的，大到让我们看透了唱片公司的实质，从此对前途失去了信心，我们再怎么努力，出不了专辑又有什么用？

这天亚飞接到王哥电话，希望我们周末去演出，两百块钱。一般价格，像平常一样，刚够个打车钱和夜宵钱。亚飞挂了电话走到地下室中间对大家说："明天排练，后天有演出。两百。"

大家都在打扑克。鬼子六把牌小心地扭成一扇说："明天我们也排练……你丫怎么又看我牌！"后面的半句话是斥责大灰狼的。

"排练？跟谁排练？"

鬼子六不好意思地说："我们一块玩Copy的乐队呗。最近没什么钱了。大灰狼帮我联系的。"

大灰狼也说："怎么是我联系的？明明是隔壁打火机联系的么！"

亚飞坐下来颇有压迫力地正色说："你们接活也该先告诉我一声吧。那明天排练怎么办？"

我立马紧张起来，抬头仔细观察亚飞的动向，可是那两个玩牌的笨蛋还没轧出苗头来，手底下还在僻里啪啦地抽牌。"孙子！这局你死定了！"大灰狼头也没抬地抽了牌又回亚飞的话说，"整个乐队演一晚上才两百块钱！算了吧，钱实在太少了。"

"没错。"鬼子六也没抬头地说，"是啊，跟干Copy的乐队比起来差太多了。我们每个人每个晚上起码能分到两百块。"

亚飞叹了口气，突然一脚踹飞了桌子，那张破桌子哐啷啷飞出老远一头撞在门上。扑克飞了满天，各种零碎物件叮叮当当掉落地上。亚飞破口大骂："看你们那副嘴脸，装什么逼呀？为了那点钱不知道自己姓什么了？原来咱们一分钱拿不到的时候还不是每周末撅着腚跑去给人家暖场么？现在你们混出来了？你们大牌了？你们要赚钱了？去你妈的都他妈滚蛋，赚你们的钱去吧！"

几十张扑克牌满屋飞飞扬扬，鬼子六也急了，在大灰狼拦阻的怀抱里手舞足蹈地嚷："演不演有什么大不了的？你他妈有话不能好好说么！？"

我赶紧冲到双方中间缓和气氛："亚飞你别生气！鬼子六和大灰狼你们也看看能不能先保证咱们森林乐队的演出！咱们还是演吧！无所谓的！"

大灰狼吓坏了，一边安抚鬼子六一边说："演！演！怎么都行！有话好说！"

亚飞抄起电话咔咔咔拨了号码："抱歉王哥，这个周末过不去了！"然后摔门而出，"滚蛋！就他妈的不演算了！"

他的吼声远远地在走廊里回荡："你们都他妈赚钱去吧！"

最近因为大家接活的事，冲突逐渐多起来了，亚飞可以管我们吃饭，却不能管我们消费。大家要泡妞，要穿好的，玩好的，全靠着亚飞画画赚的那点钱肯定不够用。所以明知道亚飞不喜欢我们去接活，还是大量地接了。现在鬼子六和大灰狼开始经常戴副耳机对着收音机写谱，去扒那些流行歌。

干Copy确实能赚点钱，扒扒港台流行歌，弹弹简单的分解和弦，酒吧里打扮醒目点把头发散开甩甩，跟那些喝酒的老少女人挤挤眼睛差不多每个人每晚上就能分个两百上下。而作为森林乐队的原创演出我们每个人只能分到五十块钱。

其实这使我们整个对做乐队的前途失去了信心，出不了专辑就赚不到钱，成不了职业者，即使那些出了专辑的乐队又能怎么样呢？就金属专辑的那点销量什么都顶不了，人们沉溺于那些流俗的靡靡之音，中国没有消化重型音乐的土壤啊。哪怕是那些有名的乐手们，比如老泡，还不是得靠着给流行歌手配器来赚钱。这就是现状，也可能是前途，我们能怎么样？一盆冷水之后我们都冷静了，开始琢磨怎么能赚到钱，起码这还有点现实意义。

我也开始接点活了，我的活是帮一家小节目配背景音乐。是他们临时搭的一个草头班子，里面的乐手统统比我大，有的已经三张多了。他们的打扮也和我不同。这时候的我，已经被小甜甜培训成了一个一身叮叮当当标标牌牌的摇滚小帅哥。这些老家伙却全都是普普通通的夹克衫，老板裤，好像七〇年代美国老头一样反戴着棒球帽。就算偶尔穿一回牛仔裤，也是蔫茄子一样的窝窝囊囊没有型。第一次听他们演奏的时候我觉得水平还可以，巨俗但挺专业的，怎么也比成千上万的摇滚小屁孩做的所谓"地下乐队"强，之后我才知道了他们的厉害。那天有一个嘉宾突然大动感情地说真想唱一首老歌罗大佑，主持人立刻就邀请他即时演唱。之前我完全没有准备谱子，这首歌听也没听过。我问这几个老家伙会么？他们说听过，但从没练过，什么年代了还有人唱罗大佑，落伍到一定水平，小航你就跟着我们打就完了。然后他们果然跟着那个五音不全的KTV爱好者和了下来，居然像模像样！这回我挺服气。客户要什么风格就可以弹什么风格，就算没谱，都能硬着头皮跟下来。这种演奏的油滑和熟练没得说，甚至可以说非常好。我明白了干Copy其实有利有弊，好处是不但能赚点钱而且能够丰富乐手多种风格的技巧，弊端就是这些技巧往往是大俗的。这些大哥就只会扒歌，扒风格，尽管扒得贼像贼像，却完全没有创作的能力，技术上淹没在俗套子里摘不出来。

亚飞之所以讨厌我们接Copy的活，大概也是怕我们毁了手艺吧。最近少有的几次排练中，亚飞对我们的"手疾"几乎不能忍受了。

首先是大灰狼开始发出一些奇怪的声音。他的贝斯编曲经常出现流行乐中巨恶心的滑弦色彩。每次嘟的一声滑弦之后，亚飞立刻喊停然后没鼻子没脸地骂："大灰狼你把那句滑弦给我删了，你丫玩Copy玩多了吧，你要是再这么'嘟嘟'滑下去，就他妈玩自个鸡巴蛋去！"

大灰狼嘟囔说："我觉着挺好听的，这不是挺受欢迎的技术么！"大灰狼在Copy圈子里如鱼得水了，在那些小资酒吧，他已经小有名气了。女孩们被他的大长头发加上港台歌曲流行歌曲征服得一塌糊涂。他简直爱上了Copy，对这些流行乐的技术很有点自鸣得意。

鬼子六说："亚飞你何苦呢？那么金属的东西反正也出不了专辑，你还这么顶着劲有什么用啊？"

"操！鬼子六你别他妈加纲，你的技术也快报废了。你自己听听最近编的那些东西，全是俗套子！你自己感觉不出来么？再听听你的和声，现在全都是假声和气声了！你的真声呢？你唱流行小调么？你自己不觉得恶心么？还有你！小航！你的双踩的力气怎么没了！？"亚飞越说越气。

　　"我们没法不去Copy，上次录小样花了那么多钱，大家都过不下去了！以前你有钱可以接济我们，现在你自己也是穷得底掉。跟你说吧，要是咱们乐队就像这样子混下去，早晚也是散。不出碟，我们写歌有屁用！我们靠什么吃饭？"我也低声嘟囔说。

四

　　有时候我看见尹依和亚飞在外面冷漠地告别。两个人的背影都很修长，真是天造地设的一对！但是他们淡然告别，既不拉手也不接吻，好像他们只是两个普通朋友一样。尹依在登上富康之前总会对亚飞点点头，然后闪身钻进去。但是不等汽车离去，亚飞就甩手转身，不屑一顾地钻回地下室了，去继续按照老王八的意见画图。

　　我想自己也许永远不会明白亚飞的心理，既不明白他为什么会对老王八这种老混蛋言听计从，也不会明白他怎么能对爱自己的女孩那么狠毒。很想提醒尹依，让她趁早离开我们全体，尤其是亚飞。但是尹依需要我的提醒么？

　　如果亚飞和尹依能真的好起来，该有多好。

　　录小样让我们穷死了，在我们的挑唆下，亚飞到底把歌卖了。他打电话给李总，愣呵呵地问："那首歌你还要么？"就好像卖一棵白菜一样。

　　"要，当然要，你终于打电话来了啊。其实，我很想见见你，跟你好好聊聊呢！你是个人才，造型也不错。咱们还可以尝试其他方面的合作。"

　　"那首歌你出多少钱？"亚飞没理他那个碴，直截了当地问。

　　"哦。这个么，我们买歌一般都是两千以下，不过知道地下乐队都比较拮据，难得能听到一首好听的歌。你看三千怎么样？"

　　"我跟朋友们咨询过了，一万以下不卖！"

五

我经常找不到小甜甜，有时候她的手机关机，有时候会听到她的传闻，某人说在哪里哪里看到她和某某乐队的谁谁在一起。我们也开始吵架，我感觉到小甜甜的聪明和难以把握。小甜甜有着我的思维跟不上的智慧。和她在一起的时候，经常要揣摸她的心事，搞得我很累。

有时候我开始莫名地担心，不知道什么时候她会像传说中那样地消失。在静静的房间里我坐在床上整个小时地发愣，把她和我的理想相比较，她和理想差距太大了，没那么漂亮，也没那么善良；但是我已经顾不了许多了，我像只秋天的苍蝇一样只有不停地飞行飞行，在那个巨大的死亡到来之前尽可能快乐地多飞几圈。

我买了一款最简单的手机，我需要和小甜甜更多的联系。实际上我买到它以后并没有真的和小甜甜通上几次电话。第一次收到小甜甜电话的时候，我正在上厕所，亚飞替我接了电话。我和小甜甜刚吵过架，小甜甜上来就气冲冲地说："小航死哪去了？让小航接电话！"

亚飞慢条斯理地说："你急什么呀？你有什么重要事么？我得罪你了么？"

"没有……"

"没有？那你急什么呀？你就不能好好说话么？礼貌你懂不懂？我欠你的么？你装什么大明星啊？"

一口气就把小甜甜给骂蔫了，直到她规规矩矩地承认错误说："对不起……"

这件事亚飞后来讲给我听，他不屑地说："这个世界是弱肉强食的，在强权之下的竞争永远不会公平，你稍稍软弱就会冲不过界限。小航你最大的缺点就是对人太有感情了，如小甜甜这般自私的一类人你对她越好，她就越上脸。"

我心惊胆战乘电梯爬上十多层。开电梯的大婶炯炯有神地审视，我则羞愧地低下头去。

十二层1209室，就是小甜甜的家。

未进门就听见凶猛的大狗的叫声。我吓了一跳！一条半人高的松狮翻着圆圆的小眼睛，隔着铁栅栏凶猛地吠叫。

小甜甜只穿了个白色吊带睡衣，开门把我拉进房间。

现在我坐在人家的沙发上，对面柜子里有她的军长老爸戎装大照片。小甜甜踢嗒踢嗒从厨房拿了瓶红色的酒出来，吹嘘了一番这个酒如何贵如何贵，倒了半杯。

我喝了一口，甜滋滋都不像酒。

那条大狗蹲在地上，看着我，我试着想摸摸它的大狗头。"别摸，"小甜甜说，"小心它咬你。"

狗站起来跑到小甜甜身边，小甜甜拍它丑陋的大脑袋，还掰开它的白花花犬牙的嘴，欺负它。"其实它胆特小，见到生人就吓得跟什么似的，吓得乱咬。"

小甜甜坐在沙发扶手上，啪嗒啪嗒地晃着一只脚上的拖鞋，说些有的没的。我看见她的胸部随着呼吸有些微的荡漾，透过睡衣看得见暗色尖的乳头。她没有穿胸罩。不知不觉地，头就晕了。我的酒量一向挺大的，这洋酒果然厉害。今天这种情况像极了色情小说里的情节：酒不醉人人自醉。

小甜甜看了我的脸色，好像有点怕了，说你别喝了，喝多了不舒服。我说没事，站起来想去厨房洗把脸，却天旋地转地倒在沙发上。

又是接吻。我的手滑进她的内裤。里面全湿了。我一使劲，架住小甜甜的胳膊，就在小甜甜的挣扎中把她的睡衣给脱了。

小甜甜撅起嘴，头发凌乱。内裤是丝绸的蓝色的，绷紧在臀部。两个人纠缠在一起。我把头埋在女孩的乳房与头颈之间，感受那种温馨，所谓的人肉的香味。

小甜甜惯例地按住我的手，不让它更加深入。小甜甜说："就到此为止吧！"

小甜甜从此再也没有来过地下室，再也没接过我的电话，没回过我的短信。终于迎来了她翻脸的这一天。自己全心的舍弃和付出终于迎来了早就知道的结局。结局总归要到来的，即使之前的欢畅有多么快乐和诱人。就好像飘向瀑布的船，就好像梦魇一样。

我问亚飞应该怎么办！

亚飞说："再搞一个！"

我没有再搞一个，我做了更加丢脸的事，跑到小甜甜楼下等她。

坐在楼门口的破沙发上一气吸了一包烟，看着天色越来越黑。后半夜小甜甜才从出租车里钻出来，我知道她肯定是跟别的男人约会去了，那么应该仍然是玉渊潭公园吧？我在黑漆漆的沙发上喊："小甜甜！"她吓了一跳："你在这干吗啊！？"我说等你呢。小甜甜急匆匆往楼里钻："不行，回来这么晚了我爸都着急了。"我拉住她的手："你到底怎么了？"小甜甜一把甩开："干吗呀你！别这样！"就蹬蹬蹬钻进电梯。

我感到一股热血冲上头，那一瞬间我有着粉碎一切的力量，但是却不能让她从电梯里出来。我一脚踹翻破沙发，大脑嗡嗡地作响。

太可笑了。一直对爱情免疫的我，一直对身边的男女关系有诸多反动评论的自己，居然这么简单就掉进了小甜甜的圈套，成为她的收集品中的一个。理论无论修到多么高深，在实际操作中仍然不堪一击。当初大灰狼和鬼子六失恋的时候，我劝他们是多么轻松，完全不能感受到原来失恋是如此痛苦。而最痛苦的，就是发现自己有多么傻！完全看透了小甜甜的居心和骗局，仍然好像酒醉一样，回天乏术。

我搬了两箱啤酒，在排练室关了两天。后来我发现啤酒已经对我不起作用，只能让我一趟趟跑厕所。我怎么喝脑子都是清醒的，过去的一幕幕一场场感染着脑浆。某个部位持久地剧痛，让我疼得要发狂，要抓起把刀砍死谁。我开始往二锅头里对长城干红，好像往消毒药水里对鲜血，咕咚咕咚刺鼻的味，烟雾状的神经丛在透明里蔓延开。好疼好疼！

我这辈子第二次喝多了，翻倒了我的鼓，光着膀子躺在地板上。心里清清楚楚地知道为了这个女孩掉任何一滴眼泪都是不值得。但是我泪水哗哗地流下，哭得胸口起伏上不来气，哭得很没出息。我想了很多很多事情而今天都不愿意再说，最强烈的想法就是一定要让她知道我是爱她的，我是爱她的！！所有的男人都在欺骗她玩弄她，而我则要拯救她。我想象自己抱着999朵玫瑰冲进电梯，在大妈惊诧的眼神里说去十二层，然后敲开她的家门，伸脚别住门缝，把所有的玫瑰扔进她家客厅，跟她的老爸动手！要告诉她现在的她不是真实的她！她明明是个更好更好的女孩！她只是被这个万恶的社会迷醉了！我又看到乐队出唱片了，大红大紫，在CD的签售会上现场表演，无数的漂亮女孩在台下尖叫。是真正漂亮的女孩，电影学院表演系的；不是那些平常跟着我们混的只有头发和衣服"时尚"的滥货。小甜甜在台下可怜地看着，我会摆出很不屑她的样子，然后她会在后台等着我……

我要把我的一切全给你，告诉你我爱你。我要把一切为你牺牲，让你知道我想你！

我在酒醉中，在巨大的痛苦中吐得满地狼藉。

六

走在大街上，炎炎的热风蒸腾着我的细弱的胳膊，我路过了美院的大门口，突然想起了漫漫。对了，漫漫应该发榜了吧？已经很久没有给漫漫打电话，感觉变节了的自己没脸面对她。我犹犹豫豫好半天，还是走进了美院的大门。

在榜前，我看到这次招收了167个北京市的考生，而下面长长的一列其他省市的考生，每个省市只有2-5人。这种多寡的对比并不代表北京市考生的总体水平超过其他省市。我听说过这是一种不公平，就是说在考试前校方已经决定要招收167个北京市考生，而其他省的孩子只能挤事先分派给这个省市的那么一两个名额。不管你的水平比北京市的考生高出多少，如果你不能成为本省考生的第一名，你就是挤不进这个全国最高学府。传说北京市的考生可以另外加分三十分，用以弥补他们文化课的薄弱。

我越过最上方那一大片生在北京的小皇帝们，在其他省份寥寥无几的名字中寻找她的名字。

新疆只收上来两个，云南这次只收了三个，而老家的那个北方的省份，则只有一个。

这唯一的一个就是漫漫。

我开心坏了，立刻转身飞跑，周围看榜的男女们也许以为我是被落榜而刺激成了疯子吧。我哈哈大笑，挥舞着细瘦的胳膊在林荫路上撒腿狂奔，跳起来去抓那些夏末的树叶。

我迫不及待地打电话给漫漫，但是漫漫不在。又是她的母亲接了电话，冷漠地说漫漫不在，"没关系伯母，我刚刚看到……"我正想通知她这个天大的好消息，听筒里传来细小的"咔塔"一声——电话已经被挂掉了。

我想了一想，只好拨通一个我认识的她同班同学的电话号码。我的兴奋一点没有打折扣地对她说漫漫考上了，我刚刚看到了榜，漫漫在哪？赶快告诉她！

女孩却说："是么那太好了，可是我也找不到她啊。要是她有和你联系，就立刻告诉她家里。她家里人简直要急疯了。"

漫漫出走了！

在考完试之后不久。传说是和她的男朋友，但是她的男朋友是谁？

实际上漫漫一直保持着很多男性的关系，她只是一直不告诉我。现在她完成了和我的约定，考上了这家全国最好的美术大学。看来，刚烈的她正在履行同另外一个人的约定。于是没有人知道她到底和谁，因为什么事而出走了。

我呆住了，我想起还有一段德语写在我穿身上的牛仔衣的袖口。我找了个湖边的角落，这里看不见那些恋爱的人们。我低头从烟盒里衔了一支烟出来，抬起袖子看着那细细的油性签字笔所写的奇形怪状的一段话。而她已经变成了天空下陈旧月台上的一个小黑点，钉在我记忆的封面。

她去了哪里？我焦急万分。

那天回来的时候公共汽车站人山人海。肯定出了什么事，因为大街两侧满是浩浩荡荡的等车的灰暗人潮。我的目光所见，起码有几万人。从没见过这么多的人一起等车。公车还没进站，人潮就拥上去包围，离站时便挤满了人，车窗和门里夹着幸运者的胳膊和大腿。我挤上一辆公车。身边的人议论着："那谁谁赢了一百万。""操他妈的骗他，骗到了手的就是你的钱。""这些外地人的素质就是差。"我看到了这些卑鄙的北京市民的面孔。我突然感觉非常讨厌这个城市的人，这些自私自利的当地土著。无论在公车上，还是在胡同里，全都是那么老土和市侩，那些没品位的衣服。那些相互猜忌，自私，活不起的语言。全部都是这样的，为了自己的一点点利益，就给别人带来那么多的麻烦。我开始怀念家乡纯朴真实的人。这里的下层社会每天看着有钱人的种种事迹，疯狂的妒嫉和无能令他们如此变态，唯利是图。那些喋喋不休的大妈终于惹烦我。我说："你能不能小点声？我就是外地人。"老太太的声立马大了说："哎呀，怎么了这是？喊什么呀！我又不聋！"

我骂道："别他妈拐着弯地骂人！"

售票员也喊道："什么素质！骂什么人啊！"周围的老太太立刻都来了劲，她们准备蓄势待发，教训我这个不知死活的外地小子。

我对所有人破口大骂，这一刻，我觉得自己已经不是小航了，我变得特别丑陋："我就是这素质！谁再骂人就打死谁！"全车立刻都静了！

大家不吱声，我倒有跳楼者没死成的郁闷。没想到镇了这一车人原来这么容易。

我晕头胀脑地下了车，也没看清是什么地方。到处是乞丐的大街。看着那些触目惊心的贫穷，这是什么地方啊？太乱了吧？庞大和肮脏混乱的几万人人流，墙根肮脏的乞丐，行李托运处门口那些贼眉鼠眼的地头蛇。我不由自主地流连在那些可怕的污迹和乞讨者或真或假的残肢断腿上面，心惊肉跳。还有路障，两个瘦弱可怜的经警挺得溜直，中间是管理者——一个歪戴着帽子的肥胖巡警走来走去，威胁的眼神扫描着众生。十足老电影里的伪军和国军。

原来到了北京站啊，一年前我下车的地方，今天，我又来了。

路障两边或坐或立的一群专门靠着火车站吃饭的地痞流氓票贩子们和失望的宰客司机，在北京站做骗子看来不是什么好买卖，他们个个孤寒极了！天色渐晚，北京站裏着黄的灯光，我在火车站来来回回地溜达。"不走不走！"我皱着眉头挥手赶开一波波拉客的出租车司机们。这些苍蝇奋勇冲上来："兄弟打个车走吧。""哥们这边这边。"他们凄惨地祈求生意，甚至还伸手企图强拉我。我恼怒地喷了一声之后，他们就散开了。

买上一张车票回家吧！我的心里油然而生了这个主意，然后就越来越强烈。回家去找她的踪影，去问她的男友把她弄到哪里去了，我晕头胀脑地想。

我甚至站在售票处排了会儿队，看着那些凶暴的售票员和乘客争吵。票贩子跑来问我："小伙子要去哪？"但是我到底没有买车票，不是因为钱不够，不是因为没有带行李，就算摇滚和爱情，就算什么都失去了，仍然有一种说不清的东西，已经把我和这个讨厌的北京连在一起。

我已经不是那个一心等待漫漫到来的小航了。我的人生路意外地被改变了。而漫漫和我不同，漫漫的每一步都是认真计划好了的，经过了周密的论证；她不会为了任何人，甚至父母而发生动摇。就算我找到她，我能做什么呢？我能怎么样？我只有更伤心罢了，我只有给她添麻烦罢了。

我所能做的就是离开火车站，找到一辆公交，穿行大半个黑压压的城市，回到黑漆漆的地下宿舍里。

我颓然坐在床上，长长叹了口气。这时身边有个女孩的声音说："是小航吧？"

我又是一惊，蹿起来想开灯，女孩拉住我说："别开灯，太晃眼！"

眼睛逐渐适应了黑暗，我看见身边有双泪光闪闪的眼睛，想起来我们坐的这张床是亚飞的。我说："尹依么？找亚飞么？"

尹依什么也没说，抱着个被子，瘦弱的小肩膀哆嗦着。

她苍白的脸黑暗中若隐若现。最近亚飞都难见影踪了。

我站起来说："没事，我下来上一趟厕所，我走了啊。看见亚飞我会告诉他你来了！"

我跑到厕所，对着镜子发了半天呆，看着镜子里那个面如土色的青年，披着老土的长发，便宜的假银链子和黑衫。

我心里很难受。

我又开始吸烟了，最近的烟总是吸到根部，用心咀嚼那瞬间的厕所的味道！

七

小鸡炖蘑菇在我们昏暗的地下室得了软骨症，很可怜的，爪子弯曲成可怕的形状，站立不起来。我把它抱起来，放到手上。没错，它确实站不起来了。天神给了它翅膀，却没有给它天空。

我给老父亲打电话："爸爸是我！等等你别挂电话！"

我生气地踢了一脚电话亭。再次打过去，铃声响了半天以后终于被接听了。

"啊？老叔么？咱家里怎么样？您的身体怎么样？"

"嗯，我挺好的，您替我问问我爸，如果鸽子得了软骨症，该怎么办？没办法，他不跟我说话，他的脾气您也知道。"

原来鸽子在不见阳光的地方是不能健康地成长的。

我觉得自己也像小鸡炖蘑菇一样得了恶疾，必须要离开这个万恶的地下室才能治愈。

电梯一直升上头顶大楼的最顶层，我带着小鸡炖蘑菇上了屋顶，在白而亮的太阳能热水器上放飞了它。小鸡炖蘑菇几乎已经不会飞了，它只会在低空中扑腾几下，然后就在天台上走来走去。

我俯瞰下面整齐乏味的城市，打开啤酒瓶，在射灯上摆成一大排，开始一支接一支地吸烟。原来几个人总是跑来这里瞎闹的，但是想不到现在已经解散了。我无声地假笑着，把啤酒一瓶接一瓶地喝空。最后那些啤酒全都变成了晶莹的空瓶子。糖果一样漂亮的绿。

天空一点点变红，太阳一点点沉落，黑色的鸟群忽聚忽散。虽然我束了马尾，风仍然把那些稍短的拢不住的散发吹得满脸乱七八糟，在我脸上好像一张蛛网。我高耸的肩胛骨在风中冷得发抖。

这几天，我吃完了饭总是要带着小鸡炖蘑菇跑去那个楼顶，有时候干脆带了外卖上楼顶去吃，我才知道自己好像小鸡炖蘑菇一样需要阳光。我在那里发愣，吸烟；或者跳上跳下，喊几声。阳光那么温暖。

离开的时候，我小心地把啤酒瓶等垃圾丢到楼梯里的垃圾桶里。要有公德——这是我仅存的一点尊严了。

小鸡炖蘑菇似乎在一天天地康复着，我满楼顶驱赶它，让它飞行。小鸡炖蘑菇也确实越飞越远了，它一次次掠过我的头顶。原来小鸡炖蘑菇有着那么美的半透明的翅膀。

后来，我每天中午带着小鸡炖蘑菇上天台，给它水和饲料，自己仍然回到地下室练鼓。现在的练鼓对于我，已经失去了练习的意义，我纯粹是机械地敲敲打打，纯粹是在找一件事来做。我知道怎么样练也是不可能出专辑了，我知道这样子的自己是不可能进步的了。

晚上，我再爬上天台来接小鸡炖蘑菇回家。有时候它就等在那一碗水的旁边，像一只猫一样听话；有时候它不在，但是只要我在那黑暗的城市最后的曙光下面站立一会儿，黑色的扑翅的影子就会滑翔回天台，轻轻地站立在我的肩膀上，咕咕地跟我亲热。

这天我在楼顶又喝到了半醉，我的手机响了，是亚飞。

亚飞在电话里说："有个婊子想搞我，我想事先跟你说一声。"他说得懒洋洋，"你知道是谁么？"

"我知道！"

"咦？你怎么知道。"这个时候，两个人都尴尬地想要摆出这件事本身没什么，仅仅是个笑料的样子。

"我没意见。你就像平常一样玩高兴就行了，不用担心我！"

我挂了电话。小鸡炖蘑菇没有回来，水还是满的，我在天台上等了很久，等到天全黑了，等到脚下的城市灯火通明。我不断地吸烟，压抑着一阵一阵的担心和失望。

之后的几天，水干了，饲料被风吹散，我再把水和饲料满上，但是小鸡炖蘑菇再也没有回来。我不知道它的身上发生怎么样的故事，也许是被带入别的鸽子群中了吧？找到了伙伴和伴侣。也许是……我不敢想，我希望自己只是被背叛了，被一只终于能够自由飞行的鸽子抛弃了，那样多好。翅膀的存在就是为了飞和自由，不然为什么有天空。

我觉得小鸡炖蘑菇走得对，走得好，自己也算是飞走了，从一个烦恼的地方飞出来，最终却没有飞到没有烦恼的地方。这里，这个摇滚之城，曾经被自己看作能够获得快乐的地方，仍然不过是另外一个不能生活下去的地方。

我爱的人是滥鸡，我最好的朋友是恶棍……

八

就在那天下午我迎面遇到小甜甜，是新街口的过街天桥上。她还是那种差不多套路的衣服，性感的、细长的大腿，身材很好的样子，在人群里淑女一样挺着背走出来。看到我她的脸色变了，匆匆地打了招呼就想跑掉。我大喊一声你站住！拉住她的手。小甜甜使出全身力气甩开我的手，几乎是咆哮一样喊："你别碰我！！！"

你曾经对我笑过的，你曾经说过我可爱！我在黑暗的无语中想把喉结撕出来。

"我最恶心你这种缠人的男的！看你那熊样！一个女人就把你搞成这种熊包了么？小航你真让我恶心！！！"小甜甜变得那么陌生，好像从一开始就很恶心我一样凶狠地说！

"你这样乱搞下去永远也不能忘记老泡！你需要正常的恋爱，真正的恋爱！"我一个字一个字清楚地说。

"你知道了？"小甜甜的脸色苍白了，"你是怎么知道的？我从没跟别人说过啊……"她骤然慌乱了。

"老泡就是你自以为的男朋友吧？所以只要有他出现的场合你都会去！"我痛苦地冷笑着说，"我还知道你只跟他睡过一夜，逛过一次街！他就再也不理你了。甚至都快不认识你了！直到现在他还戴着抛弃他的前女友的戒指！你放弃吧！你跟多少乐手有一腿，都不能削减你的痛苦，你还是老老实实地承认没人爱你吧！"

"你怎么知道！你怎么知道！你凭什么……"小甜甜还是不能相信地一遍一遍地重复着。我明明看见她的眼睛居然蒙上了一层透明的水膜，不能相信，这个如此自私的女人也会有眼泪。

"多悲哀啊，你就这么一遍又一遍地重复这种无用的游戏！"我看着她可怜的样子。

"你知道老泡现在追谁么？他在追尹依！你知道老泡最喜欢干什么么？他最喜欢酒后吹牛！我是谁！？我是唯一把他喝倒过的小航！你只不过是他喝高了之后拿来吹嘘的无数女人之一罢了！！"我滔滔不绝地说。

我停下来和轰然涌上的辛酸战斗。而她已不见。

我晃晃头，众目睽睽之下短促地喊了一嗓子。

站在天桥上，我看到下面熙熙攘攘人群中的亚飞。

亚飞挤在电影院门口，高大的后背，黑皮夹克。他在买票：《怪物史莱克2》。

虽然我早就明白了这些天到底发生了什么事，但是我还是站在亚飞身后看了他好几分钟，看着他束着马尾的后背，仍然晕了菜。为什么要来这个操蛋的城市，为了追求什么呢？人是多么自私丑恶啊！摇滚人们的精神一点也不摇滚，就只是溃烂了，就只是最动物性的自私。那些文艺的东西对他们而言到底是什么？对我而言到底是什么？

亚飞回头看到我，他很开心很由衷地露出白白牙齿笑了："呦！小航！干吗去呀你？一起看电影吧。"

我也笑了，拍拍亚飞的肩膀说："改天吧。我还有事。"

我跑掉了，我不想让小甜甜在一边躲得太久，不想让她因为自己而耽搁了跟亚飞的约会。

妈妈 你曾赐给我的生命
我已经把它吐得一片狼藉
Daylights

你坐在我对面看起来那么端庄
我想我应该也很善良
我打了个哈欠也就没能压抑住我的欲望
这时候我看见街上的阳光很明亮
刚好这时候你没有什么主张
刚好这时候你还正喜欢幻想
刚好这时候我还有一点主张
我想找个人一起幻想
我说爱你你就满足了
你搂着我我就很安详
你说这城市很脏
我觉得你挺有思想
你说我们的爱情不朽
我看着你 就信了
我躺在我们的床上
床单很白
我看见我们的城市
城市很脏
我想着我们的爱情
它不朽
它上面的灰尘一定会很厚
我明天早晨打算离开
即使你已经扒光了我的衣裳
你早晨起来死在这床上
即使街上的人还很坚强
我明天早晨打算离开
即使你已经扒光了我的衣裳
你早晨起来死在这床上
即使街上的人还很坚强
我明天早晨打算离开
即使你已经扒光我的衣裳
你早晨起来死在这床上
即使街上的人还很坚强
离开……
离开……
离开……
噢……
离开你……

——《爱情》张楚

我恢复了每天打鼓，照常买可乐进进出出，偶尔看到一件令我想起小甜甜的事物，例如电视里某一个她喜欢的衣服牌子的广告，我就忘了正在做的事，发怔。然后拼命晃头，或者怪叫一声，把那个想法甩掉！打断！

　　差不多一周以后，我呆若木鸡地乘坐地铁。一个女孩在我面前坐着看书，从我的角度看过去，她的睫毛很长很长，脸上的肌肉虽然漂亮却有些讨厌，是的，有些市井气。我想起小甜甜，她们两个的气质有些相像。一阵好像喝了酸梅汤的晦涩就堵在了我的喉头……复兴门站还有很远，足够充足的时间去观察她。我想看看她到底哪里像那个小甜甜。

　　一个老男人激动地抢占了她身边的座位，挤到了她。她别过头不让老男人看见，莞尔笑了。

　　我要跟她说话！

　　这个想法出现的时候我被吓了一跳！然后便知道这已经是不可逆转的事实了！顿时感觉到手脚冰凉，嘴唇颤抖，心跳如雷。

　　那么，就在下一站搭讪吧！

　　那么，就在下下一站搭讪吧！

　　那么，就在下下下一站搭讪吧！

　　复兴门站轰轰隆隆地过去，车公庄站，西直门站，积水潭站！

　　在鼓楼大街站女孩站起来，车厢门滑开。没时间了，只有这瞬间的决定。车厢门又无声息地关上。我已经冲到月台上面。她的背影就在前面几步远的地方。我的篮球鞋发出刺耳的尖叫声。银色卡特。

　　头脑一片空白，恐怖地看到自己的手拍了拍她的肩膀。

　　她哆嗦了一下，惊讶极了。

　　"你这么漂亮，很想认识你！"天哪！我在说什么！"留下你的电话号码吧。"这件事情发生的时候，我从头到尾都板着脸，没有一丝微笑！好像个查身份证的警察一样！其实我的心缩成核桃那么大！

　　女孩笑，给了我号码！走开。

　　我在原地呆立半响，然后飞跑起来。跑上地铁楼梯，跑过地铁边的臭河沟。我越跑越快。我跳了起来去揪河边落满灰尘的杨柳。非常非常激动，很想很想大笑！很好笑很好笑。

　　我突然停下来蹲在地上，一阵一阵巨大的酸楚袭来，是小甜甜的一张脸……

　　多丑陋啊，这个世界。多丑陋啊，我自己。

女孩叫做秋，我们约在了公主坟城乡贸易中心门口见面，然后一起过马路。秋扎着马尾，粉兰的松松垮垮的长袖T恤衫，粉兰的裙，百合般圆润的脸颊。

我问她是做什么工作的。

"警察！"我大吃一惊。

"户籍警察。"她又补充道。

"我有男朋友，是后海那边的警员。"然后她的脸就阴沉下来。

"我叫小航，我喜欢摇滚乐。"我低下了头。

我带她去了那个公园，这里现在是我最喜欢来的地方，我们在滑梯上面谈了很多，什么都说，当然到底，一定会说到摇滚乐上面。后来我知道了，同我们乐手在一起，所有的姑娘最后都--定会谈到这个，好像同富翁在一起一定会谈到他的钱一样。我也开始理解了亚飞对于这个话题的厌恶。但是我不同，起码现在的我不同，我和秋在一起，并不是为了上了她，并不是要她做一个不会说话的充气娃娃。所以，我仔细地对她解释了摇滚乐和流行音乐的区别，讲解了地下摇滚的几个不同的种类，摇滚同流行乐根本不是另类和低俗的区别，而是真正专业的复杂的音乐同简单的抄袭的音乐的区别。例如乐句的搭配，朋克是用思想说话，想什么唱什么，配四个和弦就可以了；但是金属多少也要靠技术说话的，对金属乐来说在编曲上是很讲究的，你看METALLICA有一次演唱会是和交响乐团合作的，没有技术是不可能做这种这么宏大的演唱会的。而流行乐就是为了红，为了赚钱，就必然要取悦最普通的不懂音乐的大众。所以流行乐只要有一个好听的乐句，就会相互抄袭，发展出一大批差不多的歌曲，由无数歌手去唱红，这种音乐的含金量是非常低的。它就是要趁歌手还红，不停地出新歌卖新歌，完全不在乎艺术的面子。快和抄袭，这是流行乐最大的特点。我滔滔不绝地说完了这些话。

秋只说了一句："那跟流行乐比，你们的摇滚乐岂不是永远没有出路？"

我就无言了。

二

　　天色晚了。我不知道是不是自己成心耽搁到这么晚的，我打了出租送秋回家。在楼门口，我伸出手打算握握手，秋笑一笑却上来抱了我一下，是香浓的一抱。然后她上了台阶，回头看着我，我看着她。秋突然停下说："你来我家吧。"说着就走下来拉着我的手，带我上了台阶，"你别乱想啊，我爸爸在家的，所以没有别的意思。我只是可怜你，怕你这么晚还要走那么远。"

　　是的，像那一天一样，我已经回不去了，我本来已经准备好了走回去的决心。

　　秋打开家门，蹑手蹑脚走进去，要我脱掉鞋进来，不能把鞋放在外面房间，怕父母早上起来看见。"我爸爸也是警察，睡觉特别易醒的。"我吓坏了，心突突地跳着，拎着鞋进了秋的房间。那房间有长沙发和宽大的床。两个人没有开灯，直接滚在床上睡觉。我心里打着鼓，进来之前曾经协议好，是真的睡觉，不包括做爱。因为她有男朋友，因为我没经验。我们环抱在一起，秋的头抵着我的下巴，柔软的头发散发着人体的香味。后来，我真的几乎快睡着的时候，秋突然说："小航，你饿不饿？"这几乎是一个信号，我觉得她在说"别睡着啊，我需要你"。接下来，就是亲吻，不知道是哪一个先动的手，我们在被子里滚来滚去，迅速地脱掉了衣裳。书包里秋的电话响了。"接么？"我问她。"一定是他在值班，我这个样子怎么接？"秋几乎哭了，但是她还是爬起来接了电话。她简短地说了几句，就挂上了。

　　好像淋了个冷水澡，两个人都不想做爱了，她说不知道自己还爱不爱男朋友。她说以前最爱的时候是读书的时候。警校里三大纪律，不准吸烟，不准喝酒，不准谈恋爱。两个人偷偷摸摸地恋爱，就好像看不见的燃烧的炭火，又好像烧杯中剧烈反应的镁和水。在校内两个人都不敢说话。后来两个人都开始实习了，这才多了一点自由。有一天她突然很想很想正在值勤的他，打电话宿舍里同事却说他们要执行抓捕任务，肯定很晚才会回来。秋就跑到他的管区，夕阳下，在熙熙攘攘的大街上，她不知怎么办。那时候两个人都没有手机，她只好坐在马路沿上等他出现。天越来越黑了，她想他想得不能克制，在黑暗中号啕大哭起来。她哭得很响，远近回响，哭得稀里哗啦很没文化。直到后半夜了才看见他孤寂地骑着单车哗啦哗啦地过来。一见到他，秋立刻扑上去，先抓了个痛快，折断了指甲。那天晚上他脖子和手上全是血道。

然而现在两个人可以自由地恋爱了，却好像没有了容器的化学药剂，剧烈的反应也不存在了。

"小航……"

"嗯？"

"我们这就算是一夜情吧。"

"我不知道……"

"要是我真的喜欢你的话，也会把你抓得一身是血的。"

"……"

她说这些话的时候我逐渐地软弱了，窗外的天空逐渐泛白。后来，我被秋的动作弄醒，她只穿着内裤坐在身边，往身上套肥大的睡衣。我蒙蒙眬眬看见她的腰和腿都很长，稍稍有点胖，白色内裤在髋部柔软的皮肤上勒出浅浅的弧线。秋可怕的警察父母已经去上班，厨房里给秋留了粥和煎饼。秋穿着肥大的睡衣，里面什么也没穿，敞开着衣襟，开心地逼着我吃完警察父母留下的早餐。

她说完了完了肯定迟到了，从衣柜深处翻出一套警服穿上。她说平常都是穿着便装上班，到了局里再换上，但是今天"我要让你送一个警察去上班"！

秋坚持不要我打车，硬拉着我挤公交车。因为反正她也已经迟到了，她带着严肃的船形帽，连帽檐下的眼睛都变得犀利而无情了。她一言不发，扶着栏杆站得笔直。

"对不起……"我闷了很久终于说，"你根本不喜欢我是么？昨天晚上的事你一定特别后悔吧？"

"没有的事！"秋说。

我们突然发现满车的人都在看着我们俩。秋的警服笔挺，泛着蓝光；而我的马尾在破牛仔夹克的肩膀上晃来晃去，弯背低头好像一个被秋擒住的流氓。我们站在一起别提多不合适了。我立刻神色窘迫。

秋则忍俊不禁地笑了。

三

谁也想不到我成了个什么样的人，我学会了搭讪认识陌生的女孩，每天同新的一个又一个的女孩逛街和约会。她们有种种不同，但对我来说差不多都一样。我不知道自己从什么时候开始终于克服了对女性的羞涩的，后来我甚至不知道具体是怎么样和在什么时间认识了这些女孩的。过马路的时候女孩子牵住我的手，我就觉得很奇怪，奇怪自己为什么不再脸红，甚至没有感觉。有时候女孩说喜欢我，我便茫然了：小航原来还是会有人喜欢的啊。

当我新认识一个女孩的时候，我总是会被她的新鲜、那一点点的风韵所打动，那些瘦弱纤细的胳膊，那些便宜的彩色的内裤，那些肋骨处的小商标。但是当好上以后，这些打动我的地方就全都消失了，我只看到了她们大而丑陋的鼻子，平庸的思想。

我发现了自己搭讪女孩子的特点，她们一般都很高，她们一般都很瘦，她们都相当相当的时髦。

她们……

她们都很像小甜甜！

有一次我同秋约会，秋突然对我很冷淡，也不说是什么原因。分开的时候我想亲她一下，她打打闹闹地把我扳转身体推开。我只好悻悻地跳上花坛，沿着花坛的水泥座走出很远才回头，她仍然那么不开心地看我。两个人简单地挥了挥手。

在地铁站的洗手间我才发现自己脖子上有其他女孩的吻痕。我甚至都不知道是哪个女孩什么时候留下的。秋一定是看到了，生了气。

没关系，她算什么，我有的是女孩。我想。我解下背包上的花头巾扎在脖子上。

就好像应验了这个想法一样，然后我就在这个地铁站遇到了另外一个认识的女孩。她看见我就开心地笑了，直截了当地走过来踩在我新买的球鞋上吻了我。那是个又潮又热的吻。然后她说小航我不能陪你玩，一会儿有个约会，也是约在这个地铁站见面。她问我还要不要和他们一起去玩。我黯然，我当然不能去。那是她的朋友不是我的。我掏出三百块钱放到她手里。我知道她最近很窘迫，还是学生的女孩子们大都是窘迫。我说："你没钱了吧？出去玩别总让人家花钱。"

女孩看着我："你也不是也没钱么？"

"我是男的，有办法去挣钱。"

她的眼神变得低落了！她说："小航，你太坏了，就算你偶尔的一点点好，也补偿不了你的坏！"

地铁进站了，我进了车厢，透过窗户看着她。对面的地铁也进站了。女孩眼睛亮闪闪地看着我，说："再见了。小航。"关门的一刹那，她甩手把钱扔进我的车厢。门立即合拢了。钱落到我的两脚之间。

地铁开动，女孩的上身被指示牌挡住，我只能看见一双穿着男式皮鞋的脚进了对面的地铁，站在她的女式高筒靴前。

我只来得及想：他的个子没我高。火车便进了地铁隧道。

有时候会想起曾经的那些女孩来。尽管曾经那么的不屑那些女孩，但是还是会想起她们。想起那一张张由可爱最后变得悲怆的脸。心里翕然。

为什么我总是她们想要和不敢要的？喜欢却又必须抛弃的？我现在到底是变成什么样子了呢？

我觉得我是一块豆腐，被丢在马路上，原本的清白和坚决，是那么不堪一击。离目的地还有那么远，就已经在马路上划烂了身躯。

四

我觉得应该有些改变了，就跟大家商量排练和小样的事情。我表示说大家应该从这个地下室里搬出来，这里的条件不利于音乐创作。咱们一起另外租个地方一起排练吧，离开这个地下室。还有亚飞的歌得尽快再创作两首流行一点的风格的，这样做小样的时候多点选择。

亚飞说没必要吧，原来的歌就很适合迷笛。我说迷笛不是最重要，最重要的是我们要尽快找到唱片公司，或者对我们有兴趣的任何媒体。亚飞的新歌已经有了二十多首，大部分都从来没有排过，大部分都是极重的音乐，技术要求不低的，可能已经赶不及在迷笛之前排好和录制新的小样了。如果能创作一两首流行一点的东西，如果能拿到老王八欠他的钱再录一次流行一点的小样，就有可能吸引到投资。无论他们喜欢我们哪一种风格的作品，都可以做个抛砖引玉，令我们的重金属有抛头露面的机会。

"新的小样当然要录！但流行就是放屁！"亚飞回答我。

我再次打扫好排练室，把亚飞的歌词——用很大的字写好，贴在墙上。这样他就不会唱错歌词。

手机嘟嘟地响了，很罕见的，是小甜甜。从她跟了亚飞以后，都躲着我们这几个哥们。小甜甜着急地问亚飞在哪里，小甜甜说已经好几天寻不见亚飞的消息。亚飞总是关机。如果开机，也不肯接她的电话。小甜甜一向是满不在乎和矜持的。我第一次发现她声音暴躁焦急，变得很难听。

我说小甜甜你放心吧，最近亚飞心情有点不好，想清静。你不要怪他。回头我会转告你的话的。

秋在某天晚上打电话给我，电话里的她哭得喘不过气来。我问她为什么？她不肯说。我问她在哪里，她不肯告诉我，然后电话就断了。秋从此消失了。

我发现脸上凉凉的，刚才抽搐一般把整杯的水泼到自己脸上，好像一只刚断气的恐龙！我赶紧擦拭。

在黑暗的夜里，我经常独自逛在无人的街上，感到万分孤独。那些女孩在我心里没有占到一分的地位，我常常感觉对不起小鸡炖蘑菇，常常想起小甜甜。

五

我生病了，烧得很高。我躺在床上魂飞天外。有时候，我感觉小鸡炖蘑菇飞回来了，就停在我的床头，咕咕地热情地叫着，彩色糖果般的小尖嘴。我是怎么看到它的呢？我闭着眼睛呢。我不想睁开，没力气睁开，也不用睁开，我只用一个外面看不见的神秘的眼睛就看到了它。它确实在那里。我想伸手去摸它小小的头，却啪啦一声，把什么东西打翻在地。

有人坐在我的床头，问我要不要去医院。他坐下的时候床重重地沉下去。我猜到那是大灰狼。而且我用那个神秘的眼睛看到了鬼子六拾起地面上的可乐罐，我苦心收拾的房间后来被他们保护得很好。我确定那只神秘的眼睛是存在的。鬼子六特有的凉手放到了我的额头上。

我说我没事，不去医院。

果然，晚上，我的烧就退了一些。房间里是静的，大家都不在。我起来出去喝水，吃药，我的手机居然响了。今天接到了一个意想不到的电话，一个女孩滔滔不绝地用着复杂的句式说了很多对不起，然后祝我节日快乐就挂了电话。我听出来了是小甜甜的声音，看来小甜甜也坚信即使过了这么久，我也一定能够听出她的声音。

她说虽然自己已经说过对不起了，但是当时的自己根本不能体会这个对不起的感觉。自己不知道什么是对不起的心情，不知道我那种需要对不起的心情。今天的她完全明白了被自己说对不起时的我的心情，所以她想重新说一次对不起。

今天是什么节日？我挂上电话，蹲到床上去想。

她曾经对我说对不起么？小甜甜可能忘了吧，她从没说过。

我顿时感觉到久违了的自卑，在她面前就是这样，听到她的声音就是这样，

感觉自己是个头脑没有她聪明、基因没有她优越的劣等的人。这大概也是实际情况吧，我的才华不如她，起码在头脑和使用语言方面。就是说，如果我和她在一起，不是必然分手，就是要仆从她，即使是我如此开心地去做她的狗，却仍然不能让她快乐。就是因为我们是不平等的人，她需要的是优越过自己的人。

也许是亚飞。

这是我们的相遇最后发生的一点结局，呵呵，我原本以为早已经结局了。自己真失败。

今天这个新的花絮让我的失败多了一点面子。估计是她遇到了一点人生的麻烦，比如被甩了之类。就是这样。

外边传来大声大气的笑声，亚飞回来了。脸上身上都是伤，当然是跟人动手了，看来也吃了亏！

亚飞给我备了一大堆药。但是他的关心，我诚心地漠视了。我一口水没喝完，就哐然倒地。我觉得心脏被一根铁丝缠得紧紧地，一口气也喘不出，有很多东西想吐，却全都憋在心脏那里。

再次醒来时我已经躺在一张白色的病床上，护士们乱成一团。一个医生正在逼着亚飞，让他签字。从他的话里我听出来他要亚飞同意给我做开胸手术，亚飞满头是汗，语无伦次地说："我不是家属，我不能签字。""那怎么办？抢救病人要紧！"

我想大声说："我不是你说的病，不能开胸。"但是我什么也说不出来，只能勉强动一下。护士便说病人醒了。我说不出话，只能看着亚飞。看来他立刻明白了我的意思，他推开医生说："我的朋友不同意手术。拜托你再想想办法。"

我看着他一头的汗，心里很难受。

我在医院折腾了一夜，第二天终于平安，大家把我运回了地下室躺着。然后我从大灰狼的嘴中，知道了我晕过去时发生的事情。亚飞背着我在马路上打车，出租车司机看见一个满身血痕的肮脏男孩背着一个看起来不明原因快要死掉的瘦小子，都怕惹上麻烦事不肯停下来。最后亚飞急了抄起一块砖头砍碎了一辆拒载的出租车玻璃，司机停下来要赔钱，亚飞才算抓到这辆倒霉车把我送进了医院。

应该说，亚飞救了我一命。

六

我在食堂遇见了尹依，她令我吃惊。她吃掉了那么多东西，然后点燃一支烟，愣愣地吸起来。

我坐到她旁边问："你怎么吸烟了？"

"小航！？"她凄惨地笑了，"嗯，就是想吸。你们不是都吸烟么？"

她说话的时候嘴里的烟呛进了嗓子，很外行地咳了起来。

"这种烟你吸着太冲。"我说，"不会吸就不要吸。你也不适合这个。"

我看见她书包里露出的整条烟的一角："都是你抽？你用得了这么大量么？"

"一天两包！我就是要吸最冲的烟，什么烟都行！"

"不会吧？你这种从不吸烟的人，抽这么多的话身体承受不了。"

"那就最好！"尹依站起来要走，"到时间了！"

"要回宿舍么？"

"不，我报了空手道训练班！因为在那里可以练习倒立！"

我惊呆了："你为什么要倒立？"

"你别管！"

我要是早去想尹依身上这些古怪的事，她后来也就不会那么多磨难。但是我没有多想，因为我已经焦头烂额自顾不暇了。

七

最郁闷那天我见到了秋，看到全套警服的她和一个便装的男孩在一起逛街。他们没有拉手，但是任何人从他们交谈的表情上就能看出他们是相互有兴趣的。这个男孩肯定不是她做警察的男朋友，得出这个结论并不是因为他的近视眼镜和满脸的书生气，而是他们仍然陌生而相互试探着的眼神。

我转过身去，让他们开开心心地从我身后经过。他们在地铁里分了手，男孩上了一线地铁列车，秋则踏上了去环线的出口台阶。我返身追上秋。

"真是有缘啊。你这是要去哪里？"我作出灿烂的微笑状说，"刚下班么？"

"小航！是你？"秋显得意外而开心。

　　我提议找个地方一起坐坐，一起吃个饭。秋很开心地同意了，好像那个哭泣的晚上同我一刀两断的人根本不是她一样。"但是事先说好，这回我请你，别跟我争！"她热情地说。

　　看来她最近过得很开心。她一定跟那个让当初的她出轨的男警察分了手。吃饭的时候她不停地笑，问我各种有关音乐的问题。我却不太想回答了。每个女孩都是这样，想同我探讨音乐，我已经烦了。现在的我，一分一秒地盼着时间过去，好把她抱到那张大床上！

　　"你过得不开心么？"秋发现了我的不快。

　　"凑合，做乐队就是个笑话！买单！"我转过去叫了服务员过来，"我送你回家吧！"

　　在地铁站入口秋转身对我说："到此为止吧，你回家吧，太晚了就没有车了！"

　　"那怎么行！没事我回得去！"我硬把她拉进地铁。

　　但是在地铁大厅里秋还是站住了："真的不用你送！小航！再次碰到你我很高兴，可是我不想再让你送我回家了！"她正色说。

　　我却拖着秋的手不让她走，握得紧紧的紧紧的。哪怕她拿出警察的威严正色呵斥我，我仍然固执地不放手，我甚至低着头坐在地面上。在我的心里，有恃无恐地相信秋是喜欢我的，所以她不会真的跟我急！秋叹了口气，果然不再坚持了，沮丧地拉着我的手同我并肩坐在地铁通道里，摸我的头发："小航你不要不开心了，记得我会一直支持你，关心你。"

　　我看着她说："你有新的男朋友了？"

　　秋摇头："他只是在追我。"来往的人们不停地看我们。

　　突然她惊恐地说："快放开我！别闹了！风纪警察来了！"

　　"带我去你家好么！求求你！"

　　她慌张地说："好吧，好吧！你赶紧放开我！"

　　我们站起来，秋如临大敌地扶正船形帽，领花，打好领结，问我："帽子歪不歪？歪不歪？"

　　"不歪！"

　　她转过身，微笑着看着两个头戴白色钢盔的风纪警察走过，然后松了一口气："被抓住就全完蛋了！"她转过身说。身为警察最怕风纪警察。

　　"但是我们只是谈谈音乐，你不能碰我。"她看着我，好像看着小弟弟般无奈地叹了口气。

这一切都是废话，我已经不再相信女人的承诺，也不再相信男人有什么气节。我想男人要做的事女人其实早就明白，无论我们作了什么样的承诺。女孩其实只是想避免良心不安，表明自己已经充分地预防了，那么之后她们就可以心安理得地被骗了，不用对自己的行为负责任了。

在那张熟悉的大床上，我们还是热吻了，就像我预料的那样。然后我试图强奸她。我们两个都是头发散乱。我按住她的手和脚，一边剥去她的内衣，甚至还呵呵地笑着，为她百般掩饰欲望而感到可笑。"都到这份上了你还装什么呀！？"我想。她的父母是否会吵醒，我根本不理。秋应该也和我一样的心思，绝对不想惊动父母，实际上她只要真的反抗，我就会稀里哗啦地狼狈败北。我没有料到的是，她虽然不是很用力，却怎么也不肯就范，一直以柔克刚地坚持着抵抗。我们在床上闷声搏斗了几十分钟，都气喘吁吁累得打不动了，秋终于哭了，嘤嘤地，一边哭泣一边说："我是来陪你说话的，不是来和你上床的。我真的是就是想陪你说说话……"我也突然泄了气，翻身倒在她身边。我拼命把满脸的乱发抹开，露出憋坏了的嘴脸，大口大口地呼吸新鲜空气！

我感到身边的秋不能遏制的巨大的颤抖。她拼命想憋住哭泣的声音，却总是在长久的无声之后发出破坏我心情的一大声抽泣。

这是第几次把女生搞哭了？我什么时候变得如此粗鲁了呢？

难道我和那些人变成一样的人了么？

狗鸡巴！世风日下，小人当道的世界！咱们谁也别担待谁！

谁要送我一杯苦酒
从来我不在意
支离的往事依然存在
只是大脑流动着麻痹
想过去习惯没有头绪
只想我的月亮
撒谎时感到的安慰
现在依然折磨我的思绪
月亮 月亮 属于我的月亮
月亮 月亮 溶化我的月亮
山 梦醒时我在哪里
水 迷醉时我们一同远去
哦……
我要向你展示力量
不再埋葬真实的自己
多情的自卑已不存在
表现的欲望不再闭息
想现在已习惯暴露自己
释放我的情绪
我要走进飘渺的月光
感受那精神与未来的生机
月亮 月亮 属于我的月亮
月亮 月亮 溶化我的月亮
我要与你分享生活
不再扭曲我懦弱的神经
我不相信自杀会解决
我已厌倦这昏天黑地

——《九拍》唐朝乐队

我接到尹依的电话，电话里的尹依声音有些弱小，有些不对头。

"小航么，我病了，你来送我去医院吧，好么？"

"你怎么了？你在哪？"我刚刚起床，正坐在床上，侧着脸梳头发。我的头发全甩到一边，正用一把小齿的梳子梳成手里那粗粗的一大把。

尹依没说自己得了什么病，但是她说："现在我就在你们附近的二环路上，马路右侧。就在麦当劳对面。你快来！"

"你怎么会在马路上！？"

"我不能说，很疼，很疼啊，你赶快来！"

然后她就挂了线，我大吃一惊，梳子卡在烫过的头发里拔不出来。我赶紧跳起来穿上衣，对也在梳头发的大灰狼说："快！尹依倒在马路上，可能是被车撞了！"

"我操！不是真的吧！"我们两个手忙脚乱用消防队员的速度穿上衣服飞奔出去，在走廊里差点撞上端着脸盆的老女人，脸盆掉在地上，惊天动地。鬼子六从洗手间满嘴是泡沫地伸出头来："你们诈死啊！赶飞机啊！"

大灰狼只来得及匆匆地喊了一声："尹依出事了。"

一

　　我和大灰狼远远地跑向过街天桥。那里如我想象地聚满了一群人，却没有见到交通警察和警车。我喊道："大灰狼你赶快拦辆出租车，我去看看尹依怎么样了。"

　　分开人群，尹依一个人坐在地上。看起来一点伤没有，没事人一样。两条腿有点奇怪地甩向一侧地半坐半躺地撑在地上。她脸色很苍白，但是意识还是清醒的，满头都是汗珠。她一定在忍受着巨大的痛苦。我跪下想抱起她，她意外地重，我居然没抱起来。周围那些冷漠的人脸，一个个喷喷有声，"怎么了这是？""得赶快去医院！这么躺着怎么行？"却没有人伸手帮我们。一个个都这么说着，一个个却这么看着尹依在地上躺了这么久，人心不如让狗吃了！

　　尹依小声地在我耳边说："咱们赶紧走！赶紧走！"

　　"嗯！"我应了一声。胸口好像被一个气囊塞住了，有个黑色的圆东西就在我的内部哧哧地膨胀起来，堵住了我的眼泪，我的呼吸，我的感情。我咬牙使出全部力气把她抱起来，和大灰狼一起把她抱进出租车后座，然后上了前座对司机说："去最近的医院！"

　　"您是想去××医院啊还是×××医院啊？"司机热情地说。

　　"哪个都成！快点！"大灰狼说。

　　"那咱就去×××医院吧，其实这两个都是差不多远，哪个都差不多是吧？"司机热情地说，启动汽车。

　　"等等！"我喝道，"最近的不就是这个区的××医院么？那么有名的医院，连我都知道就隔一条街。你干吗拉我们跑去那么远的医院！"

　　"我操，咱不知道！您要说去哪，咱就去哪！您这哥们不是问我么！？我就只能去我知道的地是吧？那我不知道的地我当然没法跟你说啊……"司机又不紧不慢地把车停了，"那您说去哪吧？你们干脆另打一辆算了。"

　　我感到眦眦俱裂的怒火腾地升上来，我打开车门就要去前边踹他。

　　"你们别吵了……"尹依拉住我小声说，"麻烦师傅……您拉我们去妇产医院好么？"

我们都静了。

尹依说完了话，没了力气，向后倒在椅背上，空洞地睁着双眼。

为什么要去妇产医院？我在出租车的颠簸中想，莫非……

手指有点黏黏的，我摸了摸，抬起手，手指蹭上了几抹红。血！一定是刚才我抱着她的时候蹭上的。我胸口狂跳，立刻察看她的衣服："你受伤了！？你怎么出血了！哪里出血了？"

"没事……没事……"她一定是拼命推我的手，但是她没有多少力气。我看到了震惊的东西。她的裙子褪上去了一些，两条白白长长的大腿内侧露出蹭得纵横交错的、已经变得肮脏了的淋漓的黑血。她的裙子后边已经被鲜血湿透，有些暗红色的东西好像胶水一样把她粘在座椅上。

我惊叫起来："怎么这么多血！？怎么这么多血！？"我狂拍防盗栅栏："你快点！快点开！"

"求求您了，您别拍了！我这不是挺快了么！？您还不如打120叫救护车呢！唉呦，我怎么这么倒霉！你看她的血都把我椅子罩蹭脏了！"

"你他妈还想着椅子罩！还是人么！"

我狂拍着栅栏，疯了一样骂他一路。

"小航，小航你别激动！"大灰狼说，一边拼命地跟司机赔不是："你别跟他一般见识，咱们救人要紧！救人要紧。"

"小兔崽子，等到了医院看我怎么收拾你！让你一起跟这女的上手术台！"司机恶狠狠骂道。

停车时我仍然想把司机揪出来扁，但是大灰狼抱着我："小航！你怎么跟亚飞似的了？咱们先把尹依送进去好不好，我求你了！我求你了。"

我背着尹依往医院里跑的时候，还听见那个司机气势汹汹地对结账的大灰狼说："让他来抽我呀！来来来。他不来抽你来抽！我等着呢！多好的发财机会！赔医药费赔精神损失费赔误工费赔钱赔死你们！我下半年都不用干活了吃死你们！"

二

我们等待的时候，我气喘吁吁，手脚冰凉而麻木。半年的地下室生活，最近的一次大病，原本很弱的身体更加弱了。其实那个肥壮司机的一个指头，就能推倒我。大灰狼取下我忘在头上的梳子，一路上我都是别着个可笑的梳子大发雷霆的。

"王大夫的诊室在哪？"一个年纪看起来很小的女孩问妇产科的引导台护士。她也许只是初中生吧。看得出来她特意穿了显得老气横秋一点的外套。那些穿着粉红色护士服的大婶们并没有停止嗑瓜子，只是一扬下巴指指某个方向，就代表了回答。

很多女性都在这里候诊，有时候被粗声大气的护士叫起来一个进去一个。有平平常常的大婶，也有两三个穿着靓丽的画浓妆的鸡或者小秘。那个小女孩也在那里沉默地等候，后来她也被叫进去了。

女孩出来的时候一个穿着运动服背着书包的胖男孩迎上来，他好像刚刚放学。女孩和他在角落里低语着，男孩看起来又没用又窝囊。

我听见那个女孩被检查出来有贫血，不适合流产。

可是她必须流产，因为她是危险性极高的宫外孕，而且她还是这么幼小的孩子啊，她怎么办？我木然地想道。

女孩那么矮矮小小看起来很是幼稚，却穿得那么老气横秋。青春的脸上俨然已经挂起了逆来顺受的沉默和赴死无畏。

鬼子六冲进来，也是衣冠不整的。他脸色很差地向我们走来，大灰狼跟他点点头："没事，好像是流产没流干净，又做了剧烈运动，大出血了。"

鬼子六坐在我身边若有所思："流产……"

真可怕。我好像没有感情了，只是这样木然地想道。我们三个人都想到了一个人，但是谁也没有勇气说他的名字。

"他现在在哪？"

"不知道……出去谈事了吧？最近他都往外跑。"鬼子六说。

"再说，他已经把尹依踹了……换掉的日常用品……所以这事等于也跟他没关系了。"大灰狼说。

一个冷冰冰的护士走出来问："先去交费！谁是家人？"

我们三个全呆了，然后我们三个人一起站起来。

我点头哈腰地迈步向前："她怎么样了？"

"先吊点药。没什么大事，之前的药流失败了。找哪家做的呀？肯定是什么江湖医生！你们这些人也真是的，什么都乱来的，等着刮宫吧！"

我听见那些嗑瓜子的护士们嘀嘀咕咕地议论着："现在这些女的，真不要脸！"

三

接下来的种种检查事项让我们和尹依跑断了腿。感觉自己一直在排队排队，排完这个队去排那个队，交完这个款去交那个款。好像医院认为他们的患者全都是百万富翁和运动健将一样，有时候两项不同的检查要跑出去几百米。我们扶着步履维艰的尹依奔波去另外一座大楼，电梯莫名其妙地停运我们只好轮着个地背爬六楼。当我们奔波回来的时候却被告知医生已经下班了。我看看表，离下班的时间还有近半个小时呢。这时候一点处置和治疗都没做呢，我们已经莫名其妙地花了几百元了。

我想起来从别的患者那里听来的关于这家大医院的奇事。据说有一个重病患者勉强打车来到医院大厅，就昏迷在医院的大厅地板上，醒来的时候已经过去了四五个小时，没有人理会他，医生和护士绕开他走当他不存在。最后他只好爬过去打公用电话给亲友求助。

我吓坏了说："不行！咱们必须换个医院。这种大医院太不拿患者当人了！"

于是就在走廊里，在来往的医生患者面前，我们三个大男人全都掏出手机联系适合流产的医院，张嘴闭嘴全都是："有没有不杀人的医院？有没有？"声音诚心特别大，让那些医生和患者全都听见。

最终朋友介绍说有个洋人社区医院很不错，没办法，拼了血本也要带尹依去。

离开的时候，我们咒骂这家医院全体医生男的都阳痿女的都宫外孕而且生孩子没屁眼。

手术室的隔音门开了。我们吃惊地看到那个嘴碎活泼的尹依，刚刚还那么坚强的尹依，她满脸是汗被医生推了出来。额头和鬓角那些细秀的毛发全都立了起来，蓬乱在空气中，几乎是扶着墙一步步挪着。

回她的宿舍的时候，我们让司机开得慢一点，再慢一点。哪怕路上的一个下水道盖，都让司机减速减得快停了车，慢慢地开过去，不敢有一点颠簸。

尹依麻醉的劲还没全过，轻轻地胡乱说着话，说自己姑姑家养了一缸热带鱼，有时候姑姑不在家自己就去给她照看猫。

"那些鱼全都很好看，什么宝石花、孔雀尾之类的；那个鱼缸全封闭的很贵很贵，灯火通明水晶宫似的。那些鱼全都没有表情，看破红尘，严肃地游来游去。你趴在那看一会儿，就也传染成没有表情了。我跟你们说啊，你看着那些冷漠得没有表情的鱼，立马觉得自己也深沉了，就好像是一条万事无所谓的鱼！"

尹依抽抽搭搭地哭了："我以为我能做到潇洒走过无所谓的，我以为我坚强，以为自己能做到的爱上他却不受伤害的……"

我们大家全都沉默了，不敢看她。

我的手机响了，他们抬头看着我，我掏出电话对大家说："是亚飞……"

"你们全都跑哪去了！？"亚飞在电话里吼着说，"晚上早就约好的演出你们忘了！？好不容易拉上你们演一次看你们刁成什么样？！全他妈给我滚回来！"

尹依好像清醒过来了，她困难地伸出一根手指低在嘴唇上："嘘！别说我的事！你们快去吧。"

四

酒吧门口聚集了一堆闲杂人等，十几个朋克的样子。这帮家伙热烈地交谈着，时而发出哄笑声，看起来应该都是演出的乐队和他们的朋友，还有他们带来的穿着暴露的女人。这些朋克百无聊赖地挤在一起吸烟，或站或坐，等人，聊天。因为人多势众，所以他们的眼神都是很挑衅的。

大家到的时候演出已经进行了一半了，大家把东西卸在舞台旁边，满场的小屁孩，在乐手的怂恿下POGO。我皱着眉头听了一会儿，叼了根烟就绕过大片大片的兴奋的刺猬头们出了门。

特意离那些花红酒绿的朋克们远点，我心情不好不想看见这些张牙舞爪的家伙。我闪在一边看着大街沉默地吸烟。夏日夜晚的天空阴森森看不到星星，充满在天与地之间是弥漫在北京上空的灰尘，反映着城市喧嚣的灯光，一块块的昏黄。我很难受也很感慨，我们也已经很久没来天堂演出了。

我一身黑打扮，头发比刚来北京的时候长了两倍，和门口那一群五颜六色的鹦鹉们比起来反而显得更加扎眼。

于是有人喊了一声："嘿！嘿！傻瓜METAL！"然后就是一阵哄笑。

我转过身，面对着的就是门口的那一大群朋克。看见我回头他们又哈哈地笑起来。

红点在黑暗中远远画出抛物线，落在街心火星飞溅。我弹飞了烟头，顺手拽过一把破拖把在马路牙子上喀吧撅断拖布头，拖把就成了根打狗棒。我拖着棍子走过去，沉着脸问："谁骂的？"

　　我算计随便找个倒霉蛋一顿爆揍，把丫打个稀巴烂，把别人全给镇住不敢上手也就完了！

　　前边的红色鸡冠头朋克也站起来，皮夹克上的徽章五彩缤纷的，吊脚裤，绿色条纹的长袜子。我认识他，我曾经挨过他一脚，而他显然没有认出我来，和刚来北京时相比我外表已经变化很大了。他眉飞色舞地说："谁骂你了？你丫听错了……"话没说完就挨了我一记大耳光。

　　周围的那些朋克们都惊了，没想到我敢动手，他们纷纷站起来，聚拢过来。

　　我对那个愣在当地的孩子点点头，反手又是一记耳光："再说一句？！"

　　鸡冠头嘴里的烟飞出去老远，他起满青春痘的脸上由白泛红，他吃惊地张着抽麻了的嘴，嘴唇的一角缺血，还是苍白的，哆嗦着，他的眼神是一片可怜的委屈。周围果然一片肃静。欺软怕硬！我算是摸透了这帮北京朋克，还不如市井无赖的胆色。

　　我转身准备回酒吧，但他在我身后鼓起勇气小声说了一句给自己下台阶的话："走什么呀？"其实这时候我走了也就算了，但是我回身使足了全部力气，狠狠一棍子抽了下去……

　　正中额头，皮包骨头的韧性撞击震疼了我的手心。我把棍子飞快抡开了，噼里啪啦就像敲西瓜；我感觉棍子梢一定扫到了某个冲上前帮忙的倒霉蛋，有人骂了一声被我刮倒了，吓得人们纷纷闪开。

　　"打起来了打起来了！"酒吧里的人潮水一样拥出来围观。我奋战在人群里，拖把已经打断了；我怒骂着徒手揪住他的鸡冠头往他脸上身上一顿踢踹。我的战靴头部可是削去了皮子露出钢板的，现在成了最坚硬的凶器。他抬起头来满脸是血地央求："大哥我真的没骂你！"他差不多是哭着说。看着他高耸的鸡冠头被我揪得乱七八糟的样子我就想笑。直到目前为止我都还是占了上风的。他的同伙纷纷闪开，果然没人敢拦我。

　　我揪着他的头发顺手从台阶侧面抽出一根铁管，我红了眼睛，听见自己的血液在身体里嗡嗡地飞溅，我用青关节的手把那钢管从杂物中拔出，它的白亮的斜尖满意地刺伤了我的眼睛。我把它抄在手里，看着那个朋克惊恐的脸我冷冷地笑了。铁管锋芒的尖正要插过去，被一只有力的手抓住铁管上端。

　　"你怎么这么狠？"亚飞难以置信地看着我的眼睛。"放下！" 亚飞惊讶地看着我。瞳孔瞬间离我那么近，甚至能看见里边倒映着模糊的凶悍的脸。

　　回头看亚飞这么一停顿，给了观战同伙以可乘之机。我后背撞上巨大的重物，在纷飞的碎玻璃里双脚离地，差点把内脏吐出来。我被冲击力掀翻在地。

"糟糕！"满嘴满鼻子都是呛人的血腥气！溅得满身碎玻璃碴。我还在想我一定不能倒下，一倒下我就完蛋了，那些旁边观望的十几号朋克会一拥而上上来围殴倒地的我了。可是我怎么也爬不起来，砸倒我的是有天堂酒吧字样的日式灯箱，钢架全压在我背上。我看见亚飞一脚踹开偷袭的家伙，不顾把后背暴露的危险，转身扶住我的肩膀，另一只手想掀起我身上的灯箱。他满脸惊吓担心的表情，因为那灯箱很大。

短促的皮肉被划开的声音，好像一种轻松的心理一样。我毛发悚然，听见亚飞大叫了一声，他被锋利的灯箱玻璃割开了手掌！

有人骂道："丫也是一块的！傻×METAL！"

我条件反射地想"不妙"！紧接着一股恐怖袭来。我看到一块水泥砖拍中亚飞的后脑，在满嘴呛人的味道中，亚飞披头散发地倒在我身上！他也倒了！亚飞立刻蜷缩了身体，捂住脑袋。迎接那些兴高采烈蜂拥而上的人群，迎接那接踵而来的无数的拳脚。

五

幸好有几个女孩给拉架，不然我们俩肯定残了。人群散开了，有人搀起亚飞和我，是鬼子六和王哥。鬼子六出来晚了不知道打我们的是谁，他红了眼睛四处寻找。红色鸡冠头烂泥一样摊在地上。王哥用面巾纸企图止住亚飞头上滚滚流下的鲜血。亚飞的T恤衫全部撕烂，好在他倒下的时候脸朝下并且抱住了头，所以没有呈现一般打架者鼻青脸肿的丑态。只是水泥砖拍到的那一下在他后脑勺上开了个不大不小的口子，鲜血沿着脖子流下湿透了后背，甚至裤腰。

他的双手全是红彤彤的鲜血，淋在地上。

我肩膀被碎玻璃划了个口子，鲜血湿透了左臂，腰疼得直不起来。大家把我抬到沙发上。

高哥正在呵斥那些朋克，红发鸡冠头已经送去了医院。大灰狼满脸堆笑，但是很焦急地对高哥解释着什么，然后高哥转身面向亚飞和我。橘子皮一样脸上呈现出我们从没见过的怒气！酒吧的老板高哥，传说中的黑社会。这会儿一扫平时的和蔼可亲，现出了凶神本色。

"赶紧去医院吧！假如你们在里面动手我早他妈铲干净了！"高哥凶神恶煞地说。

亚飞流着血，按着左手草草缠起的伤口："高哥，我想演完！"

"演完！？"戴着时髦帽子的高哥难以置信地逼近亚飞的脸，两个人几乎鼻尖顶着鼻尖了，"就你这菜样还演个屁呀！快晕倒了吧？别再他妈死在台上！去医院是为了你好，懂点事成不成？看看小航腰都直不起来！他那样能演么！"

我躺在沙发上，看到亚飞垂头丧气地站在高哥面前。现在他也不知道怎么办好了。他从没有看上去如此软弱过！他的手上横七竖八地粘了创可贴，还包扎着头巾。脚下的地面血多了一滴又多了一滴……

我抽搐着，摸到了鼓锤袋。

六

刚才好多人涌出去看打架，场地里空了一半，现在大家重新涌回来，嗡嗡嘤嘤地议论刚才那场大风波！"就是那个森林乐队的人和零乐队的二狗子他们。对！对！""好像是什么森林乐队。""二狗子好像进医院了！""不对吧，二狗子他们十几号人呢，是把森林乐队的那几个打进医院了！据说主唱叫亚飞的被开了瓢了，生命垂危！""马上不就是森林的演出么？""演个头啊人都死了。"

下一场演出的乐队已经把设备和乐器拎上台，准备调音演出。一个高大的披头散发的身影从舞池里翻上舞台走进灯光下。他穿着件撕烂的黑衫衫。鬼子六刚才在洗手间给亚飞擦洗了一下，脖子上还满是没有洗干净的血迹，他两只眼睛全是愤怒的血丝。他蹲下来从琴箱里抽出电吉他，旁若无人地拔下人家刚插上的大线，插上自己的大线和效果器。其他乐队的人手足无措地站在亚飞身边。亚飞比他足足高一头，简短地交谈几句后那个孩子悻悻收拾了乐器被赶下舞台。

这时候底下的议论声哄然响起。"哎？森林乐队的人不是送医院了么？""怎么回事？丫还淌着血呢！""操他妈傻×METAL！怎么还不死呀！？"

"让他们滚下去！"高哥气呼呼从闪着一苗烛火的包间里走出来，王哥一脸为难地追在后边，看来在帮我们说好话。

"高总！高总！"包间里有人召唤高哥，那是老泡。他们悄声说了句什么，高哥哼了一声，对王哥做了个算了的手势回了包间。

我扶着腰爬上台，默默地装好双踩。天堂酒吧这时候是安静的，没有人出声！

亚飞敲敲话筒，砰砰有声，王哥已经早早替我们打开了。亚飞对着台下一大片卑鄙的朋克们喊道："你们开心了吧？好！我人站在这！还有谁看我们不顺眼？站出来！"鬼子六也翻上台，站在亚飞身边，指着台下："操你妈的刚才都有谁？"

台下有人哼了一声："做作！"鬼子六立刻扎进人群，揪住他就要打。刚刚平静的场子里又是一番混乱。

我想，老泡一定是不动声色地看着我们这些小兔崽子的好戏，面无表情的轻蔑。

我们几个人的目光都看着亚飞，他还没有演唱汗珠就已经密布满脸，不知道是灯光烤的，还是急的……

七

巨大的连发的几声鼓，舞台前的地板都在颤动，好像巨锤砸在人们头上。场子里面立刻静了许多。大家都被震了。这是试音。随后滚雷一样的鼓声。

有人绕到舞台侧面去拍照，要拍清楚我这个鼓手，我身上白花花一片，活像是一只脱了毛的白条鸡。吉他！长发一起甩起，三双战靴一起跃离地面。响起了高亢的吉他声。妖娆，尖利，滑弦，点弦，加花，重失真。

我们没能为大家表演出更棒的音乐，我们只能在强化了的鼓声中为大家表演之前的旧作。我们不能退缩，怎么样也要把今天晚上的演出做完。其实，当我们作出无论怎么样也要演完的决定的时候，什么样的音乐已经不重要了。不论大家觉得这音乐好，还是大家觉得这音乐很差，都无所谓！都已经在我们热血沸腾的头脑之外了。

亚飞的琴颈被鲜血涂得又滑又黏，在照灯下面好像一根红排骨。那些品位几乎都已经滑得按不住。手上包裹的头巾已经被鲜血染红。他脑后的伤口再一次大量出血，淌过脖子，淌过赤裸的胸口。我也全身是汗，肩膀上的纱布在挥舞中不知道飞去了哪里。一条可怕的血和汗的河流淌过左腋窝；鼓面逐渐多了很多脏脏的细小液滴，逐渐弄花了鼓面。不知道是汗还是血？

我使劲甩去左眼的汗，我的眼睛已经迷糊得开始睁不开了，就像一个刚被酷刑折磨过的犹太人。在模模糊糊的视线里，我看见小甜甜就在门口远离了人群的冷清吧座里，不看我们，半侧面摸不透的平静，静静地喝酒。

"这下你可爽透了吧。"我心想。

唱片公司的人说我们的音乐要是在音像店里放出来，所有顾客都会被轰出门。摇滚乐也许真的只能在现场才能生存吧，被深深震撼；乐手的表演和激情；噪音和嚣张被理解。所有人都发生了人类学的改变。

　　亚飞凑近麦克风大声地说："我们是森林乐队！" 结束了演出。只有稀稀拉拉的掌声，还有一些嘘声和笑声。下边的朋克们似乎成心让这次演出成为一次笑料。他们成功了！我们好像第一次演出一样，悻悻收拾乐器。我想：我要离开这个乐队！

　　黑暗的包间里，有人响亮地拍着巴掌，场子里的所有人全都知道那是谁！那是我们曾经的偶像，那是曾令我们那么讨厌的老泡。

　　亚飞破例地短暂地笑了一下，昙花一现的笑容。

　　"谢谢您！"亚飞对话筒笑着说。他终也不能端住少年的轻狂，那一刻他凶悍的脸显得真诚和幼稚极了。

八

　　回到地下室里，居然发现小桌子上早就摆好了酒菜，亚飞居然早就为今天的演出准备好了庆功宴。他借来了打火机和酒精炉，给大家起火锅。不对劲！早就觉得亚飞对今天的演出未免太重视了，重视到奇怪的程度。

　　亚飞非常高兴，要我们关了手机免得女人打搅。这天晚上他喝高了，没完没了地说这是一次最棒的演出！我盼了你们努力盼了好久啊！今天你们终于表现出摇滚乐队的精神了！我们的乐队太牛逼了！我们要好好地做下去，森林乐队要成为地下北京的传说和神话！

　　然后他神秘地说："你知道么？我们可能出专辑了！今天晚上老泡带了唱片公司的人看了咱们的演出！"

　　哈哈，原来是这么回事啊！亚飞还真是把老泡给伺候到位了！

　　我们全体都沉默的不说话。亚飞说你们怎么了？伸手去爱抚地拨弄鬼子六的头发。鬼子六把亚飞的手啪唧一声打开，站起来就要急眼，被我一把按住，把鬼子六按回座位。我给亚飞续酒，说："亚飞，你跟老王八拆伙吧！以后咱们好好做乐队！今天咱们喝个痛快，以后，我们能够痛快喝酒的日子可能不多了！"

　　我们果真喝高了，我一而再再而三地为大家满酒。亚飞对我很愧疚的样子，逢敬必干。我也是，决心今天不醉不归。我们谈起音乐，谈起打架，谈起老王八小王八老泡王哥高哥和许多圈里的操蛋事。

　　不约而同的，今天我们全都不谈女人。

　　亚飞开心地说："小航你厉害了呀！现在这么猛！现在比我还能惹事！你他妈

现在越来越像我！在你身边连我都感到害怕了！"

我笑道："净瞎扯！我怎么会像你呢？就冲着今天晚上那事么？搁人家骂你，你急不急？谁也熬不住！"

亚飞抱起琴弹唱了半首我们全都没听过的曲子，亚飞说这是按照我的思路新写的乐句。这首未完成的歌非常好听，完全没有雷同，既没有流行的抄袭也没有摇滚的抄袭。最可贵的是它如此好听，我好像当年第一次听见枪花那样激动地听着，大家眼睛都亮闪闪地，浮想联翩将来它能够把大街上那些狗屎歌星全都毙了！

我看看鬼子六和大灰狼。我们心照不宣地明白了彼此的想法。于是一起举杯对亚飞说："亚飞大哥，这些年没少得你照顾，我们要敬你一杯！"

大灰狼说："今天我喝高了，我坦白承认，咱们几个当中我大灰狼是最懦弱的，我懦弱，我小气，全靠着你宽厚地担待我！我敬你一杯！"

鬼子六说："亚飞，我什么都是跟你学会的，在乐队里我最贪玩，连进了局子都得你去接，我给你惹了最多的麻烦。可以说没有你就没有今天的鬼子六！我也要敬你一杯！"

我说："亚飞！你最有才华！你要多保重！我敬你一杯祝你将来一切顺利！"

亚飞抬头直直地看着我们，欲言又止。亚飞高傲，不会说出任何好听的话，然而那一瞬间我看到了他眼中的悔意。

大灰狼哭了，擤了下鼻涕。

"好！为我们的森林乐队干杯！"亚飞仰脖干了最后一瓶小二锅头。

九

一周以后，当亚飞跟老王八拆完账回来，他惊讶地发现地下室空了。我们全都离开了地下室。

房间里整整齐齐，亚飞床上的被子叠得方方正正。旁边摆着亚飞的琴，亚飞的书，亚飞的画板，亚飞的烟灰缸，亚飞的电动削笔刀，所有这些原本地狱一般混乱地散放的东西，现在全都整整齐齐，各得其所，好像酒店的标准间一般。然而其他的一切全都没有了：我，大灰狼，鬼子六，和我们的所有一切。

我的一贯风格！只用了很短的半小时，大部器材和生活用具都装上搬家公司的卡车拉走。只剩下亚飞自己的东西。

临上车前，我再次环视这个空空荡荡的小房间：

小航在这里生活了一年多，现在要抛弃它了。

我睡过的钢丝床在主人无数次辗转反侧中塌陷了，那些绞结的网线不会再让我烦躁；小鸡炖蘑菇的通风管道空空落落，没有了细小的爪印和咕咕磨嘴，积满心疼的灰尘。那面大镜子第一次擦得雪亮而干净；曾经有无数女孩对着它拢起散乱的秀发，看着它反射出的欢笑和哭泣；曾经有名叫小航的青年对着它怀疑自己年轻的价值，偷窥身后来来回回的身影。

我要走了，我要重新开始生活。

我带着鬼子六和大灰狼把老王八堵在公司里。我对他说："我们是替亚飞要账来的，他不好意思亲自跟你翻脸！你现在共欠亚飞相关费用两万六千元。"

老王八笑眯眯地说："那我得去查查，已经不记得了。你能否拿PU单来？那是公司对外发放工作的凭证，要是没有那就难办了，我得再查查。你让亚飞再等等吧！"

我说："老王八你是想让我们认倒霉是吧？"

"小伙子你怎么这么说话啊？你跟我来混的么？"老王八立马翻了脸，跟我们装起老流氓。

"咣！"鬼子六抄起桌子上沉重的大玻璃烟灰缸拍成两半，手持半个烟灰缸在超长的老板台上从头滑到尾，随着刺耳的吱吱咯咯声，一条长长的丑陋的划痕出现在老王八华丽的大班台上。

"没事没事您别心疼！我们赔你！"鬼子六殷勤地笑着说，"可惜了这烟灰缸！"

我说："操你妈老王八你个大痔疮！明天你要是不把钱送到亚飞手里，我们就去操你全家！让你大痔疮犯了都没裤子穿！"然后我死盯着他，看得他软了蛋，移开眼睛连连说："别这样别这样，全是误会全是误会！我一定给钱一定给钱！"

十

我开门发现是亚飞，吃了一惊，脸上有点挂不住了，一种无颜面对的心虚让我怔在了门口。

已经过了半个月了，亚飞终于找到了我们的新排练室。

我不知道他是通过什么途径挖出来的。他站在门外，脸上笼罩着楼道的阴影，凶狠的眼神泛着血丝，瞳孔好像两把嗜血的刺刀，头发蓬乱。老王八应该把钱还给他了才对，为什么他看起来过得一点也不好？不！简直像地狱恶狗一样糟糕！

亚飞一把推开我，腾腾腾走进屋！

他站在这个新的明亮的排练室中央了，平房虽然不大，但是乐器排列整洁，空气清新。这个环境不知比以前的地下室要好上多少倍。大家手持乐器，怔在各自的位置。我们的新主唱还不知道是怎么回事，询问地看看大家。小伙子是大灰狼的朋友，刚从上海赶来的清纯粉嫩的大学生。

亚飞阴森森地环视了一圈，眼睛扫射着从前地下室的朋友们。大家纷纷把乐器放下了，我感到自己的神经紧张起来。

亚飞走近鬼子六，逼视着他的眼睛："你怎么回事！？我哪儿对不起你了！？"

鬼子六看着地面，不说话。

亚飞给了鬼子六头侧一巴掌，鬼子六漂亮的长发哗地飞了满脸，被打得一个趔趄。

"说！说我怎么对不起你！"亚飞声嘶力竭地对着鬼子六的脸吼道。

亚飞又猛转身揪住大灰狼衣领："这么多年朋友！我哪对不起你们啦！到——底——怎——么——了！？"

亚飞手上堆满大灰狼下巴上的肉，大灰狼也别过头去不看亚飞的眼睛。

我站在亚飞的身后，轻轻地说："你别装了，亚飞，你干了些什么自己还不清楚么！"

亚飞转向我，双颊失血满脸覆了层白霜，嘴唇也是白得发青，用难以置信的恶狼一样的眼睛盯着我；用一根手指哆哆嗦嗦地指向我："我怎么对不起你？小航你就是为了一个逼么！！"最后一句话他几乎是跳起来喊。

我一巴掌拍开他的手："少来这套！快滚！"

瞬间我感觉自己腾空飞起一截。左下巴挨了清脆的一记。我眼晕，心里却还明明白白：这就是传说中的亚飞的拳头！

我倾身向左，飞行两米，咣唧唧撞翻了架子鼓，半边脸全无知觉，好像根本残缺了半边脸一样。感觉舌头在嘴里折成两截，好像断了，几秒钟以后满嘴血腥味。我爬起来吐了口血痰，知道自己咬破了舌头！

面前已经波涛汹涌地打成了一片。大灰狼把亚飞拦腰抱住，鬼子六蹿起来搂住亚飞的头，右拳对着亚飞乱发下的面孔狠狠地捣。这三个大汉一起倒地，新来的上海主唱一脸惊恐地连连倒退。亚飞的脑袋被大家压在地板上，嗷嗷吼叫，被怒气烧得火红。我跳起来往他狰狞的脸上猛踢。我们几个人围住亚飞一顿暴打。很快这颗人头就鼻孔喷血，溅在我裤腿星星点点，而我也满嘴是血。我拼命地踹拼命地踹，演出时打鼓也没这么卖力。朋友们开始被我的凶狠吓坏了，鬼子六松开满脸是血的亚飞想把我推开，不行我还不够爽！我又吐了口血腥，转身抄起合金的话筒架子，再转身回来的当口，亚飞挣脱了，他弯腰抱头撞开鬼子六，跑出门去。

我抄着话筒架子追出去。外面一片夕阳染黄了的家属楼，我们找不到亚飞了。

小区看门的大爷说："有个长头发的小伙子刚刚跑出去。"

"他一边跑还在一边哭呢！"大爷说。

我们都惊了，那是亚飞么？亚飞这样的人也会哭么？

鬼子六沮丧地蹲下来，他说："不是亚飞吧？亚飞不会哭的，畜生一样的亚飞怎么会哭呢？"

"是啊，是哭呢！满脸都是血和眼泪，哭得好可怜呢。"老大爷叹了口气。

我气喘如牛含着满嘴的血腥，松开手，话筒架子哗啦倒在地面，那夕阳的强光晃得我睁不开眼。我感到累和厌倦。

现在我们成功地把亚飞赶走了，但是接下来的事情就会顺利么？或者说接下来的任何事情会有意义么？人生有意义么？当现在已经成为过去，现在如此年轻的我们在老死的那一刻，对少年时的种种报复和抱负，仍然不会后悔么？

我想起来，最后那一架，亚飞为了搬开砸在我身上的灯箱，手指头几乎割下来，头皮被开了花，他也没有一滴眼泪。我们的主心骨亚飞，他总是那么开心那么坚决，曾经我们都认为他是不会哭的。

封闭滑梯里边一点也不好玩。我说："你先上吧，万一掉下来我还可以接住你。"小甜甜爬上去。我看见她短裙里面的内裤，看见她月经的血迹。我突然非常同情女性。她们也很惨。

我们一起站在高高的滑梯顶端。小甜甜晕晕地样子。

我说："你没事么？我送你回家吧。"

我们挨得很近，我听到她剧烈的心跳声。我盯着她，她盯着我。我们就接吻了。

就这样。

CHAPTER

12

岁月在无形中静静飞扬
生命只是一瞬间
Years fly upwards in immateriality

多年以来 总是感觉匆匆忙忙
想法太多希望太少 岁月反覆无常
过去太遥远未来太迷茫 时间在那梦里躲藏
失眠的恐慌 奔跑的欢畅
在麻醉和迷幻里倘徉
那些来去匆匆姑娘 带我走进快乐梦乡
却使我越来越习惯 对漂亮的眼睛撒谎

爱恨纠缠世事无常
悲欢离合还是旧情难忘
不再理会尘世忧伤
抛开一切走进天堂
哦……哦……哦……哦……
哦……哦……哦……哦……
抛开一切走进天堂
抛开一切走进天堂
抛开一切走进天堂
抛开一切走进天堂

——《天堂》唐朝乐队

赶走亚飞之后不久就是圣诞节了，那天晚上我们在北京最大的摇滚聚会中彻夜地狂欢，鬼子六惯例般地泡到新的女孩带回来睡。我们是早上五点回来的，顶多八点我就听见鬼子六的手机响，吵得我们骂声一片。然后鬼子六急冲冲跑出来穿衣服，说妈妈生病了，得赶回家看看。看见他急成那个样子，我们统统爬起来陪他去买票。火车站人山人海，买不到当天回家的票。我们几个便凑了钱替他订了飞机票。鬼子六家是小城市，他必须在省会转乘火车。但是走一步是一步吧，我们又全体浩浩荡荡地送他去机场。

路上他还笑着说："想不到我鬼子六还能坐上一回飞机！托了大家的福！其实我妈可能没事，只是几年没回家了，编个谎骗我回家呢！"

鬼子六的新姑娘嗔怪着说不准在飞机上勾搭空中小姐，不准在家里找旧情人，不准忘了我，一回北京就立刻联系我之类的女孩在这种情况下爱说和必说的话。鬼子六和姑娘抱了又抱亲了又亲。姑娘还抹了眼泪说早点回来啊你，早点回来我等你，我等你！

我想：真无聊，就算鬼子六不回家，你很快也会被踹掉的！

鬼子六安检前的回头一招手，那是我们对他最后的印象：缝满标志的夹克衫，彩色长发，白牙齿的一笑。

他从此杳无音信。于是时间呼啦啦过了三年。

一

三年间只接到鬼子六一次电话，鬼子六用粗糙干裂的嗓音说要带着弟弟来北京找大家，让弟弟学音乐，替他继续搞音乐。后来又是音信皆无。

大灰狼几乎同时离队，很简单，他从来没对音乐有过什么真正的热爱，鬼子六的离开给了他一个很好的借口。大灰狼摇头变成了老王八一样接活发活的人，他专门替酒吧和表演场地联系乐队和乐手，给他们COPY工作，扣掉他们部分酬劳。在场地欠乐手钱而发生纠纷的时候大灰狼就推诿逃跑，他成了摇滚圈子里著名的骗子。但是这个骗子总是难以发达，他好一阵子坏一阵子，并没有赚到什么大钱。虽然在他自己的嘴里他已经跻身"成功人士"。一次他跑来让我请他吃饭，得意洋洋地说自己刚刚买了房，准备换车之后，他突然神色凄然地问我要米兰的电话号码："她换了号码，我想你一定有，我知道她经常给你发短信。"

新的主唱很快就找到了工作，那是一家广告公司，是他读书时的本专业。于是他一头扎进世界上唯一靠吹牛赚钱的行业中去，过得很滋润。曾经做过乐队这件事，成了他挂在嘴边的一个口头禅。摇滚对之于他的意义，就像是一个名厂出品的商标，仅此而已。

我再次组了乐队，失败了，再组，再失败。

小甜甜从国外回来的时候曾经找过我，她的变化很大，首先就是急速地发了胖，甚至在腰部留下了抽脂的伤疤，她在加拿大交了一个台湾的男朋友，从此开始张嘴闭嘴全是台湾怎么文明怎么好。我和她并肩走在马路上的时候，我的乐队里新招的小伙子们在身后议论她嘲笑她，嘲笑小甜甜扭得很骚包的走路姿势，嘲笑她肥胖的大屁股，嘲笑她在消费购物和吹嘘自己在海外的富有之后却等着穷困的我来付账的那种坦然和无耻。

我很奇怪，为什么当初自己同小甜甜在一起时的那些紧张同激动完全不见了呢？而且是连带着爱情也不见了么？

实际上，我已经很久没有感受到姑娘的漂亮，别人赞叹的美丽在我的眼里全是一堆狗屎。我的眼睛怎么了？竟然失去了对美的感觉了么？演出中台下那些小女孩看着我闪闪发亮的眼神,地铁里那些有意无意靠近我的芬芳少妇,但是当我想到搭讪,想到这个"美丽的"女性会带我回家睡觉,就立刻全没了感觉。

三年飞快地过去了,不断地组乐队,不断地解散。直到最后的乐队又一次解散了,我已经不记得这是我做过的第几个乐队了。我彻底绝望,眼看着那个梦想变得可笑,看着它无法挽救地离我而去。

总之,那天我去火车站为最后一个乐手送行,送他离开摇滚的北京回去家乡,送他回去过正常人的生活。

我在路上看到了一块庞大的广告牌。那是一个著名的服装品牌,当初小甜甜最喜欢的品牌。那上面的女孩年轻而妖艳,我觉得她真的很像当初的小甜甜啊,如果小甜甜看到,一定又要得意地到处炫耀了。我坐在公车上,这块牌子一掠而过。那瞬间的印象保留在我的视网膜上,之后很久我眼前都是那块牌子和上面年轻的姑娘,我强笑着感慨自己的无能,这个并不值得去爱的女孩,竟然仍然主宰着我的心情。

新疆是我们恋爱的时候经常提到的一个话题,当时小甜甜说爸爸曾经带她去新疆玩,这正是我从小就要去的地方。我不知道为什么周围的人都喜欢西藏,我对西藏没感觉,对那种沉积着传统的泥沼的地方没感觉,对那些顽固不化的习俗没感觉,对那些笨重的首饰和衣着没感觉;而向往新疆一望无际的草原,天边的雪山,骑着马的轻盈的穆斯林的少女,他们的容貌很像那些白种的摇滚明星,他们乐观的民歌曲调像极了拉丁语系的弗拉明戈式的吉他。我和小甜甜曾经约好,要一起去新疆,要在乌鲁木齐的网吧里和北京的朋友打CS;要在白色的石头小城里去买阿凡提大叔毛驴背上的可乐;要在新疆的草原上一起跑马,一起去河边起篝火;我会去勾引牧羊姑娘,讨羊奶,她会去偷姑娘的小绵羊。

可惜小甜甜永远不可能同我一起去新疆了。因为现在的小甜甜已经不再是那个刚刚出落好的小甜甜了。那个小甜甜已经死了,就在她抛弃了我的那个晚上,就只能作为一个神话般的记忆,永远生活在我的心中了。

二

我也第一次坐了飞机,到了秋高气爽的乌鲁木齐,然后准备坐车去喀什。长途汽车驶过无人区的时候,被打劫。

劫匪是个几个小个子的汉族人,双颊红扑扑的纯朴。他们混在旅客中间一齐上了车，先是趁大家睡着的时候偷偷往车厢地板上倾倒汽油，到了某个地点便掏出手枪来命令司机停车，命令所有人不准动，不然就人车俱焚。

一个劫匪看管司机，另外的几个劫匪挨个地对乘客搜身敛财。我害怕极了。很意外，我的心跳得很响，呼吸急促。我从来没有这么害怕过。我曾经以为自己是漠视生死的，但是当生命真的受到威胁的时候，我真的害怕了。这帮人是真正的罪犯，他们可能会因为一点风吹草动就一枪打死车上的任何人，然后真的焚车焚尸。那些跳楼自尽的姑娘们，据说在跃下去的一霎那，没有人不后悔的。她们飘荡在空中，在巨大的恐惧中不敢往下看，疯狂地挥舞着手臂，希望能抓住任何一件东西，电线？墙壁？一扇打开的窗户？什么都好！这种时候，人类最原始的求生欲突然冒出来，凌驾在所有的烦恼之上！

当搜到我的时候，我已经把钱包递在矮个子眼前了。"手机！"矮个子说。"哎哎！这呢！"我立刻掏出来奉上。矮个子奇怪地笑笑，让我下了车。他在车轮旁边非常痛快地殴打了我，揪着我的长发，打裂了我的嘴唇，我嘴上下巴上全是唇血和鼻血。"操你妈北京油子！呸！"他唾弃在我脸上。我不是北京人，我和他一样讨厌北京人。但是我居然已经那么像北京人了么？以至于单凭一句话就能听出我的京腔？我真的是变化了啊，我变成另外一个人，变成了一个龌龊自私的城里人。矮个子把一根木棍踹断，让我站直了，揪住我的领口，作势要用木棍尖利的断茬捅穿我的腹部。不知道他原本就是威胁，还是和我眼神的对视让他放弃了。满脸血污的我俯视着他没文化的脸，突然反而不怕他了，只是感觉很不真实，很空洞，我的眼神一定很没意思，很没劲。总之，矮个子摔掉木棍："没他妈见过你这么孬的！"他悻悻留下了这么一句话。

很顺利地，我失去了钱包，却和全车人一起进了某城郊区的派出所，在那里录口供。一个一个的人进去，一个人一个人出来，没有人理我。我听见里边传出的对话声，警察说得最多的一句就是："这事我们管不了……"

于是我站起来走出警察局。只剩下旅行包口袋里的零钱，吃过饭以后还剩下几十元。这点钱还不够住像样的店，可以打电话向北京的朋友求救，可是我不愿意。我觉得心好像静止了，就像一吨肮脏而麻烦的黑煤，静止在这个好似故乡的城市的街上。我想自己终于有机会静一静。更何况，朋友的电话号码都存在手机里，而那只手机已经被抢走了。

地上一支不见了过滤嘴的香烟，就离我两步远，我看了它足有两分钟吧，便弯腰拣起来点燃。由于地面有些潮湿，为了点着它，一次性打火机燃了太久而烤化了点火器，报废了。我深深吸了一口，那烟呛得我狠狠打了几个喷嚏。那是我整个人发生重大变化的一刻。就好像脑子里啪的一声，我就从那个拼命往时髦里打扮的小航，变成了现在这个又脏又臭，什么都无所谓的小航。

三

我在大街上晃荡了几天，什么也不做，就是这么溜达着，有时候想想自己该怎么办。我的衣服一天天脏了，我没有地方去清洗它，没有钱去替换它。后来，我在街角发现了一家琴行。老板是个束着稀稀拉拉马尾的小老头，他瘦小好像一把柴枝，顶多只到我的下巴，却和我一样穿着黑色的T恤衫和战靴。我在他的店里茫然地站了一会儿。店很小，我的头快顶到顶棚。我不知道自己为什么要进来，也许只是一种习惯吧。原来我在北京的时候，曾经有一阵子一见乐器行就要钻进去，往往能发现一些又便宜又趁手的鼓槌、琴弦、波片之类的耗材，满心全是沙滩拾贝的快乐。没想到在这个偏远的城市也看到熟悉的乐器行，就不由自主地进来了。

"小伙子你是玩金属的？是北京人？"酷老头眼睛放着惊喜的光芒，格外热情地对我微笑着说，大概是因为在这个城市他很少看到如自己一般的同类，很少能看到典型的金属打扮的青年吧。

"不！我不是玩摇滚的！"我断然否认，做贼一样绕开了令我心疼的架子鼓。

我在这里买了一把最便宜的木吉他，只花了收垃圾的价钱，老头几乎是送给了我。琴茎都是歪的，连琴套和背带也没有，就这么提着裸琴走了。

我开始了地下通道卖唱的生活，这种在北京被我看成民工的工作，居然也轮到我来做了。

一开始我站在通道中间不知道如何是好，低头怯生生地拨着琴弦。我抹不开脸来，不好意思抬脸看人。琴太破，弹起来总是打品，我更加觉得丢脸。有人停下来看了看我，在我脚前扔了一块钱，那一瞬间我恨不能转身落跑，觉得自己特别低贱，就是个要饭的。

在城市中心最大的地下通道里，我涨红着脸弹了半个小时，摊在地上的外套里很快丢了一堆小票子和硬币。我弯腰敛了敛……万万没想到才这么一会就收到了二十多块钱。我惊呆了：原来民工的工作这么赚钱！这只是一个新疆的中型城市啊。那北京地下通道里的同行们能赚到多少啊！岂不是都成了大富翁！要是这么唱下去，没几天我就能凑出回北京的路费了。搞不好，还能有钱把新疆转个遍。

没过多大一会儿，远远地，一个老家伙提着琴箱走过来，他意外地发现通道已经被我占了，就蹲在我的身边听我唱。一脸肮脏的皱纹，笑嘻嘻盯着我看。我开始有点发毛了，浑身不自在，声音开始颤抖。

"您有什么事么？"我怯生生地问。

"小伙子你是刚开始干卖唱这行儿吧？"他笑呵呵地问，"告诉你，我在这地儿可都唱了两年了。"

我吓了一跳，心道："坏了，这他妈的遇到高人了！"脸腾地红了，赶紧把散钱划拉进口袋，拎起外套就要逃跑："那您来唱！您来唱！"

"没事，你唱吧，你唱吧！我歇会儿！"

"别！别！还是您来唱！"

我们谦让了两句，老家伙掏出琴来，那把琴看起来比我的琴还破，声孔周围全是划痕，油漆几乎掉光了。他笑嘻嘻抚了抚弦，发出的声音也是劈掉的。

"这地方唱摇滚乐肯定不行，你得唱来来往往的人听过的，大伙都熟的，大伙都爱听的！你听着啊，听我怎么唱。"

老家伙咳嗽一声，憋足了气放声歌唱。手下哗啦哗啦猛扫起弦来，那声音简直就是割麦子！他唱的是流行老歌，我都说不上名字的大俗歌；他的嗓子也是那种很多年唱出来的巨俗无比的嗓子，一听就是从没受过声乐训练，却怀着拼命往美声上靠的愿望。我抱着自己歪脖子的裸琴在一边听了两首，真是没什么意思，也没见到什么人给钱。妈的白白吓了我一跳，还以为遇上大侠了！我想流行歌曲的效果也不过如此，之前我的摇滚反而效果更好，谁说群众不听摇滚？

"你先忙着。我再去找个通道！"我站起来。

"小伙子，要是别的地方生意不好，你还回来这里唱啊！别跟我客气！"老家伙远远地跟我喊道。

这个在街头混饭吃的老家伙唱得虽然差，做派倒是比北京满坑满谷没完没了相互倾轧的艺术家们更像人样。一路敲打着被微弱的光线染成青色的墙壁，我飞步跑出通道。

四

我换了个通道，这回弹唱了半个多小时居然一分钱没收到。我冒了一身汗，瘫坐下来拧开水壶喝水，开始明白了：原来在地下通道里卖唱，既不靠唱得好，也不靠人流量大，全靠通道的构造，声场要好，简单来说就是通道必须要足够长！现在这条通道太短了，我在通道中段唱，刚从外面进来的人听不见，走进来几米终于听到了，刚想掏钱，却已经走过我身边，马上又要到出口，声音就散出去听不见了。大家懒得回头，钱也放回口袋。之前那位前辈占据的通道，优点就是通道够长，声场够好。大家走进来，有足够的时间听清楚我的吉他和歌，也有足够的时间掏钱出来扔到我的外套上。

连换了好多通道，徒步穿行了整个城市，我最终找到了一个不错的通道，也算比较长，虽然没有第一条通道长，人流量也不多。这里甚至还有几个人跟我做伴：两个河南农村姑娘，一个卖玉米，一个卖晚报；还有一个破衣服满身开花的老乞丐。

第一个小时，行人打量我的眼神令我特别羞愧，他们弯下腰给我钱的时候，我觉得自己丢人。后来，我习惯了，木然抱着吉他歌唱，木然看着来来往往的男男女女们好奇和同情的眼神。我逐渐开始习惯这些眼神了，他们却没有习惯我，仍然是用各种稀奇古怪的表情打量我。呵呵，我发现自己总是格格不入，何时何地，都是这样。

我的头发那么脏那么长，我的脸那么黑，只能看见两只白亮亮的眼睛。我没有人可以用来微笑，所以也没有人会看到同样洁白的牙齿。这里最大的好处是没有人认得我，但是有时候我默然地想到，要是小甜甜突然出现在这里，会不会抱着我哭一场呢？她会不会被我的落魄所打动，会有一秒钟地真的把我放在心上。哈哈，你看我多傻，直到今天，还是这么傻，这么傻。哪怕小甜甜已经胖成一只屁眼对着台湾的猪了，我还是忘不了她。

这个城市甚至不大像新疆，要不是偶尔能看见那些带头巾的阿凡提大叔和买买提们，那些黑眼睛的额热古丽们，这里简直就像自己的家乡，那个北方的寒冷的小城。

那乞丐吃住在地下通道里，晚上摊开被褥睡觉，白天卷起铺盖乞讨。他有一个超大的铁饭缸，每次我在通道这头听到饭缸发出清脆的叮当一声，就知道：我又少赚了一块钱。

我发现，我最大的竞争对手就是那个乞丐。大家从东出口进来，往往先看到了那个乞丐，给了他钱就不太会给我钱了。人们的同情心是有限的。

我也是那个乞丐的最大竞争对手。当人们从西出口进来的时候，钱就往往落到我的外套里，也就很少有人给乞丐钱了。

那些农村姑娘的叫卖声也让我头疼，她们嗓门够嘹亮，当她们叫卖玉米和晚报的时候，我非得唱出《回到拉萨》那样的高调才能有点效果。

穷则变变则通，我的办法便是把自己紧身衣脱下来，扔到地上，在小贩和乞丐惊讶的眼光中，光着后背跳上去一顿踩，然后穿上这件肮脏的紧身衣，顿时显得落魄多了，增加了同情分数。果然，我外套上的小票子立刻多了几张。

五

我又看见温暖的笑脸如鲜花开放

明媚阳光再一次照进冰冷的心房

傍晚来临，地下通道里已经很黑暗了，我突然想起这样的两句歌词。《天堂孤儿》，森林乐队的歌，我曾经的乐队。于是我唱了出来——

我又看见温暖的笑脸如鲜花开放

明媚阳光再一次照进冰冷的心房

这温暖的心绪漫漫抚过四季

就像雨雪纷飞扬融化大地

啊……

那是我眷恋中不变的回忆

啊……

那是我眷恋中不变的幻想

寂寞的高音，在墙壁上撞来撞去。我一首首唱过来，通道里很空旷，连小贩们也休息了不再叫嚷。照明灯啪嗒嗒依次亮起，让我拖了好几个模糊的影子。

当我颓然地唱完亚飞的《天堂孤儿》的时候，一大一小两个黑影走过来。那是一对父子。小男孩只有他父亲膝盖那么高，蹦蹦跳跳跑过来，小手里捏着两张一元钱。他的父亲远远站在通道中间微笑着吩咐道："快把钱给叔叔。"

我惊讶地从小手接过钱，喃喃地说："谢谢。"

"叔叔唱得好不好？"爸爸远远补充说。"叔叔唱得真好！"稚嫩的小脸对我说。

一大一小两个人手拉手走远了，那小小的身影一路蹦跳着。

真美！美丽的景象！我突然想道。

第一天的难过和落魄的感觉很快不见，我几乎开始喜欢上了在地下通道里弹唱的生活。那些痛苦被一种弹唱的快乐所代替了，我开始不再在乎过往的人们，一心一意地把我喜爱和会唱的歌逐个唱过来。唐朝，许巍，张楚，窦唯，甚至还有老泡的歌，我学生时代练习的那些歌曲等等。我唱得又开心，又激动！我最爱唱的，就是以前森林乐队的歌，有时候，我连唱好几首歌地下通道里也一个人都没有，我也不在乎，不休息，好像以前在排练室里钻研鼓一样用心研究弹唱的技巧。当我突然唱错节拍的时候，就想起以前在森林乐队我出了错被大家笑话的那些糗事。就是一阵茫然，拿着琴，右手轻轻敲击着琴箱，长时间地发起呆来。我的吉他不如亚飞和鬼子六，直到今天，饶是急停急走这样简单的小细节，仍然常常搞错。

六

　　我逐渐和通道里的同伴们熟悉起来。那两个河南姑娘，看起来有二十多岁，实际上一个十七岁一个只有十五岁。她们身材敦实腿很粗好像萝卜，体形跟西单那些细细高高的时髦姑娘根本没法比，可是我看着她们善良的笑容，看着她们麻利劳动的样子，就觉得她们比西单星巴克那些装深沉的婊子们漂亮多了！每天早上当我提着琴来到通道的时候，都会先乐呵呵跟她们打招呼："你们俩来了！今天可真早啊！"

　　我也开始和乞丐逗闷子玩，皮肤好像擦了一层巧克力色皮鞋油的老乞丐，性格其实是非常乐观和幽默的。我觉得，他是我见过的生活得最有创意的艺术家。乞丐比艺术家更加不俗的地方就是他是真的豁达真的不在乎别人的目光，而不是像艺术家那样谁说了他点什么就立马暴跳如雷地澄清和翻脸对骂。

　　那么糟的生活环境，老乞丐过得有滋有味。他的卧具其实很考究很干净，那些破棉花都被他摊上报纸好生保护。他常常收集到一些有用的垃圾，比如能够修好的收音机等等，于是他就令我羡慕地整天戴着音乐台的耳机。他的生活甚至可以说得上幸福。起码，比大部分不愁吃穿的城里人要幸福愉快得多。

　　有一天我居然看见他开始养花，简直不敢相信自己的眼睛。一束漂亮的玫瑰插在罐头瓶里，在他整整齐齐的铺盖前怒放着。

　　乞丐说这是他捡的，你看这帮子城里人，就是好日子不肯好好过！啥都扔啥都不要！

　　我万分同意地使劲点头。

　　老乞丐有一阵子爱上了喝咖啡，这简直是匪夷所思。他买了袋装咖啡，用一切办法去搞热水来泡咖啡。有时候大老远地跑到地铁站里去用热水机泡，有时候跟附近的农村小保安乞讨热水，而河南姑娘早上来的时候也会特地给他捎上瓶热水。

　　他喝咖啡的那种快乐，就好像体会上流社会的生活一样，这我完全理解，我只是不理解一点，于是我狐疑地问乞丐："为什么你要把刚泡好的咖啡用光脚踩着？"

　　乞丐坐在墙角，一杯像模像样的热咖啡就被他两只光着的脚夹着，放在铺了纸板的地面上。

乞丐说："我在暖脚啊。这你还看不出来么？"

乞丐把咖啡端起来喝了一口，然后很仗义地递给我。我用最感激的微笑，好像拒绝十万块钱的法国白兰地一样拒绝了他宝贵的咖啡。

我抢了老乞丐一顶警察的大盖帽。不知道他从哪里捡来的，边檐已经磨破，老家伙最近总有事没事把这帽子翻出来戴在脑袋上，也不知道是为了好玩还是出于对政府执法者身份的崇拜。他瘦小的脑袋顶着严肃的大檐帽左看右看，傻乎乎的活像个越南俘虏。我乐了说给我戴戴玩。老头还不肯说你戴不好看。于是我一把抓起帽子就跑，一路狂笑着跑到商店的橱窗前戴上帽子照镜子。玻璃上反映出我的大盖帽和肩膀上肮脏的长发，大盖帽像纳粹皮帽，我的油污的牛仔外套像美国空军皮夹克——Hell's Angels地狱天使！我最爱的哈雷戴维森车族！居然很酷。呵！我把帽檐压低到鼻子上，仰着头看镜子里的自己，我突然傻了：镜子里的我活像是Guns N'Roses乐队里的吉他手Slash！流行金属！吉他和鼓声！我心头一沉！沸腾的回忆涌上心头：大雪漫飞的天堂路，哗啦啦头顶飞驰而过的城铁，峥嵘艰苦的演出生涯，一起跃起的军靴，一起挥舞的长发……那些少年轻狂的岁月，那些流星般划过的人们！我笑不出来了，我取下帽子摇摇晃晃回到地下通道，把帽子丢给乞丐大哥，蹲到一边闷声不说话想自己的事。

河南妹子们说刚才小航戴着那帽子可真帅，斥责老乞丐不戴，让他送给我。

"帽子你戴着吧……给我两根烟就行了。"乞丐大哥也不好意思了。

我说我不要！

"你戴着好看！好像那个啥……对！好像玩摇滚的！"大家纷纷说。

"我不是玩摇滚的！再说一遍我不是搞摇滚的！谁他妈玩那个！跟个傻瓜似的，我在地下通道里卖唱都比他们有出息！有前途！我操他们搞摇滚的全体祖宗！"我突然连珠炮一样骂出来，然后自己也觉得很意外，这脾气发得太不应该，我垂下头蹲在地上懒得理他们了。

"好吧好吧，你像个画画的好吧，不就两根烟么看你急的！不给就不给！"他说的"画画的"大概是指通道里画人像的流浪画匠吧。我无奈地笑了，居然感觉挺开心。于是丢给乞丐大哥两根阿诗玛香烟算是补偿。

大檐帽成了我新的行头，从此伴我弹唱。于是经常过往这个地下通道的人们经常看见一个扣着警察大檐帽看不见眼睛的怪人，粗糙干裂的手里抱着一把眼看报废的吉他，摊着两条穿着钢板裸露的大皮靴的腿，浑身肮脏坐在墙根，身边一堆可乐罐子和烟蒂。

在这怪诞的地方怪诞的情节，小航成了个怪人。

七

　　有一天，我发现有个女孩在地下通道里已经徘徊了好久，她好像是个理工类的大学生，带着文静的眼镜。在晚报摊假装买报纸看报纸，眼睛却悄悄地瞟向我。现在对于女孩的这种眼神我已经明了，甚至快厌烦了。那是一种对艺术家的好奇。她一定是被唱歌的我吸引了，听了一首又一首，却不敢过来。

　　连那些小商贩民工妹全都明白这女孩是怎么回事了，就连老乞丐都在冲我嬉皮笑脸眨眼睛。

　　当我唱完《天堂孤儿》的时候，女孩红着脸走过来，蹲下把一张对折的白纸放在我的外套上，赶紧起身走开。我打开纸条，那是少女温馨的小笔记本上撕下来的一页。夹着十元钱，还有秀丽的一行小字："我同样喜欢张爱静的《天堂孤儿》！但是你是把《天堂孤儿》诠释得更好！"

　　她怎么会知道《天堂孤儿》！？我们的乐队早就天折了啊！张爱静又是谁？

　　我赶紧追上去拉住她。她看起来有一种惊喜而期待的慌张。

　　"对不起小姐，你怎么知道我唱的是《天堂孤儿》。"

　　"张爱静啊，最近不是很红的歌手么？你会唱他的歌，却不知道他的人么？他新出道不久，不过我超喜欢他呢！人帅歌也好听。"女孩红着脸回答说，"《天堂孤儿》就是他的主打歌啊！"

　　我收拾了东西，被女孩带到最近的一家小音像店。

　　远远地，我就听见了大街上传来熟悉的旋律。我的天啊！我从没想过能在流行唱片店的喇叭里听到我们乐队的歌。

　　店外贴满了乱七八糟的音像海报。张爱静不大不小，刚好占满了一米见方的一扇门。海报上，我们在李总公司见过的那位小帅哥跪撑在白色布景里，严肃地看着我装深沉。他被灯光打成白白的一张脸，几乎白得看不见了鼻子。他穿着一件大毛衣，要露出锁骨的可爱效果。"天堂孤儿"几个字印在他严肃的双眼之间。那是他专辑的主打歌，也是他专辑的名字。据说，也是令他蹿红的打榜歌曲。

　　"这首歌我也很喜欢呢！是一定会流行的好听！你看，满大街都在放，很不俗呢！"女孩说。

　　我倒退了几步，仔细地听着喇叭里似是而非的歌声；全明白了，那就是我们卖给李总的歌，《天堂孤儿》经过了全面的改造，变得面目全非。乐队演奏变成了最庸俗的迷笛伴奏，我辛苦编的鼓点换成木讷的电子鼓机，鬼子六令人心碎的SOLO也全都重新编过，那些大量的重失真的吉他全都变成了最土最俗的原声箱琴，叮叮咚咚的好像小朋友的拨浪鼓一般软弱无力。

键盘！这首歌里键盘充当了主要的角色！然而却不是我们想要的悲怆而大气的键盘，而是沙滩一样苍白乏味。当年我们一直遗憾没有键盘手。

最可笑的是主唱。这是一首节奏明快而有力的歌，我们少有的没有杀气的作品，亚飞当年的演唱让人热血沸腾；而现在这个封面上的小帅哥，却把它唱成了幽幽怨怨、没有感情的东西。亚飞歌声的力量已无迹可寻，取而代之的是那陈词滥调般的呻吟。

只有旋律！只有基本的旋律是一点没有变化的。从编曲方面看，这首歌完全照扒了亚飞当年的创作，几乎一丝一毫也没有变。

"只有旋律！我最喜欢的，就是它的旋律，好像摇滚一样酷。张爱静好厉害。张爱静好酷。"女孩说。

据说，张爱静就是靠这首歌一炮打红了，到处风光露脸；现在更是按照《天堂孤儿》词曲的意境要拍一部名为"天堂孤儿"的电影了，据说取材于张爱静"摇滚式的生活"。总之，《天堂孤儿》带来了轰轰烈烈的炒作热潮，带来了一股流行音乐自封的"摇滚风格"。

我唏嘘了，我们乐队最后终于出CD了，虽然这里只有我们一首歌，虽然这里不是我们的名字。

"我请你吃饭吧，你看看你脏成什么样……"女孩同情地打量我穷嗖嗖的外套和肮脏的手，怀着一种未来白领的骄傲说道。她大概搞错了，我不是乞丐，我是个流浪汉，两者是完全不同的！

"滚蛋！"我这两个字干脆地砸在她善良的脸上。

八

在异乡的路上每一个寒冷的夜晚
这思念它如刀让我伤痛

第二天的生意便不好，我一整天只收了几块钱，最便宜的店都睡不起，赔了。其实，收入不好是因为我的心情不好。这一天我都没怎么好好地唱，赖赖唧唧地哼一会儿停一会儿，不肯卖力气。有人走过来好奇地看我的大檐帽和长头发时，我不是鼻孔朝天地不理不睬，就是凶狠地翻他一眼，怀抱着对全世界的敌视态度。到了晚上，地下通道的大灯咔咔地逐一亮起来，下班时间过了，人潮逐渐冷清，摊在地面的外套上还是空空落落没几张票子，我也松懈了干脆不唱了，抱着琴发呆。

通道里没有人，卖晚报和卖烤玉米的两个河南妹子也不叫卖了，低声议论，她们看出来我心情不好。

过了一小会儿，两个河南妹子一起穿过通道，跑到我这边，非常小心地怯生生地每人往我外套上扔了两块钱，胆大点的一个还说了一句："唱得真好听！"

我大吃一惊蹭地站了起来，看着两个姑娘一溜小跑回到通道对面自己的小摊位，还尴尬地朝我笑笑，好像不配往我外套上扔钱一样的满脸歉意。

大家都是这么辛苦地混饭吃，她们赚两块钱可不容易啊，我太感动了，那种说不出的感觉，就是觉得胸口快炸了的感觉，说不出到底是一种狂喜，还是一种大悲。

我想起了亚飞，奇怪吧，其实最近经常想起他。跟我们散了以后他好像重新回到了老王八的股掌之中。自从我不做乐队以后，连他的消息也失去了。

以前想起他的时候，都是咬牙切齿的恨，恨他夺走了小甜甜，恨他对不起尹依，恨他的冷酷和不择手段。然而当我拢不住乐队的成员，眼看着大家分崩离析的时候，我却隐隐地希望亚飞在场，怀念他说一不二的绝对权威。

当冷酷的人群一刀一刀切割我的时候，是他站在我的身后"挺"我，教会我腰杆挺直！

与其说是他给了我一刀，不如说我自己把身躯迎向他的刀锋，因为我想不到：他也是冷酷的人。

那一刀，我如他教导地砍了回去。

然而现在，我又一次孤独的时候，身边没有了朋友的时候，却经常想起他的开朗和幽默，想起我们大雪天奔波去天堂的那条路，想起我们那些数不胜数的默契的交流。我想起排练打错拍子，或者该切没切的时候，亚飞笑得不行的样子。我想起冬去春来的时候，我们一起坐在地下室的门口吃冰棍的样子。他那么操蛋的一个人居然多情女孩一样被那些春天的绿芽感动得唏嘘不已。

他知道么？我们的《天堂孤儿》红了……

不行不行不行，不能继续想下去了！在昏暗的地下通道里，我取下警察帽子，抚摸着乱发肮脏的脑袋，拼命地甩着头，想要忘记那些不愿再想起的过去。

这个冬天雪还不下
站在路上眼睛不眨
我的心跳还很温柔
你该表扬我说今天还很听话
我的衣服有些大了
你说我看起来挺嘎
我知道我站在人群里
挺傻

我的爹他总在喝酒是个混球
在死之前他不会再伤心不会再动拳头
他坐在楼梯上也已经苍老
已不是对手

感到要被欺骗之前
自己总是做不伟大
听不到他们说什么
只是想要忍住孤单容易尴尬
面对外面的人群
我得穿过而且潇洒
我知道你在旁边看着
挺假

姐姐我看见你眼里的泪水
你想忘掉那侮辱你的男人到底是谁
他们告诉我女人很温柔很爱流泪
说这很美
噢姐姐 我想回家
牵着我的手 我有些困了
噢姐姐 我想回家
牵着我的手 你不要害怕
噢姐姐 带我回家
牵着我的手 你不要害怕
噢姐姐 我想回家
牵着我的手 我有些困了

——《姐姐》张楚

"小航……"细细的声音轻轻地叫着我的名字。

　　一回头就看到了漫漫。来来往往的人流中一个清丽的侧影，长头发纹丝不乱披在肩上，利落的褐色皮外套。漫漫惊讶地看着我，唇线整齐光滑，黑眼影把眼睛形状勾勒出恰到好处的标致。漫漫的变化好大，整个就是视觉杂志上走下来的成熟白领模特，不敢仰视的高贵气质。她站在那里简直是女神，令我怀疑自己糟糕的生活过晕了头产生了幻觉。这还是那个穿着白色衬衣弹钢琴的严肃女孩么？

　　"小航……你是小航么？"叫了一声，漫漫的脸就那么痛惜地扭变了形，"你怎么变成这个样了？"

　　我顺着她的视线向下看，看到自己捏在指尖的烟头，指甲缝里积满黑泥。漫漫看着我的眼神同样那么陌生，我想，她一定也在问自己：这还是那个有着一对毛茸茸的黑眼睛的少年小航么？我把烟头揣进了口袋。真的，直到今天我仍然保留了喝可乐和吸烟的习惯。

　　我已经在这个西北城市的通道里混了半个多月了。我戴着可笑的大檐帽，头发粘成粗粗的一绺绺，好像北京最流行的黑人发辫。我的外套肮脏破损，领口一层油污。站在马路上，我们相互看着对方，好像很多年前一样，两个人的差距如此悬殊，仍然一个天上一个地下。我看着漫漫，心潮澎湃。我那么意外地看着漫漫，像看着白夜的太阳。

一

在麦当劳排队等待洗手时，我听到前后有人小声地咒骂："怎么这么臭啊，真没公德。"我身上发出的恶臭让人掩鼻，让我前面的女孩草草洗了就走。我不慌不忙地挤了满满一掬洗手液，仔仔细细地把手洗干净，甚至还好好地洗了一把脸，剔了剔指甲。水池立刻就黑了。我很少洗脸洗手了，通道里太冷了。要是我真如这些爱讲卫生的男女所说的那般没有公德心的话，我会脱掉衣服在这儿，在麦当劳的洗手池里哼着小曲泡个热水澡。我太想这么做了。

我回到座位的时候，漫漫说："洗干净了么？小心生病！"

我狼吞虎咽地吃掉了眼前的那份汉堡，然后吃掉了鸡块，吃掉了薯条。开始浑身燥热，脱了外套，露出里面黑色的紧身衣，一样的肮脏，甚至沾着墙上的石灰粉末，暗示了我的职业。我突然发现浓妆艳抹的漫漫一直仔细地盯着我的脸，我举着露出嫩骨头的鸡翅，停止了咀嚼，眼睛左闪一眼右闪一眼地不敢看她。直到今天，我仍然不敢直视漫漫的眼睛，那双让我从小到大为之纠葛的眼睛。

我躲躲闪闪地问："怎么了？"

"你怎么……这样了？你不是在北京做乐队么？"漫漫小心地观察我的表情，问，"原来的你多爱干净啊。"

我犹豫了一下，我早就决定不再和任何人提起曾经的乐队了。

"乐队散了……"

太奇怪了，在漫漫面前我不由自主，一点没有设防脱口而出。我刚刚说完这句话，就发现自己犯了一个严重的错误，立刻深深地低下了头，使劲吸了口气，用拼了命的力气憋住那随着这句话突然汹涌而来的感情。这根本是很意外的感情的爆发。人真是脆弱得可怕。当我最落魄的时候，当我可能失去生命的时候都没有哭过，我甚至想过自己一定是个很坚强的人，在这么惨到家的境遇里都能保持沉静甚至多了以前没有的风趣。我想过万一朋友们发现我的这种惨状而询问的时候，小航一定会像真正的硬汉那样一笑置之。

天！实际上原来我只是一个最普通的普通人。那种陌生城市的大街上风餐露宿的冷静会因为过去心上人的一句话瞬间土崩瓦解。好像面对刚刚投下的汽油弹一样，你只有看着它普普通通的外壳"啊"一声的时间，然后就波涛汹涌地炸翻了整个世界。我不想让漫漫看见自己的狼狈；坚强的漫漫，冷漠的漫漫，小航不做软弱的小航！我深深地低着头，低着头，憋得喘不过气来，一线长长的鼻涕仍然不争气地落在汉堡的包装纸上。

"我去洗手。"漫漫镇定地站起来走掉了。漫漫啊，还是那么懂事和坚强。

漫漫洗了很久，我憋了很久，憋得气管好像断掉了一样地疼痛。直到终于能够控制自己身体里的水分不至于泉涌，我才抬起头来，擤掉鼻水，用红红的眼睛看着玻璃墙外大街上来来往往的人流。

"可惜这里不能洗头发洗澡……"漫漫坐下来的时候我咧嘴笑着对她说，露出白花花的牙齿。我总算恢复成原先的那个小航了，尽管是怯生生的，空虚的。

我对漫漫讲述了森林乐队的改组，但是略过了围殴亚飞的事情，认为漫漫应该不会想听这段。

"后来，乐队成员的家里出了点事情，他回家以后，就再也没回来。再后来，又组了几次乐队，但是全部都没能坚持下来。"我就是这么简单地解释道。

实际上，那是一些漫长而痛苦的过程，但是过去的事我不愿再提。作为对漫漫的交代，这样就足够了。

漫漫没有说话，看着窗户外面，过了一会儿她说："小航你吃了这么多苦啊……"

"过去的事不提了！"我赶紧打断她，"那种狗鸡巴摇滚就是难成气候的！我活该！"

漫漫不说话了，她也许是在顾虑我的心情。

"漫漫你呢？为什么会……会……？"最后我问道。

"会离家出走么？"

"嗯……"这是积压在我心里很多年的问题了。

"因为生活得没有价值，像当初的同学们那样，像父母期待的那样考大学，混大学，毕业，生孩子……这种生活无意义！我不喜欢！一切全都顺其自然，一切都是为了个人的美好人生，这么自私自利的生活，我唾弃它。在我画画的那段岁月里，只明白了一件事，丑陋自私充斥了画家圈子，其实冥冥之中自有一只巨手掌握着你的命运。无论多么伟大的画家其实都是个人崇拜的小丑。"

我抬头看看漫漫，懦弱地说："可是……可是……他们说你是为了和男朋友在一起……"

"那些为了搞女人为了买车买房为了一己之私而所谓'奋斗'的男人们怎么可能迷惑得了我呢？"漫漫定定地看着我，"小航，我唯一喜欢过的男孩就是你呀！"

麦当劳大玻璃窗外人来人往，那些动作突然全都变慢了，好像电影里。我突然有种奇怪的感觉：眼前这一切都是假的，不真实的，但是熟悉！熟悉到可怕！好像这一幕在梦里曾经梦到过。

我愣住了……

胸口闷得不行，我深深吸了一口气，又深深吸了一口气，我手忙脚乱去摸自己的口袋，抓出了口袋里吸了一半的烟头。我不介意暴露我的赤贫，但是我介意暴露我的心情：吃惊地发现夹着烟的手好像鸽子受伤的翅膀一样抖个不停。我赶紧掏出打火机用点烟的动作来掩饰，连打几下没有打着，我突然停下来："不是真的！你骗我！"

漫漫没有回答我，伸手拿走了打火机，我才想起麦当劳是禁烟的，我离开这种"文明"的场所太久，已经忘记了。漫漫低着眼睛认真地看打火机上面的图片。我不由得有些羞愧，这种穷人爱用的打火机上什么乱七八糟的图案都有。打火机上印着泳装美女的图案，那一定是从日本写真网上下载来的照片，一个脸蛋清纯的AV女孩，却完全没穿任何衣服。这是现在的小航的生活态度的写照。

"四年前，我写在你袖子上的话！你还记得么？"

我说不出话了，漫漫低声说："四年了，你已经连同衣服一起扔掉了吧……"

我盯着漫漫的眼睛，缓缓撸起衣袖，露出一截破旧的牛仔布护腕来。那件衣服确实早已经不能穿了，但是我把那袖子拆下来，装上暗扣，打上铁钉，看起来颇像一个朋克风格的护腕，我把它当成护身符带在手腕上已经好多年，曾经秀丽的字迹已经看不清。

我怎么会扔掉这行字呢？我还要你亲口告诉我它的意思呢，我还要你亲口否定它！原本是个胸中没有一丝阴郁的天真少年，这么多年的不痛快，就是从你写的这行德文开始。布料上的字磨损了，但是它刻在我的心里，隐痛。

漫漫垂下眼睛看着护腕，化妆恰到好处的黑眼睛扑闪扑闪好像花草上蝴蝶的翅膀。我第一次看到漫漫这种犹犹豫豫不能确定自己心情的眼神，剔透的指甲轻轻碰触着护腕，握住了护腕，握住了我的手臂："这么多年，你还不知道这句话的意思么？"

漫漫回过眼神盯着我的眼睛，我开始有一种恐怖的预感，一个可怕的猜测好像个讥笑的芽，在心胸里翻绕着抽节长大。天啊，不会吧，我不相信这是真的，太他妈戏剧化了！太他妈扯了！太他妈王八蛋了！我想为自己的胡思乱想笑笑，但是脸只是抽搐了一下就笑不出来了。

　　我盯着漫漫的眼睛，那眼睛干吗那么认真！？干吗温柔地暗示？干吗那么会说话？你想说什么直接说！当年就直接说啊！我不想猜！我真想喊出来，可是我又害怕！我怕得要死，我怕自己接受不了……我早已经受够了……受够了……受够了那些内幕，那些难言之隐，那些伤害！这个狗鸡巴人间！

　　"是喜欢我么？"我低声问，控制不了声音的低沉颤抖。

　　漫漫没有说话，漂亮的眼睛左右漂移，最终凝结在有着裸体女人像的打火机上。

　　我咳了一声，从漫漫手上拿回打火机，啪地点着半截烟头，深深吸进肺里，爽！禁个屁烟！有癌症有艾滋有禽流感有矿难有车匪路霸可笑的人类一个个能活上几年？

二

　　漫漫的车在近郊的一座别墅式公寓里。漫漫有车，白色奔驰，我说过么？她的家是复式结构，楼上有阁楼，楼下有私人车库，好像美国人家一般。我经过足有百多米的大客厅时，灯火辉煌，华丽的老板台，高到屋顶的书架，那不像是客厅更像总经理办公室，所有这一切都让我手足无措了。我不由得在想：漫漫到底有多少钱？

　　"我去给你放洗澡水。"漫漫脱下收腰皮外套笑了笑，有点勉强，不等我看清她的表情已经飞快地转过身去出了卧室门。我放下琴，坐在床上左右看看，和复杂得充满功能性的客厅比起来，卧室小得奇怪，虽然装修精良，看起来却几乎空空如也，只有一张大床，一块大镜子，一张很小的摆满化妆品的桌子，收拾得整齐而安静。其实漫漫家整个感觉就是和女主人的富有形成鲜明对比的，对生活质量完全不在意。

　　床很大很软，被单简直是让我害怕的豪华。我陷在里面感到有点不安全，咧着嘴笑笑在床上颠了颠，突然好像被人一脚踹中肚子弯下了腰，再也直不起来……

　　一点预兆也没有，我干脆地崩溃了，弯腰抱头，用一个奇怪的姿势折叠在床上，缩到后背两块肩胛骨都挨到了一起，好像发了疯一样不能克制地颤栗，抖动的幅度之大连上下牙床都咬不起来。一股潮水从体内涌出，我号啕大哭，拼命地掐自己胳膊想要遏制自己，想要遏制，然而没有用，我发着抖，把漫漫漂亮的床铺扭得乱七八糟。我抓着膨胀的枕头，咬着棉垫，眼泪和鼻涕喷射在上面。我哭得喘不上气，用雄厚的男中音大声哼叫。然而我在这种滚雷一样的悲哀中还企图把双脚跷起来，生怕肮脏的靴子弄脏了漫漫昂贵的床单，可是没有用，我没法遏制哭泣，也没法蹬掉靴子。

　　在浩大的哭泣和挣扎中我感到漫漫走了进来，坐在我身边，继而，一个柔软的怀抱轻轻笼罩了疼痛无比的头颅，薄荷糖一样的清醒和慰藉注入进来。

"你喜欢我，你为什么不早说！！如果我早知道……如果你早告诉我……如果我听别人的话去查一查……"我在号啕大哭当中大声嚷道。双手把漫漫单薄的睡衣扯得不成形。我感到特别痛恨她，这个女人！这个从来不苟言笑的冰冷的女孩，你为什么总是沉默？为什么从来不说话？为什么什么也不肯告诉我？真想掐死你！

这么多年，这么多年，你知道我是怎么过来的么？

我可真傻！我可真是活该啊！

三

洗好澡钻进被里，在那温暖的深处碰触到漫漫火烫的身体，女孩小腿肌肤赤裸的光滑，柔软睡衣堆积的皱褶，漫漫睡了，染成红紫色的长发倾泄在枕头上弯弯绕绕，挂在敞开的后衣领上些许丝丝缕缕，衣领和秀发之间是雪白的颈窝，发梢处还有着烫过后又拉直的干枯弯曲，那些令人心酸的分叉。

这迷人的长发再也不是当初的那份乌黑和笔直了。

我已经抱过很多很多的女孩了，却从没想到今生自己能抱着漫漫，却好像第一次抱着女孩一样忐忑不安；这个身体，这令整个童年期少年期直到青年期间的我魂思梦绕的身体，从没有离我如此之近，这个身体如此陌生，近在眼前却又让我完全不能相信。

漫漫好像很累了，睡得那么放心那么甜蜜，细细的温柔的呼吸抚着我的耳朵和头发。好像她好多年没有睡好一样。

我整夜没有睡意，眼睛睁得大大的，一眨不眨看着熟睡的漫漫的脸，分别四年的脸颊，年华走进了女孩陌生的二十六岁。这些年和她远隔千里的我开始刮胡子了，下巴逐渐变得毛刺，几天不刮，镜子里就是一只青面兽。然而漫漫还是那样的年轻，一根根清晰的眉毛顺畅，一根根长长的睫毛交织，脸蛋好像握在手里就会化掉，只是多了一种疲倦，这份疲倦令她多了一种说不出的凶悍。一种近似于颐指气使的表情，令我想起当年亚飞的大姐，令我想起那次公交车上被我们嘲笑的野模特。也许漫漫根本就不漂亮吧，可是我怎么都看不出来她哪里不漂亮；我看得出小甜甜的不美，却看不出漫漫有什么不美。她的一切都是我世界里的最完美，是所有美的标准，所有与漫漫不同的，就是不美！

我把手指虚点在漫漫有无数细毛的额头，沿着清晰的眉目线条轻轻滑走到小小鼻尖，不小心碰到鼻头轻轻的冰凉，然后是温暖的鼻唇之间的呼吸，然后是隆起圆润的嘴唇，上下浅红的两瓣被枕头挤得错落，漫漫啊，想不到我今生又能看到你，想不到我能离你如此之近地看着你。天啊！我是如此幸福，原来我毕生的痛苦就是为了此刻，原来这里就是天堂啊。

我翻身脸朝下，压住了自己感官的倔强。双手好像烧红的铁钳抓住枕头，用坚强的决心，再也不动一下！

漫漫翻身过来，揽住我的后背，感受到了我肌肉僵硬，就更加用力抱紧我，柔软的腿压上来，原来她根本没睡着。我知道她是在宽慰我，真奇怪，我和漫漫之间完全不需要任何交流，我如此明白她，她如此明白我，这和以前的任何女人都彻底不一样。漫漫好像温暖的母性的海洋，永远包含，慰藉。而小甜甜和漫漫比起来，就好像一块邪恶的顽石，我永远要去原谅要去妥协，要去呵护她的自私和丑陋。

那种属于漫漫身体的气息，香的，温暖的，熟悉的记忆，脑海里闪电一样无数画面纷纷划过，惨白的，咔嚓咔嚓响的，被岁月统统漂白的现在又统统破土而出。墙壁崩塌，血管断裂，脑子里哗哗驰过喧嚣列车：漫漫在练钢琴，扎着马尾，质朴的白衬衫镁灯一样明亮；漫漫走在路上，炫目白臂夹着画板，单纯的脸对我微笑；漫漫和我头顶头，一缕秀发垂在眼前，指节清晰的手在我刺眼洁白的作业本上写写画画；漫漫靠在我的肩膀上凝视车窗外，刚刚出落好的年轻的眼睛里白色路灯夺目光芒不断地闪过……

唉！那些过去，那些永远不能再出现的瞬间；大海上风起云涌无数翠绿浪潮，太阳沉入水底，小船掀得天一样高，碎浪飞溅全身湿透。所有的神秘瞬间成为透明，让我内心无比空洞，核爆扩散到整个海天之际，所有的泪水瞬间蒸发，过去了，过去了，一切都被烤干了。

天光一点一点发亮，墙纸花纹一点一点清晰，高级化妆品上的字母逐渐显现，所有物品逐渐又找回了自己的影踪。无数的投影一点一点移动，清晰，拉长；眼睛眨也不眨，看着那神圣的脸颊一点一点洗净了钻蓝的夜色，在清晨的微光下一点一点变成半透明。我们的每一声呼吸都如此清晰，这就是我幸福的全部，百分之百，足够了，到此为止足够了。

什么也没做，我就这样整夜睁着眼睛，在漫漫怀抱里度过了第一晚。

醒来的时候漫漫已经不在。身边一摞换洗的新衣服，全是超市卖的那种大码家居服，边上有字条，那么熟悉的秀丽字迹写道："衣服送去洗了，饭桌上有饭菜，用微波炉加热一下。等我回来啊，小航。"

等我回来啊，小航……

多么可笑啊，异乡流离失所，大街上遭遇初恋的女友，而她居然成了大富翁，肥皂剧的情节……然而这豪华客厅，奢侈卧房，密密麻麻的高级化妆品又确确实实就在眼前，甚至还有漫漫头发里的香水味。

厨房的饭桌上面摆了一大堆饭和菜，我坐下，默默夹起一个鸡腿看着。鸡腿，西红柿炒蛋，满桌都是我读书时爱吃的简单饭菜，漫漫居然记得这么清楚。

四

我在城堡一样的家里游荡，从阁楼爬上屋顶，躺在蓝色的好像沙滩的温暖瓦片上。我看着空旷的蓝天一只鸟都没有，好像一个洞，大得不可思议，干净得不可思议。瓦片在我身体下面滚烫，好舒服，好幸福，很多年没有这么舒适的感觉了，今生最幸福的时间。一种熟悉的身在家乡我和漫漫的母校，美术中专后面的小河边的感觉油然升起。

眯起眼睛满世界的血红色，遍布全身每一寸肌肤无私的按摩。太阳，温暖，美丽。我蒙蒙眬眬地睡去了，梦到了我那些同学和朋友，他们仍然顽劣而年少；梦见泥泞的操场上足球飞来飞去，太阳在玻璃窗外时隐时现；梦见自己挥舞着霍霍作响的自行车铁链条在学校玻璃散落的走廊奔跑；甚至梦到我那老父亲对我恨铁不成钢的看着，表情憎恶而心疼。

梦见足球门铁柱上斑斓的红白油漆，博大操场上远远一个洁白的点，那是我纯洁的漫漫，沉默的漫漫；裙摆飞舞，眼神哀怨，超越时空瞬间模糊的拉近。我睡了很久么？也许只是从最美好的下午到日落的那么一小会儿而已吧，却纷纷乱乱地做了不知道多少个梦，大部分是怀念而幸福的。直到夜晚的凉风冻醒了我。

晚上漫漫回来，在门口迎接她的我有点不好意思，看着这个玉女一样的冷漠小人换上拖鞋，脱下皮装扔下小皮包和车钥匙，卸下全身铠甲换上宽松睡衣，仍然不能相信这真的就是我念叨了那么多年的漫漫。好陌生啊！昨天的事情毕竟太传奇了，太令人激动了。

但是漫漫和我完全不同，她看着我的眼神确定不疑，一举一动都非常自然。很自然地在进门的时候抱一抱我，很自然地低头推开我换鞋，很自然地换上睡衣在我眼前走来走去，好像这么多年一直和我在一起一样。

随即电话追来了。

漫漫几乎没有时间和我好好说话，种种工作电话追到家里，于是她穿着睡衣抱着膝盖坐在老板台前接听电话，鼓励某人，呵斥某人，下达命令，回绝晚上出去玩的邀请，每句话都是干脆利落，恩威并用。俨然一副大老板模样。

我倚靠在客厅门口，看着这个与上学时压抑的漫漫如此不同的女人，看着她让我陌生的那份精干严厉。直到漫漫挂下电话发现我的眼神，于是漫漫瞬间如旧时少女一般不自然地笑了一下。

只有这不自然的笑容是如此熟悉的。于是我也憋不住笑了，漫漫也觉得自己有点好笑的样子，我们对着彼此的脸哈哈哈笑起来直到笑弯了腰。两个人的变化都这么大，太匪夷所思了！

我对她说她家的房顶是多么舒服的所在，漫漫笑着说自己一直很忙没有发现。我问她多长时间没有回老家了？

"四年，和你一样。"漫漫想了一想说道。

"这些年有和家里联络过么？"

"没有……"

"那……等你的忙告一段落，我们一起回家吧！"我小心地说。

看见漫漫犹犹豫豫的样子我说："家里人一定会很高兴的，你是他们唯一的孩子啊，不管当初多不懂事。"

"我没有不懂事啊，小航，当初我的每一步，都是正确的。"漫漫轻描淡写地说。虽然我笑了，却有点莫名的不寒而栗。这就是漫漫。

然后是四天，这些年最美好的四天。每天早上我起床，漫漫就已经不在。我沉浸在一种吃了迷幻药般的喜悦里，沉浸在有着漫漫味道的空气里。整天在漫漫家里游荡，帮她收拾乱糟糟的家。等着她回来。

漫漫经营着一家轻工业产品公司，在城里有设计部，在郊区有工厂，她的生活就是开着车奔波在工厂与公司之间，手扶方向盘，带着耳麦，不停地打电话四处发令。漫漫有着宏大的计划，根本不是赚钱或者把某些产品做成"省优部优填补国家空白名牌产品"那么简单，漫漫的目的是要"修补中国，把它变成崭新的"，第一次听说的时候我笑话她的目标听起来像小女孩呓语。

"我只和你说过这些话，但也知道你不会相信的。"漫漫说。

我马上收敛了笑容，漫漫不是开玩笑，我知道漫漫的今生中还从来没有哪件事没做到过。一丝恐慌掠过我的心头，我们从小一起长大，可是我到底了解漫漫多少？

漫漫往往要到半夜才会回来。于是她早上起来，倾身在我耳边的当天的第一句话就是："小航，等我回来啊。"

等我回来啊……

我们在一张床上睡了四天，什么也没有做，因为我发现，和漫漫之间的感情完全不能发展成肉欲。我们拥抱着，睡成SS型，彼此之间，都如此的洁白。她是我今生最重要的人，我是她今生唯一的爱人，我想要是漫漫死了我也会死吧。但是我抱着她，感受她的温暖，感受她柔软胸脯的起伏，却没有一丝欲望，完全不像之前在北京时的疯狂。

漫漫睡得很好很香，有时候在梦里抽泣一两声，就转过身求救般紧紧抱住我，把头放在我的肩膀上，沉沉睡去，好像多年前公车上那一刻。我总是涌起一阵心酸，用强烈的保护她的欲望轻轻环抱着她。

五

天已经全黑了，我总是只打开漫漫老板桌上的台灯，保持黑暗才能让我感到安全，这是在地下室生活时作下的病根。但是这样一来，空旷的大厅就好像电影里的魔窟。我坐在漫漫的高背老板椅上翻看堆到天花板的书籍，一本本书厚得夸张，我甚至庆幸当年在天堂酒吧门外拍倒我的只是个灯箱而不是漫漫的厚得变态的巨书。政治类，经济类，MBA，领导商数，英语，法语，很多书还夹了黄色便条。还有很多奇奇怪怪名字的哲学著作，叔本华，尼采，权力与意志，普希金，罗丹艺术论，亲爱的提奥，关于社会，关于艺术。真是令我汗颜，这些年我仍然是个连中专毕业文凭都没有拿到的文盲。而这个文盲居然号称搞艺术玩摇滚！在我过去的日子里，我爱的女孩号称"三十人斩"，我的朋友们是些流氓，我和他们在一块，就只惹上打架、泡妞，装装青春期的样子而已！

唉，那段所谓摇滚的生活也许只是一阵荷尔蒙的分泌罢了，靠我这样的流氓能做出什么像样的音乐呢？应该是漫漫这样拥有极高素质的人才会有前途的！

我发现地面上有一大堆画集，看起来是经常翻阅的东西，我弓下腰一本本拿起来看，陈逸飞，卢本斯，凡高，上海画廊，旧俄罗斯风景画，荷兰画派，现代美国艺术，她的家里什么都有，就是没有画家该有的东西，没有一管颜料，没有一块画布。然而漫漫原本应该是个画家啊，这些经常被翻阅的书籍看来真的已经退化到兴趣的地步了，漫漫翻阅这些书籍的时候，一定是用着如不能打鼓的我一般灰色的心情吧。

在这堆画集中我翻出一本德语字典。我犹犹豫豫地翻开来。

德国，建筑学，重工业，绝对精确，绝对信誉，战车乐队，日耳曼民族，我护腕上几乎看不见了的一句德语，刻在心里的每一个形状每一道笔划，清清楚楚。

一个一个字母拼出来，我的呼吸越来越急促！

今天漫漫回来得比往常更加晚，我看见瞬间奔驰的车灯扫过窗棂，发动机熄火，砰然的关上车门声。然后客厅又是黑暗。漫漫走上楼来，细小磨擦声打开门，走廊的微光。

"你的出走只是为了钱？"

我的问话让漫漫吓了一跳，客厅里所有的灯都黑着，我萎缩在老板椅里，看起来大概只是一团一动不动的黑影吧。而遥远走廊里的声控灯也熄了。瞬间的光明变成曾经的打搅，世界重新恢复到一片黑暗。

"你在等我？小航。"漫漫温柔地问。我没有回答她，我的眼睛早已经适应了黑暗，我看得清那些白色的家具的轮廓，那些电器，也看得清地板中央漫漫标致的脸和她名贵的衣着。一切在我看来清清楚楚，几乎从来没有这么清楚过！

"你知道那行字的意思了？"即使在黑暗里，也能感觉到漫漫的脸变得苍白了。

"我查了字典……你怎么会！？"

"他给了我二十万，我陪了他三十天。我需要第一笔钱来做酝酿已久的事。"

"你就为了区区二十万连大学都不读了？连爸妈都不要了？连……连……"我声嘶力竭地喝道！嗓子一下子喊破了，嘎哑了，说不下去了。

"很多男人操过我！怎么样！？" 出乎我的意料，漫漫居然这样说，纹丝不动地，沉着地。

之前我在黑暗中思绪烦乱，却怎么也想不到漫漫会有如此痛快、如此可怕的回答，我居然毫无感觉，操！我怎么麻木了？

"你居然还说喜欢我……"我无能地暗哑地说。

"在伟大的理想面前微小的个体算什么，哪怕那个体是我。牺牲自己去成就有价值的事业，有什么丢脸？"漫漫反问，"四年前你说可以保护我，小航……虽然我那么喜欢你，可是我知道你根本无法保护我，你甚至不能保护你自己，你连自己的乐队都保不住！怎么能保护我？怎么能明白我？真正的漫漫对你来说太强大了，太可怕了，太强大了，太可怕了！只能伤害你！"

世界果然像她预料的那么简单，漫漫简简单单地成功了，然后简简单单地所向披靡，简简单单地向更伟大的目标迈进。

漫漫早就厌倦了家人给她安排的路，早就看透了人间，在漫漫看来，家里人给她安排的奋斗的路，全都是为了为满足一己丑陋的自私的路。她的一生会很简单，就是要为最伟大的目的把自己烧光，她不要幸福，她要梦想。漫漫还是第一次，但是她早就发现自己长大了，于是她使出浑身解数，挣脱了全部阻挠和束缚。包括她爱和不爱的。

包括爸爸妈妈……

包括从小喜欢的画笔……

包括傻小航……

"你怎么能……你怎么这样呢？就为了什么目标你至于这么不择手段么？"我又急又气地低下头摇晃着头发，低声地嘟囔。

"做这个决定我用了整整一年，我不在乎大家挂在嘴上的道德，但是我在乎你。我仔细地考虑，我能拥有你么？我打过电话给你的，你的声音让我立刻明白了你的态度。"漫漫说，"那时候你已经不再喜欢我了，到了北京以后小航你变了，你已经变了……"

漫漫那眼神是一种非常认真的倾诉，那眼神好像一束不容忽视的火舌，拂过我们中间的黑暗，开始舔着我的脸，灼烧着我的眼睛。

我无言了。漫漫居然笑了，少有地开心地笑了："你是什么时候和女人上床的？也许我们的第一次是同一个夜晚吧。"

我大吼一声操起桌子上的电话就要砸向她，漫漫尖叫一声，令我意外地缩在地上。瞬间我看见漫漫害怕了，这个一直挺直腰杆的女孩，居然害怕了，她料错了我！我扔下电话转身跑到阳台，这两天一直有雨，昨天我和漫漫出门吃饭的时候被淋湿了，虽然只是走出车门的片刻，倾盆的大雨仍然让我们湿透。我七手八脚扯下还没晒干的外套和破仔裤，抱着这么一团乱七八糟的湿衣服冲过漫漫身边跑进卧室脱下家居服，套上自己还潮乎乎的破烂衣服，蹬上皮靴拿起大背包和破琴。

漫漫挡在门口脸色煞白："小航你等等，你听我说！"我毫不犹豫给了她一个大耳光，一脚踹翻在地。我还狠狠地补上两脚一边骂道："婊子！臭婊子！"下脚部位之狠毒确定让她半个小时疼得爬不起来。然后冲出了门。

六

这么多年你还在不停奔跑

眼看着明天依然虚无缥缈

在生存面前那纯洁的理想
原来是那么脆弱不堪
你站在这繁华的街上
找不到你该去的方向
你站在这繁华的街上
感觉到从来没有的慌张

你曾拥有一些英雄的梦想
好像黑夜里面温暖的灯光
怎能没有了希望的力量
只能够挺胸勇往直前
你走在这繁华的街上
在寻找你该去的方向
你走在这繁华的街上
在寻找你曾拥有的力量

——《那一年》许巍

　　我满脸狰狞站在从前混饭吃的那个地下通道，短短几天，这里已经被洪水冲洗过一样的空空荡荡；三两个寂寥的行人走过我的身边。我一手持琴一手拎着大背包，叉开双腿站在那里活像个傻子。

　　乞丐和河南姑娘们都不见了，无人喝彩的傍晚给了我两块钱的卖玉米和晚报的河南打工妹，总是抢我一半生意的乞丐大哥，你们去哪里了？

　　远远的，一个瘦骨嶙峋的少年从对面入口走进来，在通道中央打开琴袋拿出琴来，清清嗓子，开始弹吉他歌唱。声音还稚嫩，神态还有点刚开始混街头的生涩。

　　我晃晃悠悠走过去，在少年面前站住，一言不发地盯着他看，看他光洁的双颊，一尘不染的外套和衬衫，干净的指甲。我想，很快，他会在都市的大街上滚打成我这么肮脏，破烂，卑鄙，苍老。

　　由于我的目光，由于我也提着令人敏感的吉他，而且是把破烂的裸琴，少年的脸色越来越惊恐，他像我当初一样忐忑地问道："您有什么事么？"

　　"原来这里卖晚报和烤玉米的那些打工妹呢，还有个老乞丐呢？"我反问。

　　"啊，前天城管来清理了一次，都撵跑了吧。"

　　我慢慢向后退了一步，咯噔靠在冰凉的墙上，半天没有说话。

"您是？"少年懦弱地看着我。

"小伙子你是新来的吧？我在这条通道都唱了两个月了。"我狞笑着说。他立刻惊了，赶紧手忙脚乱地收拾东西，掀起琴袋往里边塞琴："不好意思，那我换一条通道！"

然后他张大了嘴，看到我做了一件在他看来非常可怕的事。

我双手一抢，把自己的裸琴狠狠砸在水泥墙壁上！琴箱发出最后的一声巨响，立刻溃散；我大喝一声又把它像个断了脖子的长颈鹿一样远远掷出去，撞碎在对面的水泥墙壁上。白色木屑纷纷扬扬撒了一地。

"没关系没关系！你唱吧你唱吧！这个通道以后就是你的了！"我面对那个脸色苍白的少年凄惨地笑了，拂开飞了满脸的乱发，走出了通道。

我再次晃荡在大街上，找不到方向。天气已经如此寒冷，我嘴唇干裂，衣衫前襟上滴了一二滴唇血，原本潮湿的衣服很快结成冰板，让我觉得自己脊柱发疼，脸皮要和乱七八糟的头发冻在一起了。我的心从两个方向被撕裂成几块，我既接受不了自己，也接受不了现实，更不知道该去追哪一块心脏。最终我想到我该回家了，离开家乡已经那么多年，最近两年更是断绝了联系，彼此生死不明了。我累了，太累了，回家吧，回家。

我还有一点钱，就去火车站买票上车，在车站广场我远远绕开那些警察，免得被按住盘查。最近两年我总是在公开场所被警察盯上，经常遇到麻烦的盘查，甚至也曾在忘记带身份证的时候被莫名其妙地铐在治安办公室里。不知从什么时候起，我的外表不再是一个老实巴交的乡下孩子，而成了个满身犯罪味道的城市渣屑。

七

候车大厅里，我看见漫漫焦急地分开人群在寻找我的踪迹。这个聪明的女孩，一定去过我混饭吃的通道，料到我来了车站。我闪到候车大厅庞大的柱子后面躲开她，我看见她在一大片席地而坐的农民工中间穿梭，等车的人们在打鼾，在吃面，在打牌，在哄孩子，在叫卖。漫漫没有化妆，显得平凡许多，头发有些微微蓬乱，破坏了精英装扮的整齐。

我想了几秒钟，还是忍不住了，跨过席地而坐的人们头顶从柱子后面挤出来大喊一声："漫漫！我在这儿！我在这里啊！"最后一声，我感到自己已经不能控制声音的颤抖，眼泪顿时充满眼眶，鼻涕都几乎流下来。

漫漫回头看着我，我们两个凝视了半秒钟，她脸上我掌掴的痕迹那么明显，已经沉淀成了一小块红色挫伤。我心疼极了，伸手向她，想摸摸那块伤痕。漫漫没有反应，我们之间有个完全由不同的物质组成的小宇宙，一股强大的力场挡住了我的手，我只好尴尬地缩回。

我说："疼么？漫漫对不起，很对不起。"

"没关系，这辈子只有你打过我！让我记住了。"漫漫居然笑了。

是啊，连小甜甜那么操蛋的女孩都舍不得打，却打了我的漫漫……

"漫漫，我想回家了，太多年了，我想家了，得回家了，我不能等你忙完了。以后会来看你，一定会来看你，你加油啊！"我努力克制眼泪，克制自己起伏的呼吸，我高过漫漫半头，我越过她的头顶看着大厅远处昏暗的窗户。不知道从这个角度，她会不会发现我眼圈的红。

"漫漫，要我给你家里带消息么？"

这是个很傻的问题，漫漫低下头摇了摇。

火车的加速逐渐拉远了我们之间的距离，漫漫远远看着我，好像电影里那样，但是她的眼神却是完全无望的，绝望的。

漫漫终于哭了，满脸涨得通红，完全没有了白领的风度。她喊了一句我完全听不懂的语言，我想那还是一句德语。我无能地放下挥舞的手臂，这回我肯定自己完全明白了漫漫的意思。

我却没有力量回答了，我也没脸回答，我是个懦夫。

漫漫越来越远了，最终被站台上的杂物挡住看不到了。我想她再次成为我记忆中一个炫目的白点，再也褪不去。

我从窗户里抽回身体，在满车闹哄哄的旅客中挤到两节车厢之间的地带，掏出打火机想要吸支烟。打火机的正面对着我，那个裸体的清纯女郎就回答问题一样展现在眼前。

"我一心要做到自己认为有价值的生活方式。"漫漫轻轻在我面前说。我的手一抖，打火机便掉落地上，漫漫随即消失不见。

我哆哆嗦嗦弯下腰捡打火机，突然发现原来自己根本不曾明白过漫漫。我想起了亚飞，他和漫漫一样说我是善良的。

不！我不善良！

我狭隘！软弱！

CHAPTER

14 故乡
The old sod

又推开这扇篱笆小门
今天我归回
不见妈妈往日泪水
不认我小妹妹
昨天我藏着十二个心愿
一百次的忏悔
今天我回到她的身旁
却羞愧难张嘴
啊……却羞愧难张嘴

面对着镜子我偷偷地窥
岁月已上眉
不忍再看见镜中的我
过去已破碎
妹妹叫我一声哥哥
我却不回头
不知是否她已经看见
我满脸的泪水
啊……我满脸的泪水

——《浪子归》崔健

目光呆滞，坐在又脏又乱的火车里，空气中逐渐注满了寒冷的北方气味。换乘了两次火车，随着离家乡越来越近，火车也越来越破败。现在乘坐的这列火车已经起码有几十年的历史了，所有的部件上都划满无数的划痕，所有的角角落落都腻着一层黑色油污。没有暖气设备，于是车窗上覆盖了足足一寸厚的冰霜；看不到外面的风雪，于是乘客的身上也覆盖着薄不了多少的寒霜。我的外套又脏又薄，抵挡不住家乡风雪，我哆嗦着，挤在车厢的角落里睡着了。短短地，一觉又一觉，一梦又一梦。

早上，火车终于抵达故乡。下了车，除了刺骨的寒风，到处是刺眼的白，所有的一切！远处是白色的山和白色天空，身边是白色城市；人迹稀少的白色马路上偶尔看见一两个，也是挂满了白霜的一张脸；我自己的眼睫毛和胡楂也同样结了一层白霜，眨眼的时候就明显地感觉那些白色的小冰碴掉落了一点点。

踏上自己家的楼梯，敲响自己家那扇熟悉的门。父亲打开门，惊讶地看着这个形容枯槁不告而归的儿子。我突然发现他的头发几乎全白了，头顶变得稀稀拉拉，白发下露出老年人红色的头皮。我的老父亲，在我的印象里是那么高大伟岸的一个人，在从前，他的灰发茂密地气宇轩昂地在额头前耸成一个漂亮的旋转。现在他前面的头发已经很少，脑后的头发却鸡窝状地高耸着。两个人面面相觑。

我已经比他高出了这么多……

"爸……"面对着往日严厉的父亲，我不知道说什么好，"爸……我回来了……"

"小航！"父亲的神色由惊讶转严肃，但是立刻被一种心疼的表情取代了。

"多冷啊，快进来。"父亲把又冷又沮丧的我让进屋里。

我站在客厅里，闻到了一股熟悉的家的味道。爸爸和我喋喋不休着一些鸡毛蒜皮的小事，我目光呆滞，好像没听见，最初的那种亲切的感觉很快变成了惊讶。我的爸爸变了，那个曾经暴躁不讲理的汉子在我离开的这4年萎缩成了这个一心盼子归来的小老头。几分钟后我粗暴地打断父亲的话，起身走进卫生间。从卫生间的小窗户望出去，不远处就是灰白的冰雪覆盖的苍山，这风景我既熟悉又陌生。风卷进了几朵雪花，落在我挽起袖子裸露的手臂上，凉凉的，东北的房间里就是暖和。深深吸了一口气压制自己的激动，我终于安全了。我转身洗了洗脸，却找不到任何可以擦脸的近似毛巾的东西，不能相信墙上挂的七穿八洞的破布就是毛巾。我四处寻找卫生纸之类可以擦脸的东西，却只在马桶边摸到一厚叠旧报纸。然后发现卫生间里所有的东西都是坏掉和用旧的，水龙头用麻绳缠住，因为它漏水，有豁口的脸盆里蓄着水龙头漏出来的水，因为冲水马桶的开关坏掉了。

"爸！穿上衣服！"我走进父亲的房间说。

"干吗？"爸爸正在金鱼缸里洒上粉末状的鱼食。

"跟我去医院检查一下身体吧。我这趟回来最主要的目的就是这个。"

"有什么好检查的，我自己的身体自己不明白么？没什么大毛病。还用浪费那个钱？"

我知道父亲舍不得钱，就直截了当地说："钱不重要。要是小病耽搁成大病，多少钱也挡不住。"

"我不去，你少废话！"

我不耐烦地说："你怎么这么顽固呢？怎么这么抠门！？"心想老家伙怎么这么多年了心眼还是不开花！于是我好像当初一样，梗着脖子出了门。

　　站在家乡的雪原上，不远处是河岸上我家楼宇矮矮的身影。我家其实就在这个小城市的边缘，走不了几步就到了封冻的河流中间，那就是一片宽阔的雪原，太阳在雪地上形成刺眼的反光，远远地望出去是畅通无阻的，直到远山。在这个近似于无限的平坦雪地上，你可以闭上眼睛疯狂地奔跑，而不用担心交通事故和人群；如果你摔倒了，也是倒在温柔的雪上，那雪甚至不寒冷，于是没有什么能伤害你。这里最伤害人类的，也许只有你个人的内心，例如寂寞。我便是如此，大脑被耳机里METALLICA沉重的鼓声轰炸着，却仍然感到孤寂，感到无处不在的寂寞。你看，这里是家乡，这里有你的童年和父亲，但是这里仍然不是能够容纳我的地方。

二

　　我正在床上看书的时候，爸爸气急败坏地走到我的房间门口，愤怒地挥舞着一卷卫生纸："这是怎么回事？我的毛巾呢？"

　　"上厕所别用报纸了！多不卫生！那块毛巾太破了扔了！我给你买了新毛巾啊？你没看到么？"

　　"扔了！？"父亲嚷嚷道，"这孩子怎么这么败家啊？还有卫生间里厨房里的那些家伙呢？还有我房间里的被单呢？"

　　"都扔了！我都给你换成了新的，被单那么旧了早就不保暖了。那些旧东西都已经坏了，留着干吗？又不是很贵！你自己的生活怎么自己不在乎呢？"

　　刚才父亲出门的时候我把家里那些坏掉的旧东西统统扔到垃圾堆里，去买来了新的毛巾、卫生纸、新的茶壶和碗筷等日常用品，把家里好好打扫了一番。他的态度真令我惋惜自己的一番心机。

　　"你赶紧把那些东西给我退回去！浪费那个钱有必要么？你怎么这么不会过日子呢？"父亲心疼地说，毫不领情。

　　在家乡待了几天以后，最初的那种激动就过去了，我开始觉得无聊。回家面对老父也变成了一种加倍的无聊。我开始整天泡在网吧里，聊天，打游戏。网上还有熟悉的人们。我甚至在网上找到了回家做生意的鬼子六。网吧里经常放着各种令人作呕的流行歌曲，这天我突然听到了一首非常熟悉的曲子。那旋律，那节奏和嗓音并不是属于流行歌曲的，非常的好听，我怎么也想不起来那是什么歌了。我招手让服务员过来："给我来罐可乐。"我掏钱出来："这放的是什么歌？""许巍啊！"服务员接了钱，如此回答。我怔住了，对啊，这是许巍，是当初让自己想去做摇滚的人，自己曾经在无数个夜晚，戴着耳机在宿舍里扒他的歌，曾经把他的专辑特意买来送给漫漫。

漫漫！我的心里咯噔一下，抽紧了，感觉有个鹅卵石哽在喉节咽不下去。一张女孩清丽的脸，热泪盈眶，看着我们之间的距离逐渐拉远……

手机响了，父亲打电话催我回家吃饭。厌倦地拒绝！他就知道给我做饭，让我吃饭，我想。

……那一年你正年轻
总觉得明天肯定会很美
那理想世界就像一道光芒
在你心里闪耀着……

在偶像的歌声中，我一支接一支地吸了一堆烟。网吧的烟灰缸满了。

当时我并不知道，这天父亲特地跑市场买了平时不会买的鱼蛋肉，现在父亲一个人面对着丰富的晚餐，寂寞地吃着。那种心情，当时的我还不会明白。

三

我去了一趟原来读书的职高，对的，母校。很多老师认出我，老师们老了，而我据说"长高了，更高更瘦了"。

我直接去了当初和漫漫一起共用的琴房，站在门口看着那台年华已逝的大钢琴。在钢琴前的仍然是个仿佛当初的漫漫一般的单纯俏丽的女生，青春光洁的唇齿，羞涩地向这个形容枯槁的长发学长打招呼。

我在自家楼下的小仓库里找了很久，终于找到了它，我的第一把吉他。它就那么裸着堆在旧家具上面。它很便宜，甚至没有套子，但是它的六根弦倔强地落满了尘土，却没有断。然后我半夜翻墙再一次去了学校，坐在钢琴房的窗下静静地调弦，头顶的窗子里面曾经有我的春天，曾有在我袖口上留下一行德文的女孩，白色衬衫，倔强的颈项，一遍又一遍地练习贝多芬，练习莫扎特。那里也曾经有把自己的练习时间让给她的我，用毛茸茸含情的黑眼睛，蹲在墙角看着女孩笔挺的侧面。

我仰头对着圆圆的月亮，清了清嗓子。天上没有云彩，月亮便像一只面临失去爱情的惊恐的眼睛。

这是没有人看见的月夜，这是学生时代爱情的窗下，这个人还是不是当年的那个我？

在北方寒冷夜里零下三十多度的低温下我暴露着手指，开始弹唱几乎被自己忘记了的许巍。

是啊，和弦几乎已经忘了，但就算每一段SOLO和分解和弦都确凿无疑地记得，也不可能把《那一年》唱完了，因为很快，冻僵的手指就麻木而感觉不到弦和品的位置。

我知道漫漫也早已不是那个严肃的白衣少女了。她好像我一样，成为一个新人。

漫漫啊，我的漫漫！

我脸颊上不知道什么时候有了两行热流。我咬紧牙！这一定不是眼泪，怎么会呢？大风大浪经历过来，这点伤感也能带来眼泪？寒露罢了。

四

我仍然保持着在北京时的生活习惯，就是彻夜地看电影。家里只有一台老式的VCD和电视机，却神奇地能收到包括凤凰卫视在内的很多文艺台。我大量地吸烟，随手找到器皿就把烟头掐熄在里边，比如吃剩的泡面的碗，比如喝了一半的可乐罐，我把房间摊成乱七八糟。这是和亚飞他们在一起养成的习惯。父亲起夜的时候，被房间里的混乱吓了一大跳。"快睡吧小航！大半夜的电视放那么大声你有精神病啊？没见过你这么放肆的！"我看都没看他一眼，老父亲气愤地睡觉去了。

凌晨，我看到了老泡，电视里突然出现当初火爆的香港演唱会，那时候年轻的老泡英俊而狂热，穿着短裤，露着性感的长腿，在舞台上跳跃歌唱。在他和队友们演出的录像中，不断剪接当时报纸对他们献谄溢美的大字标题，而主持人也不断跑出来说："在大陆的乐队面前，香港的乐队好像是跳梁小丑。"

没过半个小时，我在另外一个电视台对摇滚人的采访Video里再次看到了老泡。他便仿佛瞬间老去一般，灰白的马尾，方下巴上的青胡碴，苛刻的抬头纹，局促地坐在一把小小的椅子上："后来我一直在思考，思考要不要继续做音乐……"老泡接着又在小椅子上说："再也没有过像当年那般的辉煌的演唱会了……"这两张碟的区别是光阴，因为一晃已经过去十年了。我弓起身凑近电视机，节目已经变成了化妆品广告，可是我的大脑里刚才那一幕却不断地快退，播放，快退，播放。老泡再次坐在小椅子上重复道："在思考，思考要不要继续做音乐……""要不要继续做音乐……"我向后一靠躺在枕头上，在可乐罐里掐死烟头，在电视闪烁的反光里继续看了下去。

这天早上我像在北京一样睡了懒觉，父亲叫我吃早饭的时候，我恼怒了！团缩在被子里，生气地让父亲滚出去！

我回家多少是件大事，免不了要和父亲到处走走亲戚，亲戚们问到我的工作，爸爸就抢着说我是个"搞音乐的"，大家一时都不知道那是个什么工作，以为是开了某种商店，卖唱片之类，或者是文工团吹笛子的。而父亲也兴致勃勃地和一大堆阿姨舅舅之类的亲友大谈"中国摇滚的发展"，主观地认为我是在群众艺术馆唱歌的。我试图说"我不是个玩摇滚的！我和他们没关系！"但是没人理我，他们正在谈到唱一首歌多少钱，爸爸连价码都编了出来："唱一首歌怎么也得二十块钱！"他肯定而又自豪地说。我怒了，却不能当众发火，浑身真的好像是无数的蚂蚁在爬。

因为我改变了的口音，乘坐出租车的时候司机问："小伙子是南方来我们这做生意的吧？"没等我回答，老父亲就赶紧幸福地抢着说："这是我儿子！在南方搞音乐的。"

在家乡，直到现在，我最能放松和没有隔阂的地方，仍然只是网吧。这里的网吧非常的便宜，而那面17英寸的电脑屏幕，是同可恶的北京完全一样的。我感到自己已经不能适应家乡，自己在家乡就好像是个外地人，就好像当初刚到北京那样格格不入；曾经如此地讨厌着北京，爱着家乡，现在却发现，自己几乎已经不能在家乡生活了。自己已经变成了某种程度上的北京人。

黑夜里，从网吧回家的路上，我掏出手机，厚着脸皮试图给漫漫打电话。没有什么具体的事情，只是为了获得一个属于她的声音，但是无论怎么样也打不通。由于没有夜生活，由于缺少路灯，北方的夜很黑很黑，外蒙古的高气压来袭了，大风夹带着大片大片的雪花，几乎每一脚都会陷进雪里。有时是哗啦哗啦驽具响的马车，而更多的时候是辆满载着木材的大解放汽车，推着两团白亮白亮的光圈，震天动地地从身后追上来，瞬间照亮了马路和我惨白的脸，照亮那些纷飞的雪花，然后就超过而远去了，再次把我和这个世界抛弃在黑暗无声的落雪中。而我的手机一直没有收到任何回电或者短信，我给漫漫发出去的短信都石沉大海。仿佛在这个睡着的乡下小城，就连无线电波也放弃了夜晚工作一样。我真真切切地感到自己被抛弃了，就像这个不再有信号的手机。

五

　　鬼子六的家乡离我的城市并不遥远。我在火车上都没有看完一本小说。是的那是在火车站买到的米兰的新小说，我想在书中找到大灰狼，书中的米兰和一个又一个各种各样的男人悲欢离合，有健美粗暴型，有财富成熟型，有脆弱美少年型，我终于看到了大灰狼，那是一个潇洒的摇滚青年的角色，爱恨分明！承担了用浪漫的摇滚式的爱情来同之前宏伟的白领式爱情进行对比的功能。在某一章节大灰狼和其他男人一样向米兰示爱了，所有这些男人因为心痛而又浪漫的原因都不能得到米兰，他们不是为了米兰犯罪而逃亡，就是患了必须隐瞒的绝症，大灰狼的999朵玫瑰成为本书的一个小高潮。当然！每个男人米兰都会给他安排一个小高潮，然后就该换人了。大灰狼的章节不如其他男人的一半长，看得出来，米兰更加喜欢那些有钱的上班族，说一嘴英语远胜过会弹贝斯，虽然她并不知道大灰狼是个贝斯手而不是吉他手。她可能直到现在都搞不清贝斯和吉他有什么区别。我没有看到最后。我把书留在了座位上，被一脸色相正吸溜吸溜吃着碗面的老头拣起来，像黄色杂志一样卷成桶状握在手里，津津有味地看下去。

　　鬼子六的店在×××市最大的农贸市场，我下了出租三轮摩托车，就看到了一个拱顶的大棚，鬼子六给我的地址居然是中国的中小城市最普通的肉菜市场，所以有着最普通的混乱。我沿着店面号码找过去，很快就发现自己陷身在猪肉扇和白条鸡的海洋里，看过去一水的十几家肉店。操他妈的丫耍我吧？我暗自骂道。准备见面了给他一顿猛捶！我在肮脏的人流中沿着肉店门口被人潮满是雪水的鞋底踩得泥泞的过道走过去，一边走一边拨着鬼子六的手机号码。正拨打的时候就看见了满身猪油的胖子在指挥一个扛着半扇猪肉的少年，让他把肉卸到市场外面的小货车里。他的神色和他冬天的衣服一样好似一个萎靡的脏皮球。我们俩的眼睛交汇了，他身上有什么似曾相识的东西令我张大了嘴。我的耳边还举着手机，呆住了。

　　这可是当年经常被认为吸毒的瘦猴鬼子六？

　　我们彼此都不敢相认。我虽然仍然留着黑色长发，但是更加长了，长期不打理，好像一把海带般乱而卷曲。可是鬼子六，这个当年北京无数女孩的梦中情人，这个在舞台上高高跃起的英雄式吉他手，这个在牛仔服上缝满时髦标志的自恋狂；现在却双颊肥胖，圆头短寸，带着套袖，羽绒服下挺着大肚皮。他的眼神也变成木讷，成熟，甚至势利的。鬼子六根本不像是已经有几百万身家的人。我都不知道自己凭什么才认出了这个鬼子六，或者凭什么相信这就是那个鬼子六。我的惊讶如此之大，以至于鬼子六连叫两声"小航你来了"，我都没有反应。愣住的手里还捏着手机，手机还在呼叫着。直到鬼子六从怀里掏出震动着的手机，我才忙不迭地停止呼叫，揣起手机。

鬼子六叫他老婆来和我相见，从柜台后面走出来的是个矮小红颊的女子，穿着厚而肥大的棉袄、套袖和围裙。我和这个应该被称作嫂子的女子彼此好奇却敬而远之地打了招呼，她一定听说过我，就像我听说过她。矮小的她站在高大的鬼子六身边，一样地蹭得满身肮脏。虽然这个女孩完全没有小甜甜的漂亮和性感，但是他们看起来是如此的相配，就像这市场里任何卖猪肉的夫妇一样般配。

老婆得照顾生意，鬼子六就独自带我去喝酒。在炊烟腾腾的小饭馆里，我发现他几乎认识从老板店员到顾客的所有人。

"呦！您也来吃了！"旁边一桌人里有个穿皮夹克的老男人冲着鬼子六点头哈腰。

"服务员，他们那桌的钱算我的！"老男人回头颐指气使地对服务员说。

每次有人进来或者出门，都会同鬼子六打个招呼。看得出来，他在附近算是个大人物。

好久我都不能把面前的这个中年人和鬼子六结合起来。算起来鬼子六才二十七岁，可是他表现出的那份成熟已经可以混淆二十七到四十之间的界限。

鬼子六聊起了自己的婚姻，我惊讶地知道鬼子六已经成了爸爸了，是已经！儿子六个月大，健康成长。

"小航你长大了。"鬼子六仔细地看着我说。他喊道："来瓶五粮液！"

"我曾经胃出血，不能喝白的了。"我说。

鬼子六谈起我走后自己的经历，我们送他上了飞机之后一切发生了天翻地覆的变化。在飞机上他还跟空中小姐要电话号码呢，结果一下飞机就看见了舅舅等在出口。舅舅动用了公家的车开了六百公里来机场接他，连夜赶回家乡，在车上鬼子六嬉皮笑脸跟舅舅开荤玩笑。公路边经常有些乡下旅馆，门前往往站些妓女，当舅舅的切诺基轰然开过的时候，那些妓女就在白亮的车灯下刷地撩起裙子。那些一闪而过的大白腿让鬼子六先是错愕然后哈哈哈笑个不停，说那些丝袜真他妈土，套腿上还不如套脸上！那些丑脸还不如银行劫匪一样用丝袜套上呢！不过还是咱们东北的姑娘野啊！够劲！其实他心里面已经觉得不对了，所以就比平常还要放肆地大谈北京的黄色笑话。

要进城之前舅舅放慢了车速，对他说："你妈妈病得挺重的，可能就够呛了，你得有点心理准备。"鬼子六哈哈一笑，心里嘀咕着："你们他妈的骗我！骗我玩！不就是让我回家过个年么！说什么生病了就是想把我骗回来！"他心里就这么牢牢死死地嘀咕着！直到看到了自己家那栋三层的老黄楼。切诺基转到楼背面，他就看到了如山似海的花圈。他还是一动没动，好像一点也不惊讶一样。眼泪刷地下来，好像挡了十年的浩荡洪水一朝决堤，好像早已经准备好了一样，山崩地裂地哗哗流下来。

楼下的亲戚朋友们早已经等在那里，现在纷纷迎上来，有人就往楼上跑，纷纷说："她大儿子回来了！她大儿子回来了！"

鬼子六说到这里都是木呆呆的，毫无感情，倒是我的眼圈红了。他的烟已经在指尖燃尽，我提醒他。

"啊对！那时候没钱医治，死前都没见到一面。我讲到哪了？"他突然醒悟般地说。

然后是守灵，那些孤寂的夜里，他和弟弟轮流坐在灵堂里。看着那一节节燃尽一节节落下的香火，被烟熏得头脑不清醒，看着窗外一点点泛白。他就在烛火的昏暗中想着妈妈，他怎么也感觉不到妈妈真的死了这个事实。他总是去看那扇门，然后那扇门果然就开了，妈妈穿着生前的那件风衣，风度翩翩地走进来。妈妈是记者，在地方上也曾经是非常有名的漂亮，可惜，中年时经济窘迫，供儿子们读书，便只有几件衣服。即便是这仅有的几件衣服，也是一尘不染，款式精挑细选。风衣便是其中之一，穿在她身上，仍然是那么风度翩翩的。妈妈取下茶色的金丝太阳镜，喜出望外地说："呀！咱家老大回来了！这回在家多住两天吧。"一转身就没了。这一幕就像他以前回家时一样。上一次回家是什么时候了？是三年前，自己还在上大一的时候。那时回来时妈妈还在上班，他正吃着弟弟给他热的菜的时候妈妈就是这样从外面走进来，从外面走进来，从外面走进来……他突然发现香燃尽了，甚至不知道灭了多久，他大惊失色连忙飞奔过去点香，胳膊肘磕得椅子脚咚咚响。他疯狂地跪在地上对着妈妈的牌位叩头，越磕越使劲。他号啕大哭了："妈！我对不起你，我对不起你！我不像是你的儿子，不像是你的儿子，我不配活着，我在外面玩了这么多年，却从没想到过你！却从没想到过你……"他揪着自己徒有其表的长头发，地面满是香土灰尘，他的鼻涕和眼泪就统统滚成了奇形怪状的东西。

我眼泪哗哗地下来，鬼子六拿起酒杯，碰了一下我的茶："不好意思，实在是又见故人欲罢不能，过去的事就不提了。"鬼子六一饮而尽，立刻就脸红了。他的酒量还是像当年一样地没长进。

"小姐，给我拿个酒杯上来。"我喊道，今天怎能不喝酒！

几杯酒下了肚，之前鬼子六的那些市井商人的风度就一点点垮掉。他说着不提过去了不提过去了，却还是说下去，好像不吐不快一样。

没有人会每个月给鬼子六邮生活费了，而他必须带大他的弟弟。鬼子六义无反顾地接受了妈妈单位施恩的工作，然而很快因为性格太潦草而跟领导上司同事所有人全体不合而公愤般地被踢出单位。后来又换了工作，后来又换，他卷进生活磨难的漩涡里了。他不再弹吉他，上班养家，供弟弟读书。可惜弟弟性格和他一样的不羁，也不好好学习，交女朋友打架勾朋结党，终于刺伤了人，不得不跑路免遭报复。鬼子六花光了家里最后一点钱给弟弟在北京找了个音乐学校读书。

听说开蛋糕店赚钱他索性开了家蛋糕店，人人都赚钱，偏偏赶上他就赔！开蛋糕店的时候认识了隔壁猪肉店的女友，自己店倒了以后就帮她一起卖猪肉，非常非常的辛苦，每天累得站都站不住，随时要晕倒一般的体力极限。而辛苦成全了爱情。原本是随便玩玩的卖肉女孩，后来却在如此辛苦的生活中产生了感情。

这不长不短的三年真的是苦过来的，无数之前没有想到过的生活难题好像啤酒泡沫一样咕咚咕咚冒上来。有时候，在疲累的生活中，在某一刻，某一地点，有时是下工回家的黄昏路上，有时是天蒙蒙亮的早晨升火烤猪蹄准备出摊的红光汗水中，妈妈会突然出现，看他一眼，穿着干干净净的风衣扎着丝巾，好像生前约他放学后吃饭那样，迎着鬼子六走来，好像夸奖他一样，真真切切地对他微笑；尽管鬼子六手里拿着半扇红白分明的猪肉。旋即消失。那时候，鬼子六就像堵在心里的冰块融化了一点点，大张着嘴呼吸急促，想哭，想吐。

现在的鬼子六，再也不可能醉醺醺光着屁股沿着长安街骑自行车了，再也不可能成打成打地在大街上"捡姑娘"了，再也不可能七天七夜不睡觉地打魔兽了，更不可能和一群莫名其妙的人玩什么"摇滚"了……

天真是一种罪 在你成人的世界

鬼子六突然说："你一直在北京，你知道亚飞的消息么？"

我呆了，一种几乎忘怀的酸楚袭来："不知道，我……其实很久没有做乐队了……"

鬼子六深吸一口烟，扬头看着小饭馆肮脏的墙壁，说："你知道把他赶走那天我在想什么？"

　　我不敢抬头看鬼子六，我想鬼子六也没有看我，他陷进了回忆之中："那天我看见他被你踢倒在地，我按着他的肩膀，看到他的血和眼泪在挣扎的时候蹭在地板上，我就想，我再也不会参与这样的事情……"

　　"亚飞的力气很大，要是真的玩命，我和大灰狼也未必是对手！我觉得他完全是没有心情反抗，我看见他一边哭一边流血的脸，就感到非常的别扭，非常的难受，好像在猪还活着的时候就去把它割成几块一样手软……"

　　我听不下去了，赶紧假咳了一声，鬼子六好像也醒悟了什么，我们两个都不说话了。一阵黑暗的空气笼罩。直到我别扭地岔开话题说："嗯……嫂子和我想象中完全不一样啊。为什么你会结了婚呢？你不是曾经劝过我说，不管现在的女孩对你多么好，并不能因此停留了追寻的脚步么？"

　　鬼子六愣了一下，"哈，小航，你不知道，当年我那么说，是因为我从没有碰到过对我这样好的女孩。或者说，我收了那么多'果'，却从没有真的了解过任何一个女孩！"

　　鬼子六后来借了几十万接手岳父朋友的鸡肉生意，一开始因为年轻，被老主顾坑，被鸡肉厂坑，生意难做。

　　"这一年我的变化非常大，是人变了，明白了一条道跑到黑就等着被人坑吧。"鬼子六喝得脸红脖子粗。

　　发愁想办法想得整夜整夜睡不着觉，鬼子六就这样一点点苦过来，急中生智想了无数的办法，拉客，发传单，走关系塞钱。开始雇人做事，用自己新的年轻的思想去和老牌的农民生意人抗衡。大资金回笼，这才做了起来。现在他有五家肉品店，两处冷冻库房，还有一辆用来拉肉食的冷冻卡车。但是直到现在，仍然有很多难题，每天都在努力解决。现在正是他生意上马的阶段，正是他最忙的时候，也是肥头大耳的鬼子六摩拳擦掌准备大展宏图的时候。

　　随着鬼子六的讲述，他的一点点酒醉，那个当年的鬼子六开始一点点再次还原到这个大胖子身上。最终，我成功地看到了一个同以前一般无二的讲义气、单纯和暴躁的鬼子六。

　　"我这才明白世界这么复杂，不能一条道跑到黑啊，小航！一条路跑下去必然地撞南墙啊！你一定要醒醒啊！小航！人生短暂啊，不能再胡闹了！好好地整理你的生活吧！"他就不断地重复着这句话。

　　我们两个人干了一杯又一杯。一直喝到天色擦黑，三瓶五粮液全空了。

　　我又一次大醉，在路过一个发廊的时候，我挣扎着叫停车，然后冲进发廊！

等鬼子六付完车费跑进来，我已经陷进沙发大吵着要剪掉长发了。理发师要先给我洗一下，我喊着洗个屁！叫你剪就快他妈剪！鬼子六抓住我挥舞的手说小航你醉了吧！？先回家，回头再剪！我说我的酒量如何你应该知道，我醉过么？我没醉！今天我就是要剪了这个傻瓜长头发，凭什么你剪了就不让我剪！小伙子！今天谁废话都没用！剪！

鬼子六手里握着一把细弱的长发，眼睁睁地看着我一点一点地从那些蛛丝般缠绕的头发当中解脱出来。

三千烦恼丝，就好像那些梦想，我一点点地失却了。

走进家门的时候，看到父亲正在给我的军靴打油，相信那个油可鉴人的卑鄙的三七分新发型让他吓了一跳。我灰溜溜地进去自己房间。他手持刷子，看呆了。

之前为了要剪掉我的长头发，吵到几乎要断绝父子关系。今天我真成了普通的短发，老爸却感到了担心，大概担心我又出了什么思想问题。他拿着打了一半鞋油的军靴站在我半开着的门前面，看出来很想问问我，可是我的脸色那么差，他连敲门都不敢就走开了。

半夜父亲起夜，我的房间叮叮哐哐放着影碟，门半开着，父亲小心地推开门。我知道他进来了，因为我还处在半睡半醒之间。我穿着衣服在乱七八糟的床上仰面张着嘴，短发乱乱地顶在床头的暖气片上。我想他可真讨厌，就装睡不去理他。我感到父亲在我的床前站了好一会儿，他胸腔有哮声地喘息着，他可能有慢性支气管炎吧？我想。明天一定得押他去检查！然后我感到爸爸弯下腰，垂着花白的头，为我脱掉衣服盖上被，关了影碟机和电视机，出去了。

失去了长发的我走在马路上总觉得失去了重心，好像自己长高了几寸，脑袋发飘，身体也好像更瘦了一般，总是要一脚踏空的感觉。好像是清醒了，又好像是变得锋利和危险了。那种不自在，好像失去了外壳的机器人。失去了保护层，失去了与世界隔离的屏障。有时候我感觉长发依然存在，实实在在地在那里，在耳边和脸颊厮磨着，弄得我很痒。我就不由自主地要甩一甩头发，把头发甩到后面去，我当然甩了个空……

六

我决定要回北京了，在家乡无事可做，虽然春节还没有到来，既然我已经变胖，既然我的肋骨之间已经被填平。虽然还不知道回去了北京能做什么，但是待下来又能做什么呢？

我终于硬是把父亲拉到医院里。在医院里的走廊里，陪着老父焦急地等待着种种检查和化验的结果。最后查出来，父亲的身体基本没有大碍，只是血糖偏高，可以算是糖尿病的早期症状。我拿着一堆单据发了半天呆，脑袋里急速地旋转着种种可怕的关于糖尿病的传闻，我已经计划向鬼子六借钱带父亲飞去北京最好的医院求医了。幸好老医生打消了我的顾虑："这还不算是糖尿病，只要控制饮食，杜绝含糖的食物，注意休息，是能够痊愈的。"他给父亲开了几剂药。但是父亲却舍不得买药，他企图拉着我回家："我注意不吃糖就是了！这些药也起不了什么大用！十好几块钱呢！你也不小了，学会存钱娶媳妇吧！"我又气又笑，把他推到一边，骂骂咧咧地付钱买了药。

临行那天，老父亲走进我的房间，拿出一大叠现金，居然有一万多元："小航，这个钱是爸爸给你买那什么鼓的踩锤的。"我曾经提过好的踩锤要一万多块，我的踩锤一直很不趁脚。现在我站在散乱的行囊之间手足无措，实实在在地被老父亲吓了一跳，首先万万想不到父亲原来还有这么多的存款，更想不到一向认为搞摇滚是没正事的父亲会愿意把这么多钱花在我的乐器上。对于父亲来说，这简直是拿半生积蓄来做无原则的大方。

我说什么也没要这笔钱。

列车缓缓开动的时候，我看着车窗外的父亲，他一副无所谓的木讷表情，十年如一日的薄呢西装，干干净净地不显旧。可是他那曾经非常漂亮的头发，却几乎全部花白了，几根散发在寒风中战战兢兢地抖着。年华逝去，父亲老了。列车越行越快，我眼眶里都是泪，我忍着，忍着，深深地低下头去不想给周围的人笑话。我想掏出一张面巾纸来擦鼻涕，却在衣袋里面戳到一块硬硬的尖角。

心悬起来，我意识到不妙，不妙，不妙。

父亲的一万块钱，装在一个牛皮纸信封里。我再也忍不住了，跑到车厢衔接处，对着这个信封，好像个失恋的女孩子一样号啕大哭。

超越重任的才能么？一切还在未知之中。在那之前，只有追寻，追寻……

CHAPTER
15

我要飞得更高 飞得更高
I want to fly higher and higher

是夜吗 是远方 是那阵忧愁我的晚风
在那往事翻动的夜 在儿时没能数清的星斗下
我知道她来了 像风一样
那些旧时光 那些爱情 那些渐渐老去的朋友
在远方 寻找我
可我已不能回去 抵达那些往事
生命就这样的丢失 在那条苍茫的林荫来路
我真的想回来 在我死的那刻
它们召唤我 我为它们活
艰难而感动 幸福并且疼痛

是夜吗 是远方 是那片孤独中的灯火
在那些烦乱的夜晚 在这片欲望丛生的城市里
我知道她来了 像风一样
那些旧时光 那些爱情 那些渐渐老去的朋友
在远方 指引我
我想念它们 可我必须忍耐这艰难繁琐

这平淡的生活 这不快乐的生活
可我仍然想回来 在我死的那刻
它们召唤我 我为它们活
我真的想回来 在我死的那刻
它们召唤我 我为它们而生活
艰难而感动 幸福并且疼痛

——《召唤》朴树

醒来时满眼都是炫目的阳光，太阳把房间一切为二，笔记本电脑，正在开放的百合花，温暖宽敞的皮沙发，洁白床单，沙沙工作的空调机，全都暴露在阳光里。我弓腰塌背坐在床上，双手惨白像是被阳光剥了层皮，还没到上班时间，但是我怎么也睡不着了，阳光晃得我很不爽，我真想把阳光好像破窗帘一样从窗户上扯下来！

　　回到北京以后我找了份工作，薪水不错，我再也不用去住地下室了，现在我习惯了上班的生活，每到天亮必然醒来。虽然烦得要死，我还是留起了干净的短发，每天刮胡子，穿时髦而干净的名牌T恤衫。我现在的样子就是自己曾无比唾弃的假日本人上班族。

一

　　老泡死了，死于一次突然的车祸。他坐在后排长座中间，撞击时他破窗而出。追求和获得，失落和孽障，爱恨离合的一生，就此终结。

　　他将永远是一个没有得到最后成功的中年人。

　　这个消息是我在浏览网页的时候看到的，到处都是悼念和缅怀，也到处都是对他人品的质疑和谩骂。我对着电脑屏幕发了很久的呆。

　　一个穿着职业装的女孩来找我，她为了避开公司里职员的眼神在隔断之间弯着腰小跑过来，蹲下来在我腿边焦急地说："小航，发什么呆？快开会了，你迟到的话李总会生气的。"

　　"谢谢……马上。"我注视着屏幕淡然回答，却还没从那个巨大的坏消息中清醒过来。

　　"那我先过去了，替你搪塞几句，你还是抓紧点吧，我打听到李总计划交给你一个好案子做呢！"女孩担心地冲着我笑一笑，跑掉了。

　　我收拾了文件，走过庞大的唱片公司，录音棚，乐器，会议室，音响器材，笑闹或者争吵的职员们，和碰上的著名的前辈音乐人打过招呼，才到达了最里面的一间会议室。李总的公司在这几年之间迅速地扩大了，早就搬出了当初我和亚飞去过的胡同里的小破楼，证明他当初挂羊头卖狗肉、"用摇滚包装流行"的策略是万分正确的。

　　小会议室挤了五个长发青年，好像一群挤在纸盒子里的小狼崽。胆战心惊的眼神里面，有一种生怕被人蔑视的高傲。他们就是要由我来决定是否值得包装的地下乐队的乐手们。

　　李总因为我的迟到已经颇有愠色。他这些年几乎没变，还是那么不苟言笑。可我明白他那微妙的高傲表明他生了气。那个女孩躲在他身后拼命地冲我使眼色让我表现得乖一点。我无言地把书面建议交给李总，然后面对那五个生涩青年坐下。

　　"我仔细评测过了，如果为你们乐队出专辑，预测的销量是在五千张以下。所以真的很抱歉，你们的专辑缺乏市场价值。"

　　几个小伙子的脸色苍白了。其中扎着马尾耳朵上带着大圈圈银环的主唱绷不住急了："凭什么呀？你觉得我们的音乐比你们包装出来的那些不男不女的歌手差么？"

他开始抨击我们公司之前出品的那些庸俗的专辑，那些做作的歌手。乐手的这套反应我早就习惯了。从我们当年的森林乐队开始，从我自己开始，我就习惯了。觉得全世界都该围着自己转的年轻的艺术家们、小伙子们，小航必须告诉你们：你们太幼稚了！

一个男同事站起来拦住银耳环说："你是客人，你坐下，我来跟小航说！"这是个热衷于挖掘地下乐队的摇滚迷。他转头对我说："人家的话也不无道理，小航你仔细听过他们的小样么？水平很高啊！可以说确实比咱们包装的那些歌手强多了！相当好听的重金属！你不喜欢重金属不一定别人也不喜欢啊。李总在这里，什么事由李总最后判断！你别说话太伤人！"

"哎！怎么说话呢你？"那个女孩也站起来，过分激动地帮助我反驳他，"小航不给你的朋友出专辑就成了大坏蛋么？吵得要死的东西谁爱听啊？"

她对摇滚乐的外行很快被几个乐手抓住了反驳。当她语塞的时候，我才慢慢地说："我也感到对不起你们这份热情，这是公正的评测，对你们的音乐好坏，我们唱片公司完全没兴趣！我们只关注未来可能的销量。你们明白么？销量就是这个圈子的现实！是这个社会的现实！所以，流行音乐再滥，只要评测过关，我就做，摇滚乐再好听，只要市场评测不过关，我就不做！"我不动声色地回答。

小伙子们纷纷站起来甩手走人，我的同事捶胸顿足。戴银耳环的主唱落在最后，他恶狠狠瞪了我一眼。我叫住他："不好意思，你先别走！"

那孩子以为我要跟他单挑，摆出扁人的架势折回来："你还想怎么着！我陪你练！"

我看着他怒气冲冲的脸微微一笑，亲热地揽住他僵硬的肩膀，背对他的队友们的视线搂着他的脖子走到会议室最里边，微笑着小声说："你不明白么？签乐队肯定没戏，成本高而且市场不接受摇滚！但是你个人外形条件好！这些歌的主创都是你吧？所以希望你能单独作为创作歌手跟我们公司签！推歌手个人比推整支乐队的风险小得多。当然曲风多少要调整到准流行乐的程度，这样一来你们乐队的歌就可以作为你个人的第一张专辑出版了。根据我的评测，以你的形象，公司辅以适当的包装炒作，专辑销量可以突破十万张。你想清楚了，去年发行的原创摇滚乐专辑加一块也比不上你专辑这数！"

戴银耳环的主唱怔住了，好斗地绷紧的全身也软了，过了好半晌才喃喃说："可是这样一来，我们乐队怎么办？不是得拆散了么？"

我狞笑着说："摇滚乐队在中国成不了气候，我们缺乏广泛的群众基础，这是现实！个人想跟整个社会大环境死磕那不是必死无疑么？你想做音乐，就得学会因势利导明白么！就得接受现实！"

一直没发表看法的李总站起来，满脸笑容拍拍那主唱的肩膀说："小伙子，好好回去考虑考虑小航的意见吧！我们公司随时欢迎你啊。"

出了会议室，一走到李总视线以外女孩就悄悄地用胳膊肘顶我的肋骨，按捺不住的喜悦："你真棒啊小航！下班后我先出去在一楼商场门口等你，你磨蹭一会儿再来。千万别被别的同事看到。"

"看到又怎么样？"我始终心不在焉的。

"嗨，这个你还不知道……公司里面这群小人很爱多事儿的，李总最近很捧你，所以我们太亲密会给你添麻烦的。"女孩善良地说。

我看见戴银耳环的主唱穿过大厅走向等候在外面面带疑惑的队友们，步履蹒跚手脚都不知道往哪里放。他的表情那么复杂，他无颜面对自己的朋友们，没脸说出我们的交易。

哼！像我一样的懦夫！我想道。

二

吃饭的时候女孩吃吃地笑着，咬着吃点心的塑料叉子。这是一家意大利餐厅，有着漂亮的沙发座椅。刚来北京的时候，这种店我顶多只敢隔着玻璃往里边看看。

女孩眼睛一直亮闪闪地看着我，我不由得一阵反感，放下叉子不吃了："你看我干吗？"

"觉得你好看啊！"

"别看了！烦不烦！今天没心情跟你调情！"我骂了一句。女孩立刻做了错事一样低头看着自己的盘子。这女孩是我遇到过最好的女孩，人漂亮性格温柔，对我帮助很大，甚至特地利用出差的机会去探望过我父亲。老头乐得不行，乖乖地被女孩押着去复查身体。检查结果是，他的糖尿病居然痊愈了。

我想她一定是很喜欢我吧，简直太过于喜欢我了，我们在一起逛街，我的目光看着哪里她的目光就转向哪里，不放过我关注的任何东西。有时候女孩那会说话的眼神真让我反感。然而她最大的优点就是从不和我顶嘴，永远那么宽容和贤惠，让我找不到理由生她的气。当我对她过分欺辱的时候，我分明看出来她生气了，却只是转过身体自己默默掉几滴眼泪，再次转过头来仍然是满面春风的开心。

这是个伟大的女孩，最理想的妻子。

"对不起啊，是我心情不好……"我心里一阵惭愧。

"没关系……"女孩咬着嘴唇，伸出手来放在我的手上，"你是不是在愁公司里的事？你放心，虽然很多人看到你升职就不顺眼，但是李总一定保你！"

"不，我……你明白么？有一样东西，一天你突然找不到了，你甚至不知道自己是什么时候失去了它……可是我也是没办法。"我怀着愧疚的心情试图解释，结结巴巴地说。

生活就是这样，我没办法……

"复杂的事我不知道，我只看重眼前的幸福！"女孩的眼神多少有些咄咄逼人了。

我叹了口气看看表，招手叫："买单！"然后我对女孩说："你单独叫出租车吧，我现在必须赶去一个重要聚会。"

"好吧！"女孩立刻站起来。她善解人意，我不说去哪里，她也不问。

"您去哪？"

"铁匠营，新天堂酒吧。"

"新天堂酒吧……"出租车司机喃喃地重复着说，"咱们怎么走？"

"你随便！"

"好喽，转眼就到！"司机几乎唱着说。他伸手把车顶的出租灯拿进来扔在副驾驶座上，发动了汽车。原来这是辆黑车。

"只要别走三环！喂喂！回头吧你，别给我绕远了！！"

"什么话呀！告诉你你想让我给你绕远都不成，不是谁都在乎你那么点钱的！"司机沮丧地掉头，他本来已经把车开向三环了。

"你丫说话别他妈嘴巴浪叽的，学会点礼貌。就你这黑车还敢宰客！我一句话就吊了你的照！"我说。我们两个在倒车镜里相互瞪了一眼，然后他回过头来，我们吃惊地相互看着。

"我好像认识你啊……"居然是那个曾经在天堂酒吧门口跟我大干了一架的红发朋克。

"你好像混得还不错么。"那家伙回过头去，车身抖了一下，加速了。

"你混得也不错啊。"

"屁！比不了你们，你看看你那西装的料子，你再看看我身上这破鸡巴衣服。这个养路费汽油费，洗车费，供老婆供孩子供车供房！操他妈死的心都有了！"

"还说不好，有车有房的！"

"唉，搬迁户，老房子一拆，在他妈郊区破小区里给你分个鸽子楼，什么补偿也没有。你丫爱去住不去住，不去住一家老小就得睡大街。原来老头留下来的那个老房子，那位置多值钱那！早知道就早点卖了！本来可以发笔大财的！现在就被强行换成郊区那么个破房子！操他妈的呸！"他恶狠狠摇下窗户吐了口痰。

"想多拉两个钱吧，碰上你这样的还总他妈穿帮！回头抄我号把我告了就得吊销驾照！还得再花钱去搞回来！你说，这么活着有什么意思！"

我在晃晃悠悠的后座上看着他激愤的后背，他也胖了，没了当初的那分轻浮，变成这么一个丑恶的被生活压垮了的坏蛋。他们可真无聊，就这么抄袭着父辈的老路。

所谓摇滚什么的就是放屁！

他曾经剑麻一般竖起的头发已经稀疏。我看到他盘丝般微秃的头顶，里边还闪着油光，不由得一阵恶心。我没接他的话茬，他就一个人滔滔不绝地唠叨下去。

"天堂酒吧啊……多么怀念的地方。"他说，"我都三四年没去了，倒是经常拉活路过。总想进去看看，就总他妈没空。跟你干完架之后没多久就不太跟玩乐队的那帮子人来往了，人要长大！咱们那阵子太不现实。孩子气啊！"

"听说那里重建了，现在是新天堂酒吧了，看见门脸也变大了。"好像突然想起来似的他突然问道，"你去天堂酒吧干吗？"

"老泡死了！"

三

我们赶到天堂酒吧的时候演出已经开始。天堂门口堆着两大篮鲜花，木牌上大字写着"纪念××乐队主唱老泡"，下面跟着一长串的风格迥异的乐队和著名的摇滚人的名字。

黑漆漆的酒吧早已经挤满了人，找不到坐的地方，前排的人们都席地坐在舞池地板上。舞台上长发的老男人在这么漆黑的场所仍然戴着墨镜，他抱着缺角的民谣吉他，唱着悲伤的歌。歌者和听众之间是一条燃烧的烛光河流。

服务员变戏法似的在我和红发朋克中间钻出来，"两位要点什么？"

"Matine。"我说。

"这位先生要点什么？"服务员说。

"能不能不要！"他说，服务员微笑着摇了摇头。

"他也是一杯Matine。"我掏出两百块钱递给服务员。

"原来这里可不这样！"他生气说，"现在全都这么利欲熏心的！"

我看到老泡的大幅黑白照片悬浮挂在场地中央，照片上的老泡是个身材挺拔的长发青年，一张干净年轻的脸傻傻微笑，身后火车厢上写着"××——北京特快专列"。这是当年他在北京火车站下车的一刻。从没想到老泡也曾有过这样青葱年纪，好像当年的我们一样。他那充满希冀的年轻面孔令我心脏开始剧烈蠕动，他活着的时候我从没在中年老泡脸上看到这样充满希望的表情。我印象中的老泡总是一脸欲望一脸卑鄙和强硬。

"约会在巅峰顶点，一路飘泊到理想的彼岸。"这是刚下火车的青年老泡写的歌词。

笑话，你永无机会了，你的一生就这样残缺地终结！

老泡你奔赴天国的瞬间，你可曾回头看？你想起的女人是谁？放不下的人是谁？未了的心愿又是什么？寒冷的天国里，会不会后悔今生的活法呢？在遥远的异国他乡，有个伤我入骨的女孩小甜甜会为你伤心哭泣，你知道么？你在乎么？

舞池里面那些席地而坐的年轻人们就好像当年的我一样年轻。像当年的乐迷一样穿着时髦而充满音乐风格象征的行头，T恤衫印着喜欢的乐队的图案，五颜六色的头发仍然可以分出金属、朋克和黑炮来。我们两个站在舞台一侧，每人手里端着一杯Matine站在五颜六色的摇滚青年中间；我的西装革履和他的水桶一样的破夹克衫显得我们那么苍老；我们和周围打扮时髦的年轻人已不能协调，和天堂酒吧格格不入了。

我逐渐在人群中找到了几个熟悉的人影。我先是看见了王哥，在舞台后面的阴影里王哥和乐手们一起搬器材。王哥明显发了福，却不像发了财，还是蹩脚西服，肮脏的衬衫领子。他和我对了一眼便默然移开了，他已不能认出西装革履的我。包厢里高哥挺直腰板坐着，一个非常漂亮的年轻姑娘抱着一堆白色花朵，把其中一支别在肃穆的高哥胸前。然后我看到了很多年前常来的那只鸡，就是那个大胸的女人，她曾经给我开价五百。也许是我看错了那并不是她，因为所有的鸡画了浓妆之后看起来都差不多。我身边站着当年几乎要了自己命的那个朋克，我的拖把确实在他的额头上留下了不能磨灭的记号。他和我一样的满脸茫然。

当年的摇滚更像是一场令年轻人兴奋的运动，当时代变迁，当你不再年轻，热情如流水一般逝去，当年的回忆便成了一段烂掉的肢体。无论你是否怀念，都确确实实地离开了你。

四

一个传说中的长发男人终于出现，灯光打在他的脸上，他曾经英俊的脸已经苍老，这也是个著名的金属乐手，老泡生前乐队的吉他手，贴在地下室的四人海报中的一员。老泡生前这四个人不断地争吵，以至于在老泡最后的几年光阴里，这支曾经那么著名的乐队名存实亡。令人惊讶的，他也拿着一把箱琴。天堂酒吧里从来没出现过这么多的箱琴。长发老男人把手里的啤酒瓶放在舞台上，凑近麦克风吼道："我翻唱一首大哥的歌。"所有人都知道这个"大哥"就是老泡。然后他唱了一首所有人都熟悉的著名摇滚歌曲，这首歌曾经为老泡带来过辉煌的声名。大家静静地听着。唱完后长发中年男人发了几秒钟的愣，轻轻拨了两下弦，所有人都以为他要继续唱了，然而他临时改变了主意。"再见。"他站起来喝了一口啤酒就下了。"别走啊别走啊！"舞台底下的人们纷纷开始起哄，就有个熟悉的声音骂道"别他妈在这起哄"！

我敏感地抓住了这少见熟悉的雄性嗓音，向那个混乱的方向看过去，却只看到许多被烛光照得昏暗的脸颊，还有一些因感动而泪光闪闪的女孩的眼睛。

长发的中年男人最后还是晕头转向地跑上了台，迎着一片掌声，老男人大声地喊："大哥生前最喜欢《天国》，我唱给他听！"

琴声响起的时候，掌声雷动！

舞池中一片片的人们都席地而坐，情深处，老男人的鼻水闪闪发光。朋克的音乐令你躁动，听者被激情鼓舞非要做点什么，跳或者啸叫或者打砸抢；民谣则让你陷入忧伤或者沉静；而金属是这样的音乐，让你轻松地烧个精光。这时候没有人在乎什么风格，也没有人在乎信仰着不同风格的人们的纷争。

一段绝美的SOLO，老男人空洞地瞪视着地板上那只完结的啤酒瓶，完美地演奏出来了，那声声琴响好像雨后隆隆的雷声。先是一个人，然后是两个人，一阵嗡嗡的合唱跟上来，声音越来越大。无论是暴躁危险的朋克，还是热血沸腾的金属；无论是清纯而傻气的女大学生，还是浓妆大胸的妓女；所有人都用他们温柔的嗓子，温柔的眼神，和那些摇曳的蜡烛一起，和大屏幕那个年轻而狂暴的老泡一起，一起合唱着这首著名的歌。老泡的人品那么差，整个网络上都是对他生前劣迹的揭发，但是这里所有人都在怀念他，他的音乐感人，是这里所有人的心声，代表着像他一样追求着摇滚梦想的人的心声。那些年少轻狂的争端，那些富有和贫穷人生的大起大落，那些恩怨情仇潇洒美丑，不再重要。大家都一样，大家发出一个声音。我心潮起伏，开始大口大口地喘气，酒杯已经忘记放到了哪里。我听见自己没有假声区的歌声在胸腔里共鸣，想起自己曾经的疯狂和热情。什么时候我的音乐也能万众颂唱，哪怕在我死后？

身边的老朋克也是如此，他苍白的嘴唇张翕着，在和我，和大家一起歌唱。

他身后抱着肩膀的大个子巍然不动，我的视线上移，确凿无疑地，大个子长发的阴影里，亚飞火一般燃烧的双眼眨也不眨地盯着我。

这简直太可笑了。

那个朋克仍然悲伤和不自在地目视前方，既没有发现身边的亚飞，也没有看到我们越过他头顶相互对视的惊心动魄的目光。

五

舞台上王哥指挥着乐队助理们把七八张椅子排成一排，为每把椅子设置它的话筒和乐器，看来即将到来的下一个演出会是次很浩大的原声吉他合奏。

我和亚飞肩并肩，看着王哥他们装台。我们之间那种尴尬的力场还没有消失，我感觉在挨着他的地方，我的世界崩塌了。

"最近怎么样？"亚飞问道。

"还好吧，我要结婚了。"我说。

亚飞点点头："祝贺你，小航，你家里人一定很高兴。"

"是的，我爸爸非常非常高兴。"我笑笑说。

是的我有了前途似锦的工作，有个贤惠的女朋友。

"对方是不是原来你总念叨的家乡的那个……"亚飞问。

"漫漫……"我喃喃地说。

"啊！对！叫漫漫。"

"不是她……当然不是！"

"哈！我以为……漫漫就是你今生命里注定的唯一女孩！"亚飞哈地笑了，还是当年那么一脸不正经，"和你在一起的时候就觉得，不管你在北京变成什么样，始终只有漫漫是你心中最爱。"

我没有说话。漫漫，我最爱的女孩，最崇高的女孩，我已经没有勇气去面对她了，我才是一个失贞的少女，一个残疾人。我已经认了命了，我已经弯了腰了，这样的我怎么有脸去找她呢？那时我是用多么自卑的心理抽了她一记耳光啊！

"我也打算结婚。"亚飞说，"但是尹依不同意，她一定要出国读完研究生才考虑。"

我这一惊非同小可。"你们在一起！？"我愕然地盯着亚飞清癯的脸。

"是呀，我们一直在一起。我早就知道，她是我今生唯一的女孩。"

亚飞神色肃穆，他的眼睛像当年一样有着两团火焰，当年是无畏，现在是坚定。乍一看，亚飞几乎一点变化也没有，还是那么纷乱的长发，还是那么倔强的肩膀，还是那么挺的腰身，还是那么结实的长腿，甚至还是那一件黑色的短皮夹克。但是那件皮夹克的拉链已经磨白了，有些部位的皮革已经龟裂和老化了，他那张杀伤少女的脸，已经爬上了细细的皱纹，已经沧桑了。他的衣着表明他这些年依然如故地清贫。

"你也打算结婚了呀……你也找工作了么？"我问道。

亚飞笑了："还是在做乐队！"让我又吃了一惊。当年被我鄙视的亚飞居然坚持到了今天。

他指指舞台一侧的几个乐手，他们很年轻，衣着落魄神色惶恐，黑色长发金属打扮，和当时第一次在天堂演出的我们一般无二。他们守着背来的大堆的器材围成胆战心惊的一小圈。

"这几年过去，我的乐队已经不知道重组了多少次了。这回的乐队又是刚刚组织起来不久，今天又是我们的乐队第一次演出，可惜那个鼓手不及你！"

过好半天我都不知道该说什么，我的心空洞极了，最后小声问："乐队叫什么名字？"

"曾经很有点名气的，"亚飞笑笑，"森林乐队！"

"这么多年了还在做森林乐队……亚飞你不是小孩了，如果不能成功的话，你不怕人生最后没有任何意义么？"我冷笑着说，心想：你年近三十了，贫困很快会让你垮掉了。

也许是没有发现我的讥讽，也许是不在乎，"如果不能成功，起码我有足够壮烈的死法，人不能活两次，我不想像他一样。"亚飞严肃地说。

他看着大屏幕上老泡那张年轻的脸说："你看，他原本是个多天才的乐手啊！最后几年却只是帮那些流行歌曲配乐器来赚钱！如果他能预知自己的死期，一定会把剩下的所有时间用来创作哪怕只有一首歌，一定会去表白哪怕不被接受的爱情。我了解老泡，他一定希望死在搏杀中的战场上，不会再为迷茫浪费一点时光……他死得多不甘心啊！"

然而老泡的今生只能这样了，他披散着长发，行走在去往天国的路上，无论悔恨，无论惋惜，无论渴望，无论伤心……都只能这样消失。

"森林乐队"的演出太棒了，和以前不同的是，这次小航是站在台下看着森林乐队的演出，我从没站在台下看过自己的乐队的演出。所以当我看到亚飞跃起，啸叫，歌唱，我是那么吃惊和惊艳。我第一次发现我们的乐队在台上是这么帅，亚飞这么气派，这么令我激动。亚飞跳得比以前更高，他比少年时代更加强壮了。新的乐手们好像当初的我一样怯生生的紧张。他们出了不少错，全仗着演出经验丰富的亚飞的气势逼人。亚飞的音乐成熟了，好像劈头盖脸的耳光抽晕了我，我得说，我开始怀疑了，怀疑自己在唱片公司会议室里振振有词的讲演根本一派胡言，我开始妒嫉了，妒嫉如此棒的音乐居然没有我的份！

舞台的一侧有人大声笑闹，成心破坏演出的气氛，那是一些小甜甜式的女人和几个新火起来的地下乐手，按照亚飞以前的脾气早把矿泉水瓶子飞过去了，然而今天他没有。亚飞成熟了。

最后，一个女人抱着一束花上台说："代表××乐队为老泡献上一束花。"舞台底下嗡的一声，大家为这个大牌的乐队不来演出而议论纷纷了。我知道这个乐队一直同老泡不合。气氛不对，于是有人鼓掌缓和气氛，响起了稀稀拉拉的掌声。

亚飞收拾了琴已经准备下了，听到女人的话突然转身对话筒说了点什么。话筒被调音师关掉了，他等了一下，话筒随即被王哥打开，亚飞大吼一声："让虚伪去死吧！音乐胜过鲜花！"

是的，只有亚飞是没有被岁月改变的；是的，只有亚飞是不能做到智慧地生存的。

台下轰然，掌声雷动。我知道亚飞这回又得罪人了，我想起老泡生前的寂寞，他也没有朋友，甚至无数的女人在身边纷纷路过却永远只能空守着一枚前女友留下来的戒指，在酒后空自悲伤。

我第一次想到亚飞到底是什么人？

原来是我太平凡了啊，那些伟大的人格我根本看不明白。

六

我连睡了一天半，醒来的时候又是黑夜，我不想起来，赖在那里体会这种舒服的感觉，黑暗中看着隐隐约约的墙脚和窗外零星灯光，好像闻到了亚飞身上熟悉的劣质烟草味一样的感觉。一切都是黑暗的，这种感觉很温馨，很舒服。这一年的上班生活状态都没有让我找到这种舒服的感觉。每天早上起来我总是被太阳晃得心浮气躁，好像被剥皮般的痛苦。虽然我住着宽敞的房子精良的装修，却总是休息不好感到莫名的不安全。

我在黑暗中起来洗脸，刷牙，一看表，半夜三点。再过两个小时，北京就要天亮了。我看见天边楼宇的缝隙里，一点红色正在浮起，扩散。机械车扫大街的声音。楼下卖早点的河南夫妇开始摆摊了，北京马上就要天亮。为什么这种感觉那么温馨那么舒服呢？我好像身处在母亲的怀抱中一样安宁。我突然明白了，是地下室，这种黑暗就是在地下室中醒来的感觉，无论你什么时候醒来，永远都是身处在黑暗中。地下室的那段时光是我人生中最艰苦的岁月。然而，现在的我无时无刻不在怀念那段时光。那艰苦的黑暗中的实在感，无论在任何环境下，我再也不曾找到。

我们的地下室，我的最高音，最怀念的天堂。

"李总叫你。"女孩说，她睁大眼睛担心地询问我，"你跟他说什么了？李总好像不太高兴。"

我没有正面回答她，我轻轻地说了一声："对不起。"径直去了总经理办公室。

"坐吧！小航。" 李总从那厚厚的大眼镜片后面望向我。开始我还稳定心神，想跟他对望。后来，我就低了眼睛看着他西装上的第一粒扣子了 。

"小航，要是你对薪水不满意的话，可以跟我商量，之前给你的薪水只是个起步。公司没有让你像一般同事那样要经历半薪试用期，而是一开始就让你拿正式员工的薪水，这是对你的照顾，你明白么？"

"我明白的，李总。"

"你贡献这么大，公司已经决定对你的工资进行调整了，如果是因为薪水太少的原因的话，你可以提出你心里的价钱，犯不上辞职。"

"李总，我知道你对我的好。"我喃喃地说，"我并不是因为钱，我很清楚只要好好跟着你干，一定会有前途。坦白讲，我作出这个决定的时候最不安心的，就是愧对你。"

"你和她商量过么？你们不是要结婚么？"李总还是那么纹丝不乱地，锐利地审视我。

我抬起头，我原以为我和女孩的婚事是个秘密的。但是李总这种一手遮天的人物，公司里只有他不想知道的事情，没有他不知道的事情。

"我也对不起她……"我低声说。

七

想不到女孩唯一的一次发飙居然如此可怕，她几乎把我撕烂。我知道自己伤她太深太深，我是个罪人！

现在我又站在公车站台，我不想打车了，因为我不再有固定收入了。太阳晒得我头脑发昏。我的手和心却都是冷冰冰的颤抖的。我不能相信自己又一次自由了。我哆哆嗦嗦戴上耳机。

抛开一切走进天堂，抛开一切走进天堂……

顶着太阳走在大街上，脸上是女孩掌掴的痛，衣服上是女孩的泪痕。袖子的根部在和她撕扯的时候裂开一个大口子，所以前心后背都是凉风。我背着巨大的帆布背囊，手拎着尘封多年的镲片和踩锤箱，手腕上戴着有漫漫字迹的护腕。在多年以后，我再次站在地下室前，摸索着斑斓的墙壁，沿着楼梯走了下去。在一个黑暗的拐角，我停住了，知道这里将会有一个缺损的台阶。这里的灯亮一天熄一天，今天不巧，灯是熄的；也许，灯不是熄的，只是某些东西随着岁月的变迁而不存在了，现在我要去找回那些东西。我看着黑洞洞的前方，那里有着熟悉的气味和人类的声音。但是我不敢走进去，走进去了，就会接触到一个活的可怕的世界。那个收发室的老头也许已经吊死在桌子上了；也许那里还会有鸽子扑打翅膀的声音，会有琴声和男孩们放肆的笑声；也许昏黄的灯光下会有一个亚飞赴案在为乐队的生存而彻夜地绘画；也许那里会有一个纯真的自己，和一位陌生的丑女人并肩刷牙……

—END—

Benjamin

漫画家，插画家，作家。

中国第一个使用电脑创作全彩色作品的漫画家。

中国第一个在欧美出版作品的漫画家。

中国CG插画艺术开创者。

目前作品出版国家最多的中国漫画家。

经历

2004年	中国第一届金龙奖"故事漫画金奖"。
2005年	法国安古兰漫画节推出漫画书《记得》法文版，中国新漫画的第一本海外版。
	出版长篇小说《地下室》。
2006年	出版长篇小说《我们去哪儿》。
2007年	法国巴黎Arludik画廊举办个人画展，中国插画界的第一次海外个人展。
2008年	作品《橘子》获法国第三大漫展Colomiers漫画展最高奖"2008年最好的漫画奖"。
	应邀在英国伦敦和德国阿尔兰根市漫画节开办展览。
	出版散文集《总有一天》
2009年	为美国最大漫画公司Marvel的漫画《X man》系列绘画封面。
	应邀赴英国土伦大学参加"中国漫画"展览。
	应邀在巴西庇隆市举办展览。
	法兰克福书展唯一受邀中国漫画家。
2010年	为法国少女歌星Jena Lee量身定做MV和专辑封面。
	应邀参加德国奥登堡"你好"中国节展览。
2011年	瑞士动漫博物馆"中国动漫大展"中唯一被邀请的"中国形象画家"。
	在法国巴黎Arludik画廊举办第二次个人作品展。
	受邀参加2012年初"亚洲动漫艺术展"，
	将和世界著名漫画家鸟山明、井上雄彦、手冢治虫等同台共展。

微博：http://weibo.com/1237183382

地下室

责任编辑 | 胡艳红　彭现　特约编辑 | 应凡　宋君　曾诗玉
装帧设计 | 丁载悦　后期制作 | 顾利军　责任印制 | 匡韬　营销策划 | 金锐
出品 | 万榕书业　出品人 | 路金波

官方网站　http://www.wanrongbook.com
官方微博　http://weibo.com/wanrongbook

图书在版编目（ＣＩＰ）数据

地下室 / BENJAMIN著. -- 长沙：湖南人民出版社，
2011.8

ISBN 978-7-5438-7743-6

Ⅰ. ①地… Ⅱ. ①B… Ⅲ. ①长篇小说－中国－当代
Ⅳ. ①I247.5

中国版本图书馆CIP数据核字(2011)第174826号

地下室

BENJAMIN 著

责任编辑：胡艳红　彭　现
特约编辑：应　凡　宋　君　曾诗玉
装帧设计：丁载悦
后期制作：顾利军

出版、发行：湖南人民出版社
网　　　址：http://www.hnppp.com
出版投稿：chubantougao@126.com
地　　　址：长沙市营盘东路3号
邮　　　编：410005
经　　　销：湖南省新华书店
印　　　刷：北京鑫瑞兴印刷有限公司
印　　　次：2012年1月第1版第1次印刷
开　　　本：700×1000　　1/16
印　　　张：14.5
字　　　数：220千字
书　　　号：ISBN 978-7-5438-7743-6
定　　　价：29.00元

营销电话：0731-82226732 （如发现印装质量问题请与承印厂调换）